Diogenes Taschenbuch 21529

D1464796

Ehegeschichten

Für den Literaturfreund
ausgewählt von
Mary Hottinger

Diogenes

Die Erstausgabe dieser Geschichten-Sammlung
erschien 1966 unter dem Titel
›Der Connaisseur
Ehegeschichten für den Literaturfreund
ausgewählt von Mary Hottinger‹
im Diogenes Verlag
Umschlag: Félix Vallotton
›Der Besuch‹, 1899
(Ausschnitt)

Inhalt

RANDBEMERKUNGEN ZUR EHE

Ratschlag des ›Punch‹
für angehende Eheleute:
»Lieber nicht!«

Als dieser Witz vor vielen Jahren erschien, rief er in England wahre Lachstürme hervor. Denn das damals auf der Höhe seiner Macht und seines Ansehens stehende England gehörte zu jenen Ländern, die sich so sehr vor dem Eingeständnis der ernsten Seite ihrer gepriesensten Institutionen scheuen, daß sie lieber darüber lachen. So konnte es geschehen, daß der überzeugte Anglikaner, der nie den sonntäglichen Frühgottesdienst versäumte, sich an irgendeinem Wochentag vor Lachen über den ›komischen Seelsorger‹ ausschütten wollte, der damals zu den Standardfiguren der Bühne gehörte. Noch zu Lebzeiten dieser Generation, ehe der Sherry den Tee bei gesellschaftlichen Anlässen verdrängt hatte, war der *cake-stand* – eine Art dreistöckiges Serviertablett zum Herumreichen von Gebäck – bei den Studenten von Oxford oder Cambridge unter dem

7

Namen ›der Seelsorger‹ bekannt. Die *Navy*, Englands Stolz, Schutz und Trutz, ehe die Menschen im Weltraum umherzujagen begannen, bekam ebenfalls ihren Teil ab, wie man aus dem Varietéliedchen ersehen kann, nach dem ein Mädchen in einem kritischen Stadium ihrer Liebe zu einem jungen Matrosen an keine geringere Person als den ›*Ruler of the Queen's Navy*‹ geschrieben haben soll:

>»*O! Mr. Admiral, you'll excuse me writing to you,*
>*But my young man is aboard your ship*
>*And I don't want him to give me the slip.*«

Die Leute lachen auch heute noch über den Kommentar des *Punch* zur Ehe, aber der Tonfall des Lachens hat sich geändert. Es ist nicht mehr das Lachen über das von Natur aus Absurde, sondern dahinter verbirgt sich die Anspielung: »Da hast du's – hab' ich's dir nicht gesagt!« Es ist noch gar nicht so lange her, als ein gelehrter Richter bei der Verhandlung um den bis heute nicht aufgeklärten Mord an einer im übrigen völlig uninteressanten kleinbürgerlichen Vorstadtbewohnerin bemerkte: »In Fällen wie diesem muß sich der Verdacht zuerst auf den Ehemann richten; denn wer sonst hätte den Wunsch haben können, die Frau zu ermorden?«

Moderne Ehegeschichten tendieren überdies dazu, der Frau mehr Bedeutung beizulegen. In viktorianischer Zeit war der edle, aufrechte junge Ehemann mit einem wunderschönen, treu ergebenen und dabei ziemlich dummen Weib die Regel. Man denkt an Mrs. Craiks *John Halifax, Gentleman,* oder sogar an Dickens' David Copperfield und seine Dora, doch Dickens hatte wenigstens den Mut, das arme Mädchen umzubringen.

Es ist jedoch ganz aufschlußreich zu lesen, was einige ältere Schriftsteller über die Ehe gesagt haben. Francis Bacon zum Beispiel, ein echter Mensch der Renaissance, schrieb im Jahre 1597 ein Essay über die Ehe, in dem einige Perlen zu finden sind:

»Wer da Weib und Kinder sein eigen nennt, setzt sich dem Mißgeschick aus; denn sie sind Hemmschuhe für große Unterfangen, sei es zu gutem oder bösem Zwecke.«

»Züchtige Frauen sind oft stolz und eigensinnig, indem sie gern auf das Verdienst ihrer Tugendhaftigkeit pochen.« (Eine von Bacons treffendsten Bemerkungen.)

»Ehefrauen sind die Mätressen junger Männer, Gefährtinnen im reifen und Pflegerinnen im hohen Alter.«

Und Bacon berichtet, was ein weiser Mann gesagt hat, als er gefragt wurde, wann ein Mann heiraten solle: »Solange er jung ist noch nicht, im späteren Leben überhaupt nicht.«

Wenn wir nicht ganz ein Jahrhundert weiter blättern, stoßen wir auf den großen Theologen Jeremy Taylor, der über dieses Thema predigte:

»Die Ehe ist eine Schule und Übung der Tugend, und wenn sie auch Sorgen mitbringt, so birgt doch das ledige Leben Begierden, die unangenehmer und gefährlicher sind und oft in Sünde enden.« Doch am Ende seiner Predigt wurde er ein wenig sanfter:

»Wer aber sein Weib und seine Kinder nicht liebt, nährt eine Löwin in seinem Heim und brütet ein Nest voller Sorgen aus... so daß Gottes Gebote, die es einem Manne zur Pflicht machen, sein Weib zu lieben, nicht mehr sind als die notwendigen Bestandteile und Eigenschaften des Glücks. Sie, die da liebt, befindet sich in guter Hut, und er, der da liebt, ist im Besitze des Glücks.«

Und schließlich dürfen wir auch Benjamin Franklin nicht vergessen, der jungen Männern den Rat gibt, ältere Frauen zu heiraten: »Sie sind ja so *dankbar*!«

Dies sind jedoch abstrakte Betrachtungen über Sinn und Zweck der Ehe, wie sie von Philosophen, Klerikern und Literaten angestellt werden. Um der Wirklichkeit näherzukommen, müssen wir schon anderswo nachschlagen, und glücklicherweise haben wir eine unvergleichliche Quelle, das Tagebuch von Samuel Pepys, der es treu von 1660 an führte, bis sein Augenlicht ihn im Stich zu lassen begann. Neben vielen hervorragenden Qualitäten besaß Pepys eine seltene Eigenart – ein leidenschaftliches Interesse an allem und jedem, das ihn buchstäblich alles notieren und aufschreiben ließ, was und wie es ihm begegnete, so daß er im allgemeinen einfach als »Der Tagebuchschreiber« bekannt geworden ist.

Im Jahre 1665 heiratete er die Tochter eines hugenottischen Flüchtlings. Es gibt keinen Grund zu der Annahme, daß Pepys seine junge Frau nicht aufrichtig liebte, wenn er auch über die Ehe keine besonders gute Meinung gehabt zu haben scheint, denn schon am Weihnachtstag 1665 schrieb er: »Am Morgen in die Kirche und dort eine Trauung gesehen, wie ich sie nicht oft erlebt habe; und die jungen Leute so glücklich miteinander; und eigenartig, was für ein Vergnügen wir verheirateten Leute doch beim Anblick dieser armen Narren empfinden, die sich zum Eintritt in unseren Stand verlocken lassen.«

Strindberg hätte es nicht viel besser sagen können. Aber lesen wir weiter:

»Zu meinem großen Kummer stelle ich fest, daß ich £ 43 weniger besitze als im letzten Monat, denn da hatte ich £ 760 und jetzt nur noch £ 717. Doch das geht hauptsächlich auf das Konto meiner Auslagen für Kleider für mich und meine Frau; nämlich etwa £ 12 für sie und £ 55 für mich.« (Kommentar der Herausgeberin: Die Männer scheinen sich in den letzten 300 Jahren nicht viel geändert zu haben.)*

»Nach Hause gekommen und alles wohl gefunden; nur selbst ein wenig verdrossen über die Nachlässigkeit meiner Frau, die ihren Schal, ihr Kamisol und ihre Nachthemden in der Kutsche liegen ließ, die uns heute von Westminster gebracht hat, wenn ich auch gestehen muß, sie hat sie mir zum Aufpassen gegeben.«

Aber ach! Pepys konnte seine Augen nicht im Zaum halten, und jede schöne Frau zog unwiderstehlich seine Blicke an, so daß wir einige Jahre später dies lesen können:

»An diesem Abend kam mir meine Frau sehr bedrückt vor... doch ich ging zu Bett, nichts anderes vermutend, als daß sie bald nachkommen würde. Doch als ich so ganz allmählich aus einem leichten Schlummer erwachte... sah ich, daß sie sich nicht anschickte, zu Bett zu gehen, sondern frische Kerzen und, da es auch mächtig kalt war, mehr Holz für ihr Feuer herbeischaffte. Beunruhigt darüber bat ich sie nach einer Weile, zu Bett zu kommen... sie wurde sehr wütend, ich sei ein Schuft und betrüge sie. Selbstverständlich und der Wahrheit entsprechend

---

* Irgend etwas stimmt hier nicht. Pepys war ein äußerst sorgfältiger Buchführer, doch obwohl die £ 12 für seine Frau und die £ 55 für ihn selbst £ 67 ausmachen, gibt er nur £ 43 weniger als im Vormonat an. Was will er verschleiern?

verneinte ich dies, doch alles wollte nichts nützen. Schließlich, gegen ein Uhr, kam sie an meine Seite des Bettes, zog den Vorhang auf und tat so, als ob sie mich mit der an den Enden rotglühenden Kohlenzange kneifen wolle, worauf ich voller Entsetzen aufstand und sie mit ein paar Worten dazu bewegen konnte, die Zange wegzulegen, und nach und nach auch, ihre so törichten Vorhaltungen fallenzulassen; und gegen zwei, doch anscheinend noch sehr widerstrebend, kam sie zu Bett, wo wir die ganze Nacht, und noch lange miteinander redend, lagen«...

Die vielleicht beste Eigenschaft dieser so eigenartigen Institution wird schon von Pepys in seiner oben wiedergegebenen Klage über die Nachläßigkeit seiner Frau ausgedrückt – man hat immer jemand, dem man die Schuld zuschieben kann. Hierzu gibt es einen reizenden Bericht von einer jungen Engländerin, die bei einem großen Abendessen ein wertvolles Weinglas zerbrach, worauf sie zu ihrem Mann, der weit weg am anderen Ende des Tisches saß, hinüberblickte und ausrief: »O Charles, wie konntest du nur!«

Als ein Bekannter der Herausgeberin erfuhr, daß sie Geschichten über verheiratete Leute suchte, sagte er eindringlich: »Ich hoffe nur, daß Sie auch Geschichten mit glücklichem Ausgang finden werden«, worauf es wohl nur eine Antwort gab: »Eine glückliche

Ehe ergibt keine Geschichte.« Auch Tolstoi schien das gewußt zu haben, als er *Anna Karenina* mit den Worten begann: »Alle glücklichen Familien sind mehr oder weniger einander gleich; jede unglückliche Familie aber ist auf ihre ganz besondere Art unglücklich.« Eine glückliche Ehe kann in der Tat nur von außerhalb der Ehe liegenden Interessen getragen werden – der gemeinsame leidenschaftliche Wunsch etwa, es zum Lord Mayor von London zu bringen, ein gemeinsames Interesse für Steingärten oder Bergsteigen oder das Sammeln von russischen Ikonen.

Und doch ist die erste Geschichte in diesem Buch eine glückliche Geschichte. Thomas Deloneys Erzählung von dem Schuhmachergehilfen, der zuerst Sheriff und dann Lord Mayor von London wird, nimmt einen besonderen Platz ein. Alles geht nur in Erfüllung, weil Sir Simon Eyer stets seine Frau um Rat fragte und danach handelte, während sie, obwohl sie unzweifelhaft die Hosen anhatte, sich stets bescheiden und doch würdevoll im Hintergrund hielt. Und nichts deutet darauf hin, daß Sir Simon sich an ihrem fabelhaften gesunden Menschenverstand stieß. Er profitierte einfach davon. Das ist die Ehe in ihrer besten Form. Andererseits haben wir hier Geschichten, die sich anscheinend paarweise einteilen lassen. Sowohl Angus Wilsons als auch Mary McCarthys Geschichte sind beide wirklich ziemlich unangenehm, wenn auch Mary McCarthys feiner gesponnen ist. Beide aber handeln von einem Mann, der von seiner Frau vernichtet wird.

Steeles kleine Geschichte dagegen – eigentlich nur das Vorspiel zu einer viel längeren – und Sakis *Lady Anne* sind Geschichten mit erhobenem Zeigefinger, und da sie es sind, enthalten sie auch eine Moral. Steeles könnte lauten: »Hübsche junge Frauen sollten nicht Eichhörnchen auf wertvolle Folianten werfen, die ihre ältlichen Ehemänner lesen.« Und Sakis: »Männer, die ihren Frauen den Grund des Streites erklären und dabei großzügig die Schuld – wenn auch nicht die ganze – auf sich nehmen wollen, sollten sich zuerst versichern, daß ihre Frauen am Leben sind.«

Doch wer hätte wohl gedacht, daß der gute, der sanftmütige, der freundliche Charles Lamb – wenn er auch gelegentlich ein wenig zu tief ins Glas schaute – sich bei den Gedanken an die Behandlung, die verheiratete Leute ihm, einem Junggesellen, angedeihen ließen, zu so ungezügelten, grimmigen Anklagen versteigen konnte? Die Ehe scheint doch ein zweischneidiges Schwert zu sein.

Joseph Conrads ziemlich unbekannte Geschichte *Amy Foster* muß besonders erwähnt werden, da sie uns in tiefere Gewässer führt. Daß der unverständliche Schrei des sterbenden Ehemannes nach einem Glas Wasser das Band zerreißen und die Frau forttreiben kann, um ihren Sohn zu retten, bietet an sich schon Stoff zum Nachdenken. Manch eine Ehe ist an geringeren Klippen zerschellt, aber hinter dieser Geschichte steht mehr, als es den Anschein haben mag. Für Joseph Conrad, den Polen, bedeutete England ein Exil, unter dem er brennend litt wie jeder Exilierte, wenn seine schlichtesten Worte auf Ohren treffen, die sie nicht verstehen können, oder wie manche verheirateten Leute leiden, wenn sie etwas gesagt haben, das für sie von tiefster Bedeutung ist, und ihr Ehepartner sie verständnislos anblickt. *Amy Foster* mag nicht zu Conrads besten Geschichten gehören, aber sie ist eine sehr scharfsinnige Darlegung der Augenblicke, in denen Menschen, die sich nahestehen, einander einfach nicht mehr verstehen können, sei es im Exil oder in der Ehe, und in denen ein Glas Wasser zu einer Sache von Leben oder Tod werden kann.

Ein sehr interessanter Punkt wird in Somerset Maughams Geschichte angesprochen; denn so sonderbar es scheinen mag, Feigheit ist eines der Übel, das wenige Frauen ertragen oder vergeben können. Ein bekannter Romancier erzählte der Herausgeberin die wahre Geschichte von einem jungen Ehepaar, das sich in einer Konzerthalle befand, als ein Feuer ausbrach. Ohne seiner Frau überhaupt einen Blick zuzuwerfen, stürzte der Mann zum Ausgang. Die Frau überstand es mit Haltung, aber in Zukunft war er Luft für sie.

Es gibt subtilere Geschichten in diesem Buch – Elizabeth Bowens zum Beispiel, denn Elizabeth Bowen besitzt die Gabe, alles zu enthüllen, ohne es auszusprechen. Charles ist offensichtlich kein Mensch, mit dem man zusammenleben möchte, aber die kleine Frau will nicht sprechen. Wozu sollte das nützen? Wegen der Zeichen tiefer Einsicht, die sich darin verbergen, verträgt diese Geschichte es, wiederholt gelesen zu werden. Man hegt den schrecklichen Verdacht, daß Charles die Hüte für seine Frau auswählte.

Und so ist die ganze Skala der Ehe vor uns ausgebreitet – Mann und Frau, offene Feindschaft oder verborgener Widerwille, und zur Abwechslung auch einmal ein Mann, der genügend Verstand besaß, auf seine Frau zu hören.

Alle diese Geschichten enthalten ein Körnchen Wahrheit, aber was ist das Ergebnis? »Und so lebten sie glücklich bis ans Ende ihrer Tage«, wie im Märchen, ist nicht nur unmöglich, es würde langweilig oder unwahr sein. Vielleicht hat die Anglikanische Kirche gewußt, was sie tat, als sie jenes Bollwerk um die Ehe errichtete, das in der Trauungszeremonie enthalten ist: »... um dich zu haben und zu halten von diesem Tage an, in guten oder schlechten Tagen, in Reichtum oder in Armut, in Krankheit und Gesundheit dich zu lieben und zu pflegen, bis daß der Tod uns scheide.« *Mary Hottinger*

Sir Simon Eyer

von Thomas Deloney

Wie Sir Simon Eyer, welcher zu erst ein Schuhmacher gewesen, am Ende durch den Rath
seines Weibes Lord Maior von London geworden: Und wie er Leaden Hall erbaut hat.

Unsere Englischen Chronicken thuen kund, daß
einst in der City von London ein Ehren wer-
ther Maior, bekannt unter dem Namen Sir
Simon Eyer, gelebt hat, des Ruhm bis auf den
heutigen Tag vielen Leuten auf der Zungen liegt, und
der, wenn gleich eynfacher Aeltern Kind, mit Gottes
Segen am Ende ist eine große und berühmte Persönlichkeit im Commonwealth geworden.

Dieser Mann, noch jung aus dem nördlichen Lan-
destheile her verzogen, ist als Knabe einem Schuhmacher in die Lehre geben worden, damit er das Edele
Handwerk (so es auch heut zu Tage noch geheißen)
erlerne. Dieweil er der Jüngste der Lehrburschen im
Hause, wurde er des öftern zum Wasser holen an den
Laufbrunnen gesandt, allwo er in kurzer Zeit die

Bekanntschafft vieler anderer Lehrburschen machte, die zu dem nämlichen Behufe hier her kamen.

Nun war es aber dort der Brauch, daß einen jeden Sonntag in der Früh etwelche dieser Lehrburschen zu einem Wirthshause in der Nähe zu gehen pflegten, um mit Fleischpudding ihr Morgenessen zu halten, und oft nahmen sie Simon mit; doch einmal geschah es, daß, als er Geld aus dem Sack holen und seinen Theil der Zeche mit den andern bezahlen sollte, er keines hatte, worauf er unverzagt zu reden anhub und also zu ihnen sprach: Meine treuen Freunde und Gefährten beym Laufbrunnen, Hüter des Wasserkruges und Stützpfeiler des Puddinghauses, mein Geldbeutel gleichet itzt einer trocknen Kuh, die ihrem Halter nicht mehr Nutzen einträgt denn ein leeres Faß: oder einer tauben Nuß, die, so man sie öffnet, keinen Kern her zeiget: wann es Euch daher gefällt, mir dieses Mal zu verzeihen und mich für meinen Antheil zu entschuldigen, so will ich mich hier verschwören, daß ich, sollte ich je Lord Maior dieser Stadt worden seyn, ein Morgenessen für alle Lehrburschen in London geben will.

Wir acceptiren dein Versprechen (sagten sie) und giengen also ihres Weges.

Es geschah aber, daß Simon, nachdem er schlüßlich die Jahre seiner Lehrzeit hinter sich gebracht hatte, in Liebe zu einer Jungfer entbrannte, die gantz in seiner Nähe wohnte, und daß er sie heurathete und ein eigenes Geschäft auf machte und Tag um Tag hart arbeitete; und auch sein junges Weib legte nie die Hände in den Schoß, sondern, wenn sie nichts zu thun hatte, setzte sich in den Laden und sponn: und nachdem sie ungefähr ein Jahr so gelebt und gemeinsam etwas auf die Seiten geschafft, mußte er einige Lehrburschen und ein oder zwey Gesellen einstellen, und dieweil er seine Ware nicht so rasch konnt her stellen, als er sie hätte verkaufen können, hätte er nothwendig noch ein oder zwey Gesellen mehr gebrauchen können.

Und als einer seiner Diener da Einen erspähte, wie er mit einem Felleisen auf dem Rücken die Straßen entlang gieng, meldete er es ohn Verzug seinem Herrn.

Spring ihm rasch nach (sprach der) und bring ihn hier her.

Der Bursch sprang hinter dem Manne her und rief: Guter Mann, kömmt mit mir, ich weiß Jemand, der mit Euch reden möchte.

Der Mann, ein Franzos mit Namen Iohn Denevale, war noch nicht lang in England und suchte in der That eine Arbeit. Darauf nahm Simon ihn an, und er gieng fröhlich zu Werke, so daß sein Meister nur Gutes über ihn vermelden konnte.

Während, daß Iohn Denevale bey Simon Eyer

weilte, geschah es, daß ein Schiff von der Insel Kreta an unsrer Küste strandete, beladen mit Batist, Kambrik und anderem linnenen Tuche: welche Waren dazumal in London nur sehr schwürig zu haben und ausnehmend theuer gewesen: und weil sein Schiff ein so großes Leck auf See bekommen, daß es unmöglich weiter segeln konnte, wollte der Kauffahrer schauen, hier am selbigen Orte so großen Profit als möglich aus seinen Güthern zu ziehen.

Und da er nach London gekommen, wollte es der Zufall, daß Iohn Denevale ihm übern Weg lief und von dem Kauffahrer (in der Griechischen Zunge) gefraget wurde, wo er wohl möcht ein Dach überm Kopf für die Nacht finden: denn da er noch nie in England gewesen, wußte er nicht, wohin sich wenden; aber während, daß er auf Griechisch redete, antwortete Iohn Denevale ihm gleichwohl auf Französisch, und diese Zunge verstand der Kauffahrer gut: und da er nun frohen Herzens war, daß er Einen gefunden, der mit ihm reden konnte, erzählte er ihm, welche Stürme ihn auf dem Meere heimgesucht und daß sein Schiff mit den nämlichen Waren, die er zu verkaufen gesonnen sei, vor der Küste liege.

Wahrhaftig, Sir (sprach Iohn) ich bin selber nur ein Fremdling in diesem Lande und kenne keinen der Händler, aber ich wohne bey Einem in dieser Stadt, der ein sehr ehrlicher Mann ist, und es mag seyn, daß er Euch zu Einem helfen kann, der mit Euch darum handeln will; wenn Ihr es für gut haltet, will ich ihm die Sache unterbreiten. Unterdessen werde ich Euch zu einer sehr guten Herberge führen, wo ich Euch morgen vor Mittag wieder aufsuchen werde.

Sir (versetzte der Kauffahrer) wann es Euch gefällt, mir diese Gunst zu erweisen, will ich Euch nicht nur dankbar seyn, sondern auch in großzügigster Weise für Eure Mühe schadlos halten: und mit diesen Worten trennten sie sich.

So bald nun Iohn der Franzos Heim gekommen, unterbreitete er die Angelegenheit seinem Meister und beschwor ihn, alles für den Kauffahrer zu thun, was in seiner Macht stände. Als sein Meister nun die genauen Umstände erfahren und dabei den Mangel an solcher Art Waren im Lande vermerkt, behielt er alles fest in seinem Geiste, während daß er an seinem Werktische stund und Leder zuschnitt, das Beste, was er in solchem Falle thuen konnte, und sagte zu seinem Gesellen Iohn, zwischen itzt und Morgen in der Früh will ich darüber nachdenken und dir dann meinen Beschluß mittheilen: und damit warf er sein Messer hin, gieng aus dem Laden in seine Kammer und schritt da in ernstem Sinnen auf und ab und war so vertieft in die Angelegenheit, daß er das Rufen der Magd gar nicht vernahm, die sein Weib zwey oder drey Male gesandt, um ihn zum Essen zu holen.

Zu Letzt kam sein Weib und sprach: Mann, was geht dir durch den Sinn, daß du nicht zu Abend essen kömmst? warum redest du nicht, Mann? hörst du? Guter Mann, komm, dein Fleisch wird kalt: indessen, ungeachtet all ihrer Worte gieng er weiter auf und ab wie ein Mann, dessen Geist abwesend ist, worauf sein Weib ihn am Ärmel zupfte und sprach: warum, Mann, in Gottes Namen, warum kömmst du nicht? willst du heute nicht zu Abend essen? ich habe dich schon vor einer guten Weile gerufen.

Warrlich, Weib (antwortete er) ich schwöre dir, ich habe dich nicht gehört: glaub mir, ich war dabey zu studiren, auf welche Weise ich mich zum Lord Maior und dich zu seiner Lady wollt machen können.

Gott möge dich bewahren (versetzte sie) ich bitte ihn, daß er uns befähige, jedem Manne das Seinige zu bezahlen, daß wir ohne Schulden und ohne Gefahr leben und uns schlecht und recht durchbeißen mögen, mehr verlange ich nicht.

Nun wohl, Frau (erwiderte er) ich sag es dir im Ernste, daß ich, wenn ich das notwendige Geld besäße, itzt eine Ware kaufen könnt, deren Gewinnst beym weitern Verkauf mich wohl für alle Zeit zu einem angesehenen Manne machen möcht.

Ey, so erzähl mir, lieber Mann (sagte sein Weib) so erzähl mir, welcher Art die Ware ist, die dir so viel einbringen würde? ich bin gewiß, daß du selber einiges Geld auf der Seite hast, und es sollt schon sehr schlimm kommen wann ich nicht Freunde dazu bewegen könnt, uns vierzig Shilling zu borgen, und außer dem besitz ich selber auch noch zwey Kronen, die seit unsrer Heurath nimmer kein Sonnenlicht gesehen, und ehe daß du eines so guten Geschäftes verlustig gehest, sollst du auch die haben.

O weh, Weib (versetzte Simon) all dieß steht in keinem Verhältniß zum Umfange des Geschäftes: ich gebe zu, daß man damit wohl einige lederne Häute könnt kaufen, hier aber bedeutet es so viel als nichts: denn dieß ist eine Handelsware, die zu der Zeit kostbar und schwürig zu haben; und ich habe gehört, daß, wer auch immer sie zu kaufen gelüstet, drey tausend Pfund muß auf den Tisch legen können. Ja, Weib, und dennoch möchte er einen Profit von drey und drey Tausend Pfund machen.

So sein Weib ihn dieß sagen hörte, entbrannte sie in dem Verlangen danach, und wie das die Art der Frauen ist (meisten Theils) sehr heftig: kaum fand sie die Ruhe, ihn in Frieden essen zu lassen, so begierig war sie, ihn zu dem Geschäfte zu animiren. So bald sie gegessen und Gott dafür gedankt hatten, rief sie ihn daher und sagte: auf ein Wort, lieber Mann, ich bitte dich: nicht immer ist der Mann zu schelten, der zu Zeiten einen Rath von seinem Weibe annimmt; ungeachtet der Verstand des Weibes auch nicht befähigt ist, die größten Dinge zu erfassen, vermag er doch oft in zweyfelhaften Fällen unvermutet Hülfe zu gewähren.

Nun gut, Weib (sagte ihr Mann) was willst du damit bedeuten?

Wahrlich (versetzte sie) ich meyne, daß du dir ein Herz sollst fassen wie ein Mann und rasch einen Handel ausdenkst für diese Waren, von denen du sprichst.

Wer, ich? (sprach er) wie anstellen, wenn ich nicht drey Tausend Pfund kann aufbringen, drey Tausend Pence hinlegen?

Still, Mann (erwiderte sie) und hör zu: ungeachtet, daß jemand einem andern ins Gesicht schaut, weiß er doch nicht, wie viel Geld er in seinem Sacke hat, und wer auch immer diese Waren besitzet, er wird ohn jeden Zweyfel zufrieden seyn, einen Monat auf sein Geld zu warten oder doch zu mindest drey Wochen: und laß dir versichern, Tausend Pfund in der Wochen sind eine schöne runde Abzahlung, gegen die wohl Niemand Etwas wird einzuwenden haben.

Wie wäre es denn, Mann, wenn du morgen in der Früh mit Iohn dem Franzos zu dem Griechischen Händler giengest und mit Umsicht einen Handel über die gantze Schiffsladung mit ihm beschlößest: worauf du ihm ein halbes Dutzend Engelsthaler giebst und dir acht und zwanzig Tage nach der Ablieferung der Waren für die Bezahlung des Restes ausbedingest?

Aber Frau (versetzte er) bildest du dir ein, daß er mein Wort für eine solche Menge Geldes nehmen und seine Waren mir gegen nicht bessere Sicherheit ausliefern würde?

Guter Gott (versetzte sie) hast du nicht Witz genug, in einem solchen Falle Listen zu ersinnen? Ich will dir sagen, was du thun sollst: Laß Niemand wissen, daß du für dich selber Handel treiben willst, sondern gieb vor, als ob du es für einen der ersten Aldermen der Stadt thätest; auf jeden Fall aber hüte dich, daß du ihm nicht deinen Namen aufschreibest.

Ich bemerke schon, Weib (sagte er) daß du gern eine Lady seyn möchtest, und würdig bist du es auch, da du so sehr deinen Witz einsetzest, deinem Manne einen Profit zu verschaffen: aber sag mir, wenn er begehren sollte, den Alderman zu sehen und mit ihm Rath zu schlagen, was sollen wir dann thun?

Der Herr erbarme sich (versetzte sie) ihr sagt daß Frauen Thummköpfe seyen, doch mir scheint, daß die Männer manchmal belehrt müssen werden. Bevor du ihn in der Früh verläßt, laß Iohn den Franzos ihm sagen, daß der Alderman selbst am Nachmittag zu seiner Herberge will kommen: und so er dann eine Liste all der Waren empfängt, die im Schiffe befindlich sind, wird er ihm einen mit eigener Hand geschriebenen Schuldschein für das Geld aushändigen, ausgestellt auf den vereinbarten Termin. Und dieser Alderman, mein Liebling (erklärte sie) wirst du selber seyn, und ich werde gehen und bis zu dieser Zeit all die Dinge borgen, die zu diesem Behufe nothwendig seyn werden.

Pah (erwiderte ihr Mann) kannst du dir vorstellen, daß er, der mich doch am Morgen gesehen, mich am Nachmittag nicht wird wieder erkennen?

O Mann (versetzte sie) er wird dich nicht wieder erkennen, dafür bürge ich dir: denn am Morgen sollst du in deinem Wamse aus Schafsleder gehen, mit verschmiertem Gesicht und angetan mit deinem Lederschurze, einem wollenen Schal um deinen Hals und einer alten Kappe auf deinem Haupte.

Aber Frau (rief er) wann ich in diesem Habitus gehe, wird es meinem Rufe abträglich seyn und den Kauffahrer an meinem Handeln zweyfeln lassen: denn Leute in dürftiger Kleidung sind (weiß Gott) nur mit dem Nothwendigsten versehen.

Warts nur ab, guter Mann (versetzte sie) freylich soll es nicht so seyn, denn Iohn der Franzos wird dem Kauffahrer so guten Bericht über dein ehrlich Handeln geben (wie er, Gott seis gedankt, nicht anders kann) daß der Grieche nach deiner Kleidung nur um so besser von dir wird denken: daß du ein kluger, discreter Mann bist, der nichts vorgiebt, was er nicht ist. Und damit keiner von unseren Leuten zum Mitwisser unseres Vorhabens wird, werden wir morgen bei meinem Vetter Iohn dem Barbier in der Saint Clements Lane zu Mittag speisen, welche nicht weit ist von der Herberge in der Lumbard Street, wo die fremden Kaufleute absteigen. Und ich bin sicher, daß Alles bei meinem Vetter Iohn bereit wird liegen, was du am Nachmittag anlegen sollst. Zu aller Erst soll er dort mit seiner Scheeren all das überflüssige Haar abschneiden und deinen buschigen Bart nach der würdevollen Art der Aldermen stutzen: dann soll er dich mit süß duftender Hennaseife waschen und deinen Kopf und dein Gesicht mit dem reinsten Rosenwasser besprenkeln; danach sollst du deine pechigen Finger mit gewöhnlicher Seife in einem Becken mit heißem Wasser bürsten; und wenn all dieß gethan, entledigest du dich dieser gemeinen Lumpen, und ich werde dir ein Wams aus lohfarbenem Satin anlegen, über welchem du ein Obergewand aus getheiltem Damast tragen sollst, an den Rändern mit feinstem Pelzwerk eingefaßt, dazu Hosen aus schwarzem Sammet und passende Schuhe und Strümpfe: ein Band um deinen Hals so weiß als frisch gefallener Schnee, und um deine Handgelenke ein Paar wunderhübsche Manchetten, und auf deinem Haupte eine Kappe aus dem feinsten schwarzen Stoffe: überdieß sollst du noch einen prächtigen Mantel anlegen, aus Sammet und auch mit feinstem Pelzwerk eingefaßt, als auch ein Paar gar zierliche Handschuhe, und auf deinem

Zeigefinger soll ein großer goldener Siegelring blitzen.

Wann du nun so ausstaffiret bist, werde ich meinen Vetter Iohn den Barbier bitten, denn er ist ein sehr hübscher junger Mann, sauber und fein in seinem Auftreten (wie in der That alle Barbiere) daß er sich der Mühe unterziehe, mit dir als dein Diener zu dem Kaufmann zu gehen. Und da nun Einer von euch den Andern nicht verstehen kann, wird es genügen, wenn ihr einander mit äußerer Höflichkeit begrüßet, wobey er dir seine Liste überreicht und du ihm deinen Schuldschein, worauf du wieder nach Hause kömmst.

Es thut meinem Herzen wohl zu sehen, wie schmuck dir dieß Gewand wird stehen: im Vertrauen, Mann, ich meyne dich bereits darin zu sehen, und wie sehr wirst du einem Aldermanne gleichen, wann du in diesem köstlichen Staat einher gehest. Nach deiner Rückkehr von dem Kauffahrer aber sollst du all diese Verkleidung bey meinem Vetter wieder ablegen und nach Hause kommen, wie du fort gegangen. Alsdann sollst du Iohn dem Franzos erklären, daß der Alderman an diesem Nachmittag bei dem Kauffahrer gewesen, und daß du ihn am nächsten Morgen wirst zu dem selben senden mit der Bitten, er möchte doch sein Schiff den Fluß hinauf führen laßen. Während, daß es hergeführt wird, magst du den Linnenhändlern von den Waren Bescheyd ertheilen, welche du erwartest.

Genug, Weib (versetzte er) du hast zur Genüge gesprochen: und mit Gottes Hülfe will ich deinem
Rathe folgen, und ich zweyfle nicht an meinem Glücke.

Und er that, wie sein kluges Weib ihm gerathen,
und alles schlug zu seinen Gunsten aus, da auch die
Fürsehung ihre wohlthätige Macht zu äußern begann.

Wir aber, da wir nun gesehen, wie aus Simon dem
Schumacher Simon der Kaufmann ist geworden, wollen unsere Zungen berichtigen und ihm auch den Titel zu kommen laßen, mit welchem seine Kunden ihn
anzureden pflegen, und ihn hinfort Master Eyer nennen, der, indem er seine eigenen Affairen verfolgte,
die Leitung über seine Werkstatt in die Hände von
Iohn dem Franzos legte und ihn über seine andern
Diener setzte, in Folge welcher Gunst Iohn sich selber dazumal als ein Mann von nicht geringer Bedeutung dünckte.

Wie Master Eyer zum Sheriff von London be-
rufen worden: und wie er sich in Gottesfurcht
und Würde darein schickte.

In der Zwischenzeit gieng Master Eyer seinen Ge-
schäften nach und hatte so viel von seiner Handelsware verkauft als es brauchte um dem Griechen sein
Geld zu bezahlen: und dennoch verblieben in seinem
Besitze drey Mal so viel als er verkauft, worauf er

Etwas dem Einen, etwas einem andern Alderman und einen großen Theil einigen vermöglichen Kaufleuten anvertraute; und deren Einige bezahlten mit barem Gelde, das er in mannichfaltige Waren steckte: und er suchte Abenteuer auf dem Meere, hatte (mit Gottes Hülfe) manch eine gedeyliche Reise und seine Reichthümer nahmen täglich zu.

Wie er nun eines Tages an seinem Pulte saß und seine Einkünfte berechnete, fand er, daß er in der That zwölf oder dreyzehn Tausend Pfund werth sey, worauf er seine Frau zu sich rief und sagte:

Gestern Abend habe ich meine Einkünfte addiret und gefunden, daß der Allmächtige Gott in seiner Güte mir dreyzehn Tausend Pfund geliehen, um uns in unsern alten Tagen zu erhalten: darum laß uns seine Glorreiche Maiestät ewiglich und aus vollem Herzen preisen für seine gnädige Huld und überdieß zu ihm beten, daß wir auf solche Weise davon Gebrauch machen möchten, daß es zu seiner Ehre und zum Troste seiner bedürftigen Unterthanen gereiche auf Erden, und daß wir nicht aufgebläht werden vom Stolze über unsre Nachbarn und während daß wir an unsern Reichthum denken, nicht auf Gott vergeßen, der ihn uns gesandt; denn es geht ein altes Sprichwort von einem weisen Manne, daß aus dem Reichthume Überfluß erwachse, und aus dem Überfluß hinwiederum der Hochmuth: vor welchem Gott uns

gnädig beschützen und uns Zufriedenheit verleihen
möge.

So bald er dieß gesprochen, hörten sie Jemanden
hastig gegen die Thüre klopfen, worauf er Florence
nachsehen schickte: und das Mädchen kam zurück
und sagte ihrem Herrn, daß draußen ein Abgesandter
unsres Lord Maior stünde und mit ihm reden wollte.
Nachdem man dem Abgesandten einzutreten gestat-
tet und der selbe seine gebührende Reverenz erwiesen, sagte er: Sir, es hat meinem Lord Maior und den
hochwürdigen Aldermen, seinen Amtsbrüdern, gefallen, Euer Gnaden auf den Rathschlag des gesamm-
ten Rathes dieser ehrwürdigen Stadt zum Sheriff* von

* Zum gehörigen Verständniße des Obigen sey es dem Inter-
preten vergönnt, die nachfolgende Erläuterung für die des Angelsächsischen Gebrauches Unkundigen anzubringen: Sheriff (vom
Angelsächsischen scirgerefa, d. i. Hüter oder Richter der Grafschaft) ist in England der von der Krone bestellte erste richter-
liche Beamte einer Grafschaft. Nur die City von London hat
deren zwey, die von den Vertretern der Bürger erwählt werden.
Der Sheriff verwaltet die Polizei, leitet die Parlamentswahlen,
treibt die königlichen Auflagen, Strafgefälle und Konfiskations-
gelder ein und bringt die Strafurtheile zur Vollziehung. Auch
schlägt er die Geschwornen vor und ruft sie, nachdem er den
Proceß instruiret, zur richterlichen Entscheidung zusammen.
Da dieß Amt außer den Sporteln keine Besoldung trägt und mit
bedeutendem Aufwand verknüpft ist, so ist niemand verbunden, es in vier Jahren zwey Mal zu übernehmen. Auf der Wei-
gerung, das Amt des Sheriff zu übernehmen, steht, mit Ausnahme
der vom Gesetze vorgesehenen Fälle, hohe Geldbuße. So ist es
beybehalten bis auf den heutigen Tag.

London zu erwählen, und man hat mich abgesandt, Euch zu ersuchen zu kommen und Euern Sinn in dieser Sache zu äußern, ob Ihr es zufrieden seyt und annehmen wollet oder nicht.

Nachdem Master Eyer dieß vernommen, antwortete er, daß er ohne Verzug seiner Gnaden und den hochwürdigen Aldermen seine Aufwartung machen und ihnen mittheilen würde, welchen Sinnes er sey; und damit gieng der Abgesandte zurück.

Sein Weib, das unterdeß ihrer Unterredung gelauscht und vernommen, wie die Sache stund, trat ihrem Manne mit gar frohem Gesicht entgegen, fiel ihm mit einem liebevollem Kuße um den Hals und sprach, Master Sheriff, Gott gebe dir Freude an deinem Namen und Amte!

O Weib (versetzte er) meine Person ist dieses Amtes gäntzlich unwürdig, und sein Name übersteigt bey weitem meinen Rang.

Ey, guter Mann (erwiderte sie) gieb dich zufrieden und erniedrige dich nicht selber auf solche Weise, sondern sey Gott dankbar für was du besitzest und weise nicht verächtlich von dir die Erhöhung, die Gott dir geschickt: der Herr sey gepriesen dafür, du hast genug, um das Amt zu versehen, wohin du in Ehren berufen: und wozu sendet Gott denn Reichthum, wenn nicht daß man damit ihm und dem Lande einen Dienst erweise?

Gut Ding will Weile haben, Frau (versetzte er): denn rasche That ist oft genau so rasch bereut: Sheriff von London zu seyn, kostet nicht wenig. Bedenke nur, welch Haus zu halten ich verbunden wäre und welch kostbare Ornamente in das selbe hinein gehörten; als da sind: Wandteppiche aus Arras und dergleichen mehr, goldne Teller und Pokale, außer dem benöthige ich prächtige Gewänder und ein theures Gesinde; vor allem aber, wie groß ist meine Last gegenüber unserm obersten Herrn, dem Könige, wenn ich Rechenschaft stehen muß für all die Gefangenen, die meiner Aufsicht anvertraut sind: und so giebt es hunderterley Dinge von gleicher Wichtigkeit, die solch einem Amte obliegen.

Guter Gott, Mann (erwiderte sie) wozu all diese Wiederholungen? Du brauchst mir nicht zu erzählen, welch große Lasten dieß Amt mit sich bringt: gleichwohl meyne ich, daß schon viele es mit großen Ehren verwaltet, deren Wohlhabenheit in keinem Verhältniße zu deinem Reichthum stund, und deren Witz nicht größer gewesen als der deinige: fürwahr denn, darf ich offen reden? ich wüßte in Ansehung deiner nichts, was dir fehlte, dieß Amt zu versehen, es sey denn dein guter Wille: und seinem König und Vaterlande einen guten Dienst nicht erweisen zu wollen, wäre das Kennzeichen eines unwerthen Subiectes, welches, so hoffe ich, du niemals seyn sollst.

Ach Weib (versetzte da ihr Mann) du hältst mich hier mit kleinlichem Geschwätz in Verzug, indeß die Zeit verstreicht und ich schon längstens auf dem Wege zur Guild-Hall seyn müßte; ohnstreitig wird mein Lord Maior meynen, daß ich ein unmanirlicher Geselle sey, wann ich ihn so lange warten laße.

Und nachdem er sich bereit gemacht, vor eine solche Versammlung zu treten, als ihn erwartete, gieng er aus der Thüre, worauf sein Weib ihm nach lief und sagte, indem sie den Finger hochhielt, Mann, vergiß nicht, was ich dir gesagt: bedenke, daß du dich nicht mit Gott und der Welt überwirfst, sieh darauf, Mann.

Geh zu, geh zu (versetzte er) geh hinein und kümmere dich um deine Geschäfte, und damit gieng er fort.

So bald, daß er nicht mehr zu sehen war, schickte sein Weib einen seiner Leute ihm nach zur Guild-Hall, zu lauschen und zu horchen, ob ihr Gemahl das Amt würde annehmen: und wann er es thut, bring Er mir die Zeitung so rasch als er kann.

Das will ich, Herrin (antwortete ihr der Mann).

Wie nun Master Eyer zur Guild-Hall gekommen, hießen der Lord Maior und seine Amtsbrüder ihn aufs herzlichste Willkommen und sagten: Sir, der Rath der Stadt empfindet eine so hohe Meynung von Euch, daß er Euch als einen seiner Sheriffes für dieses Jahr erwählet hat, ohne im wenigsten daran zu zweyfeln, daß Ihr der rechte Mann für dieses Amt seyt.

Mein gütiger Lord Maior (versetzte er) demüthig danke ich der Stadt für ihre Höflichkeit und Güte, und wollte Gott, meine Wohlhabenheit wäre gleich groß als mein guter Wille und meine Talente ihm ebenbürthig. Hingegen meyne ich, daß beides nicht zureichet; darum bitte ich Euch unterthänigst, mir ein weiteres Jahr Frist zu gewähren und mich für das Gegenwärthige zu dispensiren.

Dieß, Master Eyer (versetzte mein Lord Maior) deucht mich denn doch eine sehr lahme Entschuldigung in Ansehung Eures Besitzstandes, welcher offenkundig als zureichend erwiesen worden; Ihr sollt nämlich wissen, daß die Bürger von London scharfe Augen haben und nur selten in ihrem Urtheile fehl gehen: und darum werdet Ihr Euch wohl oder übel in Euer Los schicken müssen.

Wenn dem so ist, mein Lord Maior (erwiderte er) so soll geschehen wie Ihr sagt und ich will das Amt acceptiren und dieser Versammlung nicht länger beschwerlich seyn; und so endigten sie.

Nachdem die Versammlung also aufgelöset worden, gieng das Wort um, Master Eyer ist Sheriff, Master Eyer ist Sheriff. Worauf der Bursche, welchen Mistresse Eyer gesandt hatte, den Gang der Dinge zu beobachten, in größter Hast nach Hause eilte und sprang und jubilirte: Mistresse Eyer, Gott gebe Euch Freude, denn itzt seyd Ihr eine fürnehme Dame.

Wie (versetzte sie) höre ich recht, so ist Sein Herr also Sheriff? und hat er seine Parthie mit guter Art genommen?

Freylich, Mistresse (erwiderte er) hat er seine Parthie mit sehr guter Art genommen.

So ist also mein herzlichster Wunsch (sprach sie) den ich so lange ersehnt, erfüllet worden; und damit gieng sie fort.

Nach einer Weile kam ihr Mann, und mit ihm ein Alderman und ein Paar reicher Bürger, und indem sie ihnen unter der Thüre entgegen trat, sprach sie: willkommen zu Hause, trefflicher Master Sheriff!

Wie Master Alderman Eyer zum Lord Maior von London erwählet worden, und wie er alle Lehrburschen am Fastnachts Dienstag festlich bewirthet.

Wenige Jahre darauf, als Alderman Eyer zum Lord Maior von London erwählet, wechslete er seine Zunft und ward Einer der Ehren werthen Zunft der Linnenhändler, und dieses Jahr über führte er ein freigebig Haus. Zu dieser Zeit nun kam ihm in den Sinn, was er einst den Lehrburschen versprochen, als er mit ihnen am Laufbrunnen gewesen und darnach zu Morgen gegessen; und er sprach also zu seiner Frau: Gütiger Gott (sagte er) wie sehr hat sich doch alles geändert in Ansehung unsres Geschickes in diesen dreißig Jahren! und wie reich hat der Herr uns seit dem gesegnet! gepriesen sei darum sein Name!

Ich erinnere mich itzt eines Versprechens, das ich als junger Lehrbursch an einem Fastnachts Dienstag gemacht, da ich mit einigen meiner Gefährten am Laufbrunnen gewesen; und glaub mir, Weib (sagte er) dieß ist es werth zu hören, und ich will dir erzählen, wie es sich begeben.

Nachdem wir unsre Deckelkannen mit Wasser gefüllet, ward ich von einigen genöthigt, meine Kanne nieder zu setzen und mit ihnen zum Morgenessen zu gehen (wie dieß schon viele Male zuvor geschehen) worin ich einwilligte: und es war ein Morgenessen aus Fleischpudding. Ich werde es nie vergessen. Doch um es kurz zu machen, als die Zeche sollte bezahlet werden, zog ein jeder sein Geld hervor, nur ich hatte keinen Penny in meiner Börse und keinen Credit bey diesem Wirthe; und nachdem ich dieß beschämt bemerket, sagte ich: Nun wohl, meine Freunde, spendiret mir dieß Mal mein Morgenessen; und falls ich je sollte Maior von London werden, will ich als Entgelt ein Morgenessen für alle Lehrburschen der Stadt geben: dieß waren meine Worte, wobey ich (weiß Gott!) wenig daran gedacht, daß sie erfüllet werden sollten: doch so groß ist die Güte Gottes, der die Demüthigen erhöhet und die Stolzen zu Boden drücket:

und auf den Ehrenplatz erhebet wie es ihm gefällt. Denn wie die Bibel bezeuget, kömmt die Beförderung unsrer Thätigkeit weder aus dem Osten noch aus dem Westen, sondern von Ihm allein, dem Geber aller guten Dinge, dem mächtigen Herrn des Himmels und der Erden. Und da nun Gott mir gegeben, was ich nie erwartet, Weib, ist es nur billig, daß ich mein Versprechen auch halte: und da ich nun fähig bin zu zahlen, was ich damals nicht gekonnt, will ich es auch thun: denn ich möchte nicht, daß die Leute sagen, ich sey gleich dem Ebenholzbaum, der weder Blatt noch Frucht trägt. Da itzt gerade der Fastnachts Dienstag näher kömmt, Weib, will ich auf diesen Tag mein Versprechen erfüllen, das ich einst an dem selbigen Tage gemacht.

Warrlich, Mann (versetzte sie) dieß ist gleichwohl auch in meinem Sinne gehandelt.

Wann dem so ist und du mich also liebest (antwortete mein Lord Maior) so sorge dafür, daß es ihnen weder an Fleischpudding noch an Pfannkuchen soll mangeln; und schau zu, was es noch an guten Speisen hat. Ich will alles deinem Gutdünken überlassen.

Darauf wurden große Vorkehren getroffen für das Morgenessen der Lehrburschen: und der Lord Maior schickte Nachricht an alle Aldermen, den Bürgern in ihren jeweiligen Bezirken seine Meynung zu verkünden, daß sie ihren Lehrburschen vergönnen möchten, am Fastnachts Dienstag zum Morgenessen in sein Haus zu kommen und ihm zu Liebe den gantzen folgenden Tag feiern zu lassen. Darauf wurde angeordnet, daß zu dieser Zeit in jedem Pfarrbezirke eine Glocke geläutet werde, worauf alle Lehrburschen ihre Arbeit nieder legen und ihr Geschäft für diesen Tag schließen sollten: und dieser seit dem jährlich beobachtete Brauch wird *Pancake Bell* genannt.

Nachdem die Lehrburschen alle versammelt waren, reichte das Gelaß des Hauses meines Lord Maiors nicht aus, sie alle zu faßen, sie waren eine so große Menge, daß außer in der großen Halle im gantzen Garten und hinter dem Hause Tische aufgestellt wurden, und auch alle übrigen verfügbaren Räumlichkeiten wurden so möbliret: so daß sie schlüßlich alle placiret werden konnten; und während daß man Fleisch auftrug, wurden Trommeln gerühret und Trompeten geblasen, um so gleicher Maßen den Körpern und den Augen einen ergetzlichen Schmaus zu bereiten; wie auch den Lärm ihres Geschwätzes zu übertönen: nachdem dieß geendet, spielten die Stadtmusikanten, ihnen mit diversen andern Weisen die Zeit zu verkürzen und jeglich Mißvergnügen zu vertreiben.

Nach der ersten Speisenfolge wurden alle Tische in überflüßiger Weise mit Fleischpudding und Pfannkuchen versehen, und der übrig bleibende Rest den

Armen mitgetheilet. Wein und Ale wurden sehr reichlich an sie ausgeschenket, und zwar so viel, daß sie keinen Mangel litten, aber nicht im Übermaße, daß es sie nicht durcheinander brächte. Und mitten in ihrer fröhlichen Schwelgerey trat der Lord Maior in seinem scharlachroten Gewande mit seiner Lady unter sie, entbot allen ein sehr herzliches Willkommen und sagte, daß sein Versprechen, das er vor so langer Zeit gemacht, nun endlich erfüllet sey. In welchem Augenblicke sie (zum Zeichen ihrer Dankbarkeit) ihre Mützen in die Luft warfen und ein lautes Freudengeschrei loß ließen, worauf sie ohnverzüglich alle ruhig nach Hause giengen.

Darnach erbauete Sir Simon Eyer noch Leaden Hall und ordnete an, daß in ihrer Mitten auf einen jeden Montag ein Ledermarkt gehalten werde, auf daß die Schuhmacher von London in größerer Bequemlichkeit von den Gerbern einkaufen könnten, ohne erst in weiterm Umkreise zu suchen.

Und am Ende beschloß dieser verdienstvolle Mann sein Leben in London unter großen Ehren.

Warnung an junge Ehefrauen

von Richard Steele

> Felices ter, et amplius,
> Quos irrupta tenet copula; nec malis
> Divulsus querimoniis,
> Suprema citius solvet amor die.
>
> Hor. Od. I. 13, 17.

D er Liebhaber meiner Schwester Jenny, der Ehren werthe Tranquillus, wie er hier genannt werden soll, hat mir gegen über seine Ungeduld geäußert, daß ich nicht die nothwendigen Anweisungen für seine Heurath gebe; daß er, während ich mich mit imaginären Hirngespinsten beschäftige, wie er es nennt, nicht vor ächter Sehnsucht und der Qual der Erwartung verbrennen möchte. Nachdem ich ihn wegen der Leidenschaft getadelt, worinnen er sich ausgedrückt, und welche nach meinem Dafürhalten der Ehrfurcht ermangelte, mit welcher man in das Ehebett steigen sollte, sprach ich zu ihm: der Tag Seiner Hochzeit soll am künftigen Samstage seyn, dem achten Tage dieses Monats.

Am Abend des Siebenten nun kam die arme Jenny in meine Kammer, und da ihr Herz ganz erfüllet war von dem bevor stehenden Wechsel aus dem Stande einer Jungfrau zu dem einer Ehefrau hinüber, saß sie eine lange Zeit schweigend. Ich sah, daß sie von mir erwartete, daß ich über dieß wichtige Thema zu ihr spräche, was sie in Ansehung ihrer natürlichen Sittsamkeit nicht zu berühren wagte; worauf ich sie mit folgenden Worten erleichterte: Schwester (sagte ich) du bist im Begriffe, von mir zu gehen: und sey zufrieden, daß du die Gesellschaft eines schwatzhaften alten Mannes verläßest, um dafür die eines trefflichen jungen Mannes einzuhandeln: dieß aber merke dir, daß es in dem Stande, in welchen du nun eintrittst, kein Mittelmaß giebt, sondern daß du entweder überaus glücklich oder elend seyn wirst, und daß dein Glück auf diesem Lebenswege gänzlich in deinen eigenen Händen liegt. In all den Ehen, die ich gesehen habe, zu meist unglückliche, ist das große Übel aus einer winzigen Wurzel gewachsen; daher nimm als die oberste Regel mit in den Ehestand, daß du über Kleinigkeiten erhaben seyn mußt. Wenn zwey Personen eine so gute Meynung von einander haben, um sich für das Leben zusammen zu thun, werden sie in bedeutenden Dingen nicht unterschiedlich handeln, weil sie in Ansehung aller wichtigen Dinge, die sich ihrem Urtheile stellen möchten, mit großem Respecte von einander denken, und für gegenseitige Hülfe und Beystand bey solchen Gelegenheiten präpariret sind; für mindere Anläße jedoch haben sie sich keine Meynung geformt und laßen ihren Verstand unvorbereitet.

Dieß, liebe Jenny, ist der Grund, warum der Streit zwischen Sir Harry Willit und seiner Lady, welcher sich über ihrem Eichhörnchen entspann, unheilbar ist. Sir Harry las gerade in einem ernsthaften Author; sie läuft in sein Studirzimmer und setzt in spielerischem Humor ihr Eichhörnchen auf seinen Folianten: er wirft das Thier wütend auf den Fußboden; sie rafft es an sich, nennt Sir Harry einen sauertöpfischen Pedanten ohne Gutmüthigkeit oder gute Maniren. Dieß versetzt ihn in eine solche Wuth, daß er den Tisch vor sich um wirft und das Buch mit dem Fuß durchs Zimmer stößt; dann, nachdem er sich gesammelt: Herr Gott, Madam (sagt er) warum haben Sie sich zu derartigen Ausdrücken verstiegen? ich befand mich in köstlichstem Einvernehmen mit jenem Author, als Sie mir Ihr Eichhörnchen auf das Buch fallen ließen; und lächelnd fügte er nach einigem Nachdenken hinzu: Ich empfinde große Achtung vor Ihrem Liebling; und bitte, laßen Sie uns alle Freunde seyn. Meine Lady aber war so weit davon entfernt, diese Entschuldigung zu acceptiren, daß sie ohnverzüglich den Entschluß faßte, ihn für immer in die Knie zu zwingen;

und mit ernstem Angesichte erwiderte sie: Den Worten eines Mannes, der in eine solche unziemliche Wuth verfallen und im selben Moment so unterwürfig seyn kann, darf man keine Beachtung schenken; ich verachte dich absolut deswegen. Worauf sie aus dem Zimmer rauschte. Sir Harry stund ein Paar Minuten da, um nachzudenken und sich zu faßen; darnach folgte er ihr in ihr Schlafgemach, wo sie sich über das Bett geworfen hatte und ihr Haar raufte, dabey wohl an die zwanzig Gecken mit Namen nennend, die anders mit ihr umgesprungen seyn würden. Dieß reizte seinen Grimm dermaßen, daß er alle guten Vorsätze außer Acht ließ und sie schlug; und alle Dienstboten der Familie in den verschiedenen Räumlichkeiten hielten mit ihrer Thätigkeit inne und lauschten, während der beste Ehemann und die beste Ehefrau, der beste Herr und die beste Herrin, sich gegenseitig auf eine Art und Weise entwürdigten, daß man es nicht einmal in Billingsgate wiederholen könnte. Du weißt, daß dieß in der sofortigen Trennung endigte: sie verlangt es darnach, heimzukehren, doch sie weiß nicht, wie sie es anstellen soll: er ladet sie täglich dazu ein. Ihr Mann fordert keine Unterwerfung von ihr; aber sie meynt, daß schon die Thatsache ihrer Rückkehr ein Eingeständniß ihrer Schuld sey, die sie lieber für immer auf sich nehmen denn eingestehen möchte. Deßhalb, liebe Jenny, hüte dich davor,

kleine Herausforderungen zu stellen oder anzunehmen: das ist mein bester Rath für dich. Schwer wie-
gende Aergernisse habe ich weder von deiner noch
von der Seite deines zukünftigen Gemahls zu fürchten Anlaß.

EINES JUNGGESELLEN KLAGE
ÜBER DAS BENEHMEN
VERHEIRATHETER LEUTE

VON CHARLES LAMB

Da ich unverehelicht bin, habe ich ein gut Theil meiner Zeit damit ausgefüllt, die charakterlichen Schwächen verheiratheter Leute zu notieren, um mich über den Verlust jener höheren Wonnen hinweg zu trösten, welche mir ihrer Meynung nach durch das Verharren in meinem jezigen Stande entgangen seyen.

Ich kann nicht sagen, daß die Streitigkeiten zwischen Männern und ihren Ehefrauen je einen besonderen Eindruck auf mich machten oder viel dazu beytrugen, mich in meinen antisocialen Resolutionen zu bestärken, die ich vor längerer Zeit als Folge tiefer gegründeter Erwägungen faßte. Was mich am öftesten in den Häusern verheiratheter Personen, die ich besuche, verletzt, ist ein Verstoß ganz anderer Art – sie sind zu verliebt.

Aber zu verliebt hinwiederum auch nicht: das erklärt nicht, was ich meyne. Außerdem, warum sollte mich dieß verletzen? Schon allein die Thatsache, daß sie sich von dem Reste der Welt abtrennen, auf daß sie um so mehr die Gesellschaft von einander genießen können, schließt ein, daß sie einander der ganzen übrigen Welt vorziehen.

Worüber ich mich hingegen beklage ist, daß sie diese Bevorzugung so unverhüllt zeigen; sie brüsten sich vor uns ledigen Leuten so schamlos damit, und man kann keinen Augenblick in ihrer Gesellschaft seyn, ohne daß sie Einen durch eine indirekte Anspielung oder offenes Bekenntniß fühlen lassen: *Du* bist nicht der Gegenstand dieser Bevorzugung. Nun giebt es zwar einige Dinge, die zur Kränkung keinen Anlaß geben, wenn man sie als gegeben hin nimmt und stillschweigend darüber hinweg geht; ausgesprochen allerdings liegt viel Kränkung darinnen. Wenn ein Mann an die erst beste reizlose oder einfach gekleidete junge Frau seiner Bekanntschaft herantreten und ihr ins Gesicht sagen wollte, sie sey nicht hübsch oder reich genug für ihn, und er könnte sie darum nicht heirathen, verdiente er, ob seiner Ungezogenheit in die Kehrseite getreten zu werden; doch nicht weniger ist allein in der Thatsache enthalten, daß er es nie für richtig erachtet hat, ihr diese Frage zu stellen, obschon er Zugang zu ihr und die Gelegenheit dazu gehabt hätte. Die junge Frau versteht dieß so deutlich, als ob es in Worte gefaßt wäre; aber keine vernünftige junge Frau würde daran denken, dieß zum Anlaß eines Streites zu nehmen. Genau so wenig Recht hat ein verheirathetes Paar, mir durch Reden und Blicke, die kaum minder deutlich sprechen als Worte, zu sagen, daß ich keiner der Glücklichen bin – kein Herzensbrecher. Es genügt, daß ich es weiß: ich benöthige diese dauernde Erinnerung nicht.

Die Entfaltung überlegenen Wissens oder Reichthumes mag hinreichend demüthigend zur Schau gestellt seyn, aber sie entbehrt doch nicht eines gewissen Linderungsmittels. Das Wissen, welches hervorgekehrt wird, mich zu beleidigen, mag mich zufällig bereichern; und an dem Hause und den Bildern des reichen Mannes, seinen Gärten und seinen Parks habe ich doch zumindest einen zeitlichen Nießbrauch. Die offenkundige Entfaltung ehelichen Glückes hingegen besitzt kein solches Linderungsmittel: sie ist eine durchaus klare, ungemilderte, uneingeschränkte Beleidigung.

Die beste Bezeichnung für die Ehe ist die einer Monopolstellung von nicht wenig Ärgerniß erregender Art. Den meisten Inhabern irgend welcher exclusiver Privilegien räth ihre Intelligenz, ihren Vortheil so weit als möglich den Blicken ihrer weniger begünstigten Nachbarn zu entziehen, auf daß diese, da sie so wenig davon sehen, nicht in Versuchung geraten, diese Rechte in Frage zu stellen. Aber diese verheiratheten Monopolisten reiben uns auch gerade den tadelnswerthesten Theil ihres Privilegs unter die Nase.

Nichts finde ich abscheulicher als die völlige Selbstgefälligkeit und Zufriedenheit, welche einem frisch verheiratheten Paar aus den Gesichtern strahlt – besonders aus dem der Dame des Hauses: es sagt dir, daß ihr Geschick in dieser Welt entschieden ist: daß *du* auf sie nicht mehr hoffen darfst. Es ist wahr, ich habe keine Hoffnung: vielleicht auch keine Wünsche: doch dieß ist eine jener Wahrheiten, die, wie ich bereits zuvor gesagt, stillschweigend als gegeben betrachtet, nicht jedoch ausgedrückt werden sollten.

Die überheblichen Allüren, deren sich diese Leute befleißigen, gegründet auf der Unkenntniß von uns unverheiratheten Gesellen, würden beleidigender seyn, wenn sie weniger wider die Vernunft wären. Wir wollen ihnen zugestehen, daß sie die Geheimnisse ihres eigenen Standes besser kennen als wir, die wir nicht daß Glück genießen, freien Zutritt dazu zu haben: aber ihre Arroganz begnügt sich nicht innerhalb dieser Grenzen. Wenn ein lediger Mensch sich erlaubt, in ihrer Gegenwart seine Meynung zu äußern, und sey es auch über den gleichgültigsten Gegenstand, wird er alsbald als eine incompetente Person zum Schweigen gebracht. Ja, als ich kürzlich

das Pech hatte, in einer Frage, betreffend die ange-
messenste Methode der Austernzucht für den Londoner Markt, anderer Meynung zu seyn als eine jung
verheirathete Dame meiner Bekanntschaft – die, und
das ist noch der größte Witz, ihren Stand erst vor
noch nicht einmal zwey Wochen gewechselt hatte – besaß sie die Verwegenheit, mich mit spöttischem Lächeln zu fragen, wie denn so ein alter Hagestolz wie
ich vorgeben könne, über solche Dinge überhaupt
etwas zu wissen!

Wovon ich aber bis jetzt gesprochen habe, ist
nichts gegen über den Allüren, welche diese Geschöpfe annehmen, wenn sie, wie dieß allgemein der
Fall ist, Kinder bekommen. Wenn ich bedenke, daß
Kinder doch wohl kaum als Seltenheit zu betrachten
sind, – daß jede Straße und jede Sackgasse von ihnen
überquillt, – daß gerade die ärmsten Leute gewöhnlich im Überfluß davon haben, – daß es nur wenige
Ehen giebt, die nicht mit wenigstens einem dieser
wohlfeilen Früchtchen gesegnet sind, – wie oft sie
nach der verkehrten Seite ausschlagen und die zärtlichen Hoffnungen ihrer Ältern täuschen, indem sie
den Pfad der Verderbtheit beschreiten, der in Armuth,
Entehrung, dem Galgen etc. endet. Ich kann um alles
in der Welt nicht sagen, welchen Grund zum Stolz
ihr Besitz möglicherweise liefern kann. Wenn sie
junge Phoenixe wären, von denen jeweils nur einer

im Jahre geboren würde, dann gäbe es vielleicht in der That einen Anlaß dazu. Aber wo sie doch so verbreitet sind ...

Ich spiele nicht auf die anmaßende Art an, mit der sie sich ihren Ehemännern gegen über bey derartigen Anlässen für verdienstvoll aufspielen. Sollen sie das unter sich ausmachen. Warum sie aber von *uns,* die wir nicht ihre natürlich geborenen Unterthanen sind, erwarten, daß wir unsre Gewürze, Myrrhen und Weihrauch – unsern Tribut und ehrerbietige Bewunderung – darbringen, sehe ich nicht ein.

»Wie die Pfeile in der Hand des Riesen, genau so sind die kleinen Kinder«; so steht in dem vortrefflichen Gebet für die Aussegnung der Wöchnerinnen in unserm Gebetsbüchlein; »Glücklich der Mann, dessen Köcher mit ihnen gefüllet ist.« Dem möchte ich nicht widersprechen; aber dann sollte er wenigstens nicht seinen Köcher über uns ausschütten, die wir völlig waffenlos sind; mögen sie seine Pfeile seyn, aber nicht, um uns damit zu stechen und zu plagen. Gewöhnlich habe ich beobachtet, daß diese Pfeile an beyden Enden geschärft sind: sie haben zween Spitzen, auf daß die eine oder die andre auch sicher treffe. Wann du zum Beyspiele in ein Haus kömmst, welches voller Kinder ist, und zufällig keine Notiz von ihnen nimmst (du denkst vielleicht gerade an etwas anderes und vernimmst ihre unschuldigen Schmeicheleien nicht), wird man dich als verdrüßlich, unwillig und als einen Kinderfeind hinstellen. Andernfalls jedoch, wann du sie reizender als gewöhnlich findest und dich allen Ernstes anschickst, mit ihnen zu tollen und zu spielen, – dann wird man gewiß einen Vorwand finden, sie aus der Stube zu schicken: sie seyen zu lärmend oder ungestüm, oder Herr Sowieso mag keine Kinder. Die eine oder andre Spitze dieses Pfeiles wird dich mit Gewißheit treffen.

Ich könnte ihrer Eifersucht verzeihen und darauf verzichten, mit ihrer Brut zu spielen, wenn es ihnen irgend welche Pein verursacht; aber ich halte es für unvernünftig, daß man von mir erwartet, sie zu *lieben,* wo ich dafür nicht den geringsten Anlaß sehe – eine ganze Familie zu lieben, acht, neun oder zehn vielleicht, ohn Unterschied, – all die süßen Kleinen zu lieben, weil Kinder doch so reizend sind!

Ich weiß, daß es ein Sprichwort giebt: »Wenn du mich liebst, liebst du auch meinen Hund«, welches aber nicht immer sehr practikabel ist, insbesondere, wenn man den Hund dazu anhält, dich zu plagen oder im Scherz nach dir zu schnappen. Doch einen Hund oder etwas Geringeres – jeden unbeseelten Gegenstand, wie zum Beyspiele ein Andenken, eine Uhr oder einen Ring, einen Baum oder den Platz, wo wir uns trennten, als mein Freund zu einer längeren Abwesenheit sich verabschiedete – kann ich möglicher

Weise lieben, weil ich ihn liebe, und damit alles, was mich an ihn erinnert; vorausgesetzt, daß es seiner Natur nach indifferent und willens oder tauglich ist, jedwede Form der Zuneigung zu acceptiren. Kinder hingegen sind im Besitze eines wirklichen Charakters, eines wesentlichen Bestandtheils ihres Selbst: sie sind *per se* liebenswerth oder nicht liebenswerth; ich muß sie lieben oder hassen, wie ich den Grund für das eine oder andre in ihren Eigenschaften sehe. Das natürliche Wesen eines Kindes ist ein viel zu ernsthaft Ding, als daß man es als das bloße Anhängsel eines andren Menschen betrachten könnte und dem gemäß hassen oder lieben; sie sind für mich von gleicher Bedeutung wie Männer oder Frauen. Aber oh! werdet Ihr sagen, gewiß ist es ein anziehendes Alter, – es liegt Etwas in den zarten Jahren der Kindheit, das uns ganz von selbst verzaubert. Eben dieß ist der Grund, warum ich freundlicher über sie denke. Ich weiß, daß ein reizendes Kind das Reizendste ist, was die Natur geschaffen hat, nicht einmal die zierlichen Geschöpfe ausgenommen, welche sie uns gebären; aber je anmuthiger die Gattung eines Dinges ist, desto wünschenswerther erscheint es, daß es seiner ganzen Natur nach anmuthig sey. Ein Gänseblümchen unterscheidet sich nicht so sehr vom andern in seiner Pracht; von einem Veilchen hingegen erwarten wir, daß es nach Duft und Aussehen das erlesenste seiner

Art sey. – Ich bin in Ansehung meiner Frauen und Kinder stets sehr wählerisch gewesen.

Aber dieß ist nicht das Schlimmste: ehe sie sich über Unaufmerksamkeit beklagen können, muß man zu mindest Zugang zu ihrem Familienkreis erhalten. Das hat Besuche und ein gewisses Maß gesellschaftlichen Verkehrs zum Inhalte. Falls der Ehemann Jemand ist, mit dem du vor seiner Heirath auf freundschaftlichem Fuße gestanden hast – wenn du also nicht von der Seite der Frau her kömmst, dich nicht in ihrem Gefolge ins Haus geschlichen hast, sondern sein alter Freund mit festen Gewohnheiten in Ansehung eures vertrauten Umganges gewesen, ehe überhaupt Jemand an ihre junge Liebe gedacht hätte, – gieb acht, dein Besitzstand ist gefährdet: ehe zwölf Monate über dich hinweg gezogen sind, wirst du deinen alten Freund Stufe um Stufe kühler und veränderter in seinem Benehmen dir gegen über finden, und schlüßlich wird er nach Vorwänden suchen, mit dir zu brechen. Ich habe kaum einen verheiratheten Freund in meiner Bekanntschaft, auf dessen feste Treue ich bauen könnte, es sey denn, unsre Freundschaft habe *erst nach seiner Vermählung begonnen*. Mit einigen Einschränkungen können die Ehefrauen das dulden; sollte der gute Mann hingegen gewagt haben, ohne mit ihr Rath zu schlagen ernstliche Bande der Freundschaft zu knüpfen, – wenn gleich dieß geschah, ehe sie ihn kannte, ehe die beyden, welche nun Mann und Frau sind, sich zum ersten Mal gesehen, – so ist dieser Gedanke für sie unerträglich. Jede lange Freundschaft, jede alte, ächte Vertrautheit muß vor ihren Thron gebracht und neu in ihrer Währung abgestempelt werden, so wie ein souveräner Fürst alles gute alte Geld einzieht, das unter irgend einer Regentschaft vor seiner Geburt, oder ehe man seiner überhaupt gedachte, geprägt wurde, um es nun neu mit dem Stempel seiner Autorität zu prägen und zu münzen, bevor daß es in der Welt als gültig angesehen werde. Ihr könnt Euch denken, welches Geschick in diesem Proceß des *neu gemünzt werdens* gemeinhin so ein rostiges Stück Metall befällt, als ich eines bin!

Unzählbar sind die Wege, welche sie einschlagen, um einen zu beleidigen und aus dem Vertrauen ihres Mannes zu drängen. Mit leicht verwundertem Gesichtsausdrucke über alles zu lachen, was du sagst, als seyest du ein komischer Kauz, der wohl gute, *aber eben merkwürdige* Dinge ausspricht, ist eines ihrer Mittel; – für diesen Zweck haben sie eine besondere Art des Anstarrens entwickelt; – bis schlüßlich der Ehemann, – der gewohnt war, sich deinem Urtheile zu unterwerfen und gewillt wäre, einige Defecte des logischen Denkvermögens und der Maniren als eine herkömmliche (nicht etwa vulgäre) vorübergehende Laune abzuthun, die er bey dir bemerkt, – zu argwöhnen beginnt, du möchtest vielleicht doch im ganzen genommen ein Sonderling seyn, ein Bursche, wohl ohne weiteres gut genug, um während der Junggesellenzeit Umgang mit ihm zu pflegen, aber wohl doch nicht ganz der Richtige, um ihn bey einer Dame einzuführen. Dieß ist diejenige Tour, welche man am öftesten gegen mich ins Feld geführt hat.

Dann giebt es noch die Tour des Übertreibens oder die Tour der Ironie; sie wird angewendet, wenn sie heraus finden, daß du in besonderer Achtung bey ihrem Manne stehst, dessen andauernde Zuneigung, gegründet auf der Werthschätzung deiner Person, nicht so leicht zu erschüttern ist; und indem sie in völlig ungegründeter Übertreibung bey allem was du sagst und thust verzückt aufschreien, bringen sie den guten Mann (der wohl weiß, daß dieß alles nur als Kompliment ihm gegen über gemeynt ist) dazu, daß er schlüßlich der dauernden Dankesschuld ermüdet, die eine solche Freundlichkeit erfordert, und, indem er seiner Seits ein oder zwey Pflöcke in seiner Begeisterung zurück steckt, auf jene Stufe gemäßigter Werthschätzung herab steigt – jener Haltung ›schicklicher Zuneigung und gefälligen Wohlwollens‹ dir gegen über, wo sie sich in Sympathie mit ihm zusammenfinden kann, ohne ihrer Aufrichtigkeit Gewalt anthun zu müssen.

Eine andre Tour wiederum (denn die Mittel, mit

denen sie ein so erstrebenswerthes Ziel verfolgen, sind Legion) ist, mit einer Art von unschuldiger Einfältigkeit ständig zu verwechseln, auf Grund welcher Eigenschaft ihr Mann dich schätzen gelernt hat. Wenn nun die Achtung für etwas Hervorragendes in deinem moralischen Empfinden die Kette geschmiedet hat, die sie zu brechen sich anschickt, wird sie bey der vorgetäuschten Entdeckung mangelnden Witzes in deiner Unterhaltung ausrufen: »Ich dachte, mein Lieber, du hättest deinen Freund als geistreichen Mann beschrieben?« Wenn hingegen deine vermeyntliche charmante Konversation es war, die seine Neigung zu dir erweckte, und er deswegen bereitwillig einige unbedeutende charakterliche Schwächen bey dir übersah, wird sie beym ersten Aufscheinen einer dieser Unzulänglichkeiten ungesäumt ausrufen: »Und das, mein Lieber, ist nun dein unfehlbarer Herr...!« Eine gute Dame, bey welcher ich mir die Freyheit nahm, ihr ernsthafte Vorhaltungen zu machen, da sie mir nicht ganz so viel Respect bezeugte, als er mich dem alten Freunde ihres Mannes zu gebühren deuchte, besaß die Aufrichtigkeit, mir zu gestehen, daß sie ihren Mann vor ihrer Heirath oft hatte von mir sprechen hören, und daß sie darauf hin ein heftiges Verlangen verspürt hätte, mit mir bekannt zu werden, daß jedoch der Anblick meiner ihre Erwartungen bitter getäuscht habe; denn nach den Darstellungen ihres Mannes habe sich in ihr die Vorstellung gebildet, sie würde einen eleganten, großen, wie ein Officier aussehenden Mann zu Gesichte bekommen (ich benutze ihre eigenen Worte), doch das Gegentheil davon hätte sich als wahr herausgestellt. Das war aufrichtig; und ich besaß die Höflichkeit, sie in meiner Erwiderung nicht darnach zu fragen, wie sie dazu käme, ein Richtmaß körperlicher Vollkommenheiten für die Freunde ihres Ehemannes zu besingen, das sich so sehr von dessen eigenem Bild unterschiede; denn meines Freundes Maße gleichen so weit als möglich den meinen: er mißt ungefähr hundertfünfundsechzig Centimeter mit Schuhen, worinn ich ihn um etwa einen Centimeter überrage; und nicht mehr denn ich legt er irgend welche Anzeichen martialischen Charakters an den Tag, weder in seinem Benehmen noch in seinem Aussehen.

Dieß sind einige der Demüthigungen, die ich bey dem unsinnigen Versuch erdulden mußte, sie in ihren Häusern zu besuchen. Sie alle aufzählen zu wollen, wäre ein vergebliches Unterfangen; ich will deshalb nur einen Blick auf die sehr verbreitete Ungehörigkeit werfen, derer verheirathete Damen sich schuldig machen: daß sie uns nämlich behandeln, als seyen wir ihre Ehemänner – und *vice versa*. Ich meyne, wenn sie uns mit Vertraulichkeit begegnen und ihren Gatten mit Ceremonie. *Testacea,* zum Beyspiel, verwehrte mir neulich Abend zwey oder drey Stunden über meine übliche Zeit hinaus das Souper, während sie sich Sorgen machte, weil ihr Mann nicht nach Hause kam, und ließ schlüßlich lieber die Austern alle verderben, ehe daß sie sich der Unhöflichkeit schuldig gemacht hätte, eine davon in seiner Abwesenheit zu berühren. Dieß bedeutete nichts weniger als eine Umkehrung der guten Maniren: denn Höflichkeit ist eine Einladung, das unbehagliche Gefühl abzuthun, welches seinen Ursprung darinn hat, daß wir uns von einem gegenwärtigen Mitmenschen minder geliebt und geachtet wissen als eine gewisse andre Person; durch Höflichkeit ist man bestrebt, mit besonderer Aufmerksamkeit in kleinen Dingen den Andern für jene Neid erregende Bevorzugung schadlos zu halten, welche man ihm in größern Dingen zu verwehren gezwungen ist. Hätte *Testacea* die Austern für *mich* zurück gehalten und den beharrlichen Bitten ihres Mannes widerstanden, mit dem Soupieren zu beginnen, so würde sie sich an die strikten Regeln der Schicklichkeit gehalten haben. Über ein bescheidenes Betragen und das übliche Decorum hinaus ist mir keine besondere Geste der Höflichkeit bekannt, welche Ehefrauen ihren Gatten gegen über zu befolgen haben: deshalb muß ich auch gegen die stellvertretende Gefräßigkeit von *Cerasia* protestiren, die an ihrer eigenen Tafel eine Schale mit Schwarzen Sauerweichseln, denen ich mich gerade mit großem Appetite widmen wollte, ihrem Manne am andern Ende des Tisches bringen ließ und meinem unverheiratheten Gaumen an ihrer Stelle eine Schale mit ganz gewöhnlichen Stachelbeeren empfahl. Und verzeihen kann ich auch nicht den muthwilligen Affront von –

Doch ich bin es nun leid, alle meine verheiratheten Bekannten mit lateinischen Benennungen aufzuzählen. Sollen sie sich bessern und ihre Maniren ändern, oder ich verspreche, ihre ungekürzten englischen Namen zu berichten, zum Entsetzen aller zukünftigen unbelehrbaren Verletzerinnen der guten Sitten.

AMY FOSTER

VON JOSEPH CONRAD

K ennedy ist Landarzt und lebt in Colebrook, an
der Küste der Eastbay. Das unvermittelt
hinter den roten Dächern der kleinen Stadt
ansteigende Gelände drängt die malerischen
Häuser der Hauptstraße dicht an die Mauer heran,
die den Ort gegen das Meer schützt. Jenseits der
Ufermauer beschreibt der öde, meilenlange Kiesstrand
einen weiten, regelmäßigen Bogen bis hin zu dem
Dorf Brenzett, das sich dunkel über dem Wasser ab-
hebt: ein Kirchturm in einer Gruppe von Bäumen.
Und noch weiter draußen markiert die senkrechte
Säule eines Leuchtturms, der, aus der Ferne gesehen,
nicht größer als ein Bleistift wirkt, das Ende des Fest-
landes. Hinter Brenzett ist das Land flach und tief-
liegend; aber die Bucht ist einigermaßen gegen das
Meer geschützt, und gelegentlich macht ein großes
Schiff, das ungünstige Winde an der Ausfahrt hindern
oder die Unbilden des Wetters hierher verschlagen
haben, von dem Ankerplatz Gebrauch, der sich, an-
derthalb Meilen entfernt, genau im Norden befindet,

wenn man in der Hintertür der Brenzetter ›Schiffsschenke‹ steht. Eine baufällige Windmühle in der
Nähe, die auf einem Erdhügel, der kaum höher ist als
ein Schutthaufen, ihre zerbrochenen Flügel ausstreckt,
und ein Martelloturm, der sich gedrungen, eine halbe
Meile südlich der Hütten des Küstenwachdienstes
über den Rand des Wassers erhebt, sind den Schiffern
der kleinen Küstenfahrer wohlbekannt. Es sind dies
auch die offiziellen Seezeichen für das Stück zuver-
lässigen Meeresgrund, das auf den Seekarten durch
ein unregelmäßiges, mit Punkten übersätes Oval bezeichnet wird, welches einige Sechser mit einem winzigen dazwischengravierten Anker einschließt und
darüber die Beschriftung ›Schlick und Muscheln‹
trägt.

Das höhergelegene Terrain überragt den gedrun-
genen Turm der Colebrooker Kirche. Der Abhang
ist grün, und eine weiße Straße läuft daran hin. Wenn
man diese Straße entlang geht, öffnet sich vor einem
ein breites, flaches Tal, eine weite grüne Senke mit
Weideland und Hecken, die sich landeinwärts zu einem Bild rosiger Farbtöne und fließender Linien ver-
weben, das schließlich den Blick begrenzt.

In diesem von Brenzett und Colebrook hinauf nach
Darnford, dem vierzehn Meilen entfernten Markt-
flecken, führenden Tal hat mein Freund Kennedy
seine Praxis. Angefangen hatte er als Schiffsarzt und

66

war dann Begleiter eines berühmten Reisenden in den Tagen, da es noch Kontinente mit unerforschtem Innern gab. Seine Arbeiten über das Tier- und das Pflanzenreich machten ihn in wissenschaftlichen Gesellschaften bekannt. Und nun hat er eine Landarztpraxis übernommen – aus freien Stücken. Die durchdringende Kraft seines Verstandes wird, gleich einer ätzenden Flüssigkeit, seinen Ehrgeiz zerfressen haben. Seine Intelligenz hat wissenschaftliches Gepräge, eine Veranlagung zum Forschen, und sie besitzt jene unstillbare Neugier, die den Glauben nährt, in jedem Geheimnis stecke ein Teilchen der ganzen Wahrheit.

Vor einigen Jahren nun lud er mich, bei meiner Rückkehr aus dem Ausland, ein, bei ihm zu wohnen. Bereitwillig folgte ich dieser Einladung, und da mein Freund nicht gut seine Patienten vernachlässigen konnte, um mir Gesellschaft zu leisten, nahm er mich auf seine Krankenvisiten mit, die ihn bisweilen dreißig Meilen über Land führten an einem Nachmittag. Ich blieb draußen und wartete auf ihn; das Pferd reckte den Kopf nach den belaubten Zweigen, und ich, der ich hoch im Dogcart saß, konnte Kennedys Gelächter durch die halbgeöffnete Tür irgendeiner Kate hören. Er hatte ein volles, herzliches Lachen, das zu einem Mann von doppelt so großer Statur gepaßt hätte, ein lebhaftes Wesen, ein gebräuntes Gesicht und ein Paar grauer, tief aufmerksamer Augen. Er besaß die Gabe, die Menschen zum Sprechen zu bringen, und er verstand es, ihren Geschichten mit unendlicher Geduld zuzuhören.

Eines Tages, als wir aus einem großen Dorf auf ein schattiges Straßenstück hinaustrabten, bemerkte ich zu unserer Linken eine niedrige, schwarze Hütte mit rautenförmigen Fensterscheiben, einem am Ende der Hauswand hinaufrankenden Schlinggewächs, einem Schindeldach und einigen Kletterrosen am wackligen Gitterwerk der kleinen Veranda. Kennedy zog die Zügel an, so daß das Pferd in Schritt fiel. Im vollen Sonnenlicht warf dort eine Frau eine tropfnasse Decke über eine zwischen zwei alten Apfelbäumen aufgespannte Leine. Und da der langhalsige Braune mit dem gestutzten Schwanz ungeduldig wurde und bei dem Versuch, vom Zügel freizukommen, die linke, in einem dicken Hundslederhandschuh steckende Hand des Arztes vorriß, rief dieser rasch über die Hecke: »Was macht das Kind, Amy?«

Mir blieb Zeit genug, um in ihr ausdrucksloses, rotes Gesicht zu sehen – rot, nicht von verhüllender Scham, sondern wie von einem derben Schlag auf die flache Wange –, Zeit genug, um ihre untersetzte Figur, das schüttere, stumpfe, braune, in einem festen Knoten im Nacken zusammengefaßte Haar zu bemerken. Sie wirkte recht jung. Ein deutlich vernehmbares Stocken im Atem ließ die Stimme leise und schüchtern klingen.

»Es geht ihm gut, danke.«

Wir trabten weiter. »Eine junge Patientin von Ihnen?« fragte ich; und der Arzt, der geistesabwesend den Braunen mit der Peitsche berührte, murmelte: »Ihr Mann war einmal mein Patient.«

»Scheint ein recht ödes Geschöpf zu sein«, bemerkte ich teilnahmslos.

»Genau das«, sagte Kennedy. »Sie ist ein sehr passives Menschenkind. Es genügt, diese roten Hände anzusehen, die da am Ende der kurzen Arme herabbaumeln, diese verschlafenen, vorquellenden braunen Augen, um der Trägheit ihres Verstandes innezuwerden – einer Trägheit, die sie, so möchte man meinen, für alle Zeiten gegen jede Überraschung der Einbildungskraft feien müßte. Aber wer von uns ist schon gefeit? Sie besaß, wie Sie sie da stehen sahen, immerhin genug Einbildungskraft, um sich zu verlieben. Sie ist die Tochter eines gewissen Isaac Foster, der vom Kleinbauern zum Schäfer herabgesunken ist und dessen ganzes Unglück von seiner Mißehe mit der Köchin seines verwitweten Vaters herrührt – eines wohlhabenden, schlagflüssigen Viehzüchters, der in einem Zornesausbruch den Namen des Sohnes aus seinem Testament strich und sogar Drohungen gegen sein Leben geäußert haben soll. Diese alte Geschichte, mochte sie auch skandalös genug sein, um das Motiv für eine griechische Tragödie abzugeben, entsprang doch letztlich einer Ähnlichkeit der Charaktere. Andere Tragödien – weniger skandalös in ihrer Art und von einer feineren Bitterkeit gekennzeichnet – ergeben sich indessen aus unversöhnlichen Gegensätzen und jener Furcht vor dem Unbegreiflichen, die drohend über unser aller Häupter hängt – über unser aller Häupter...«

Der müde Braune fiel in Schritt; und die an einem wolkenlosen Himmel stehende rote Sonne berührte wie immer den geraden oberen Rand eines gepflügten Hanges nahe der Straße – nicht anders, als ich sie unzählige Male den fernen Horizont des Meeres hatte berühren sehen. Das eintönige Braun des umgebrochenen Feldes erglühte in rosigem Schimmer, so, als hätten die zerkrümelten Erdschollen die Plage ungezählter Pflüger in winzigen Blutströpfchen ausgeschwitzt. Von einem kleinen Gehölz her rollte ein mit zwei Pferden bespannter Wagen sacht den Rand des Abhangs entlang. Über unseren Köpfen, gegen den Himmel sich abhebend, ragte er sieghaft vergrößert in die rote Sonne – gewaltig wie ein Riesenkampfwagen und gezogen von zwei langsam dahinschreitenden Rössern fabelhaften Ausmaßes. Und die ungeschlachte Figur des Mannes, der vor dem Leitpferd einhertrottete, zeichnete sich in heroischer Plumpheit vom Hintergrund des Unermeßlichen ab. Die Spitze seiner Kutscherpeitsche zitterte hoch im Blau. Kennedy erzählte.

»Sie ist die Älteste aus einer großen Kinderschar. Mit fünfzehn wurde sie zur Arbeit auf die New Barns Farm geschickt. Ich behandelte damals Mrs. Smith, die Frau des Bauern, und dort sah ich das Mädel zum ersten Mal. Mrs. Smith, eine Frau, die auf Formen hält und eine spitzige Nase hat, ließ sie jeden Nachmittag ein schwarzes Kleid anziehen. Ich weiß nicht, was mich bewog, überhaupt von ihr Notiz zu nehmen. Es gibt Gesichter, die einem durch einen sonderbaren Mangel an Entschiedenheit in ihrer ganzen Bildung auffallen, so wie man, wenn man im Nebel geht, aufmerksam einen vagen Umriß anstarrt, der schließlich nichts Merkwürdigeres oder Befremdlicheres sein mag als ein Wegweiser. Die einzige Besonderheit, die ich bei ihr feststellte, war ein leichtes Zögern beim Sprechen, ein gewisses einleitendes Gestotter, das mit dem ersten Satz verging. Richtete man brüsk das Wort an sie, verlor sie sogleich den Kopf; doch ihr Herz war die Güte selbst. Nie hat man sie abfällig über einen Menschen sich äußern hören, und jeglichem Lebewesen begegnete sie mit Liebe. Sie hing an Mrs. Smith, an Mr. Smith, an deren Hunden, Katzen, Kanarienvögeln, und was Mrs. Smiths grauen Papagei betraf, so übten dessen Eigentümlichkeiten geradezu eine Faszination auf sie aus. Dennoch, als dieser fremdländische Vogel von der Katze angefallen wurde und in menschlichen Tönen um Hilfe zu schreien begann, rannte sie mit zugehaltenen Ohren in den Hof hinaus und verhütete nicht die Untat. Mrs. Smith galt dies als ein weiterer Beweis ihrer Dummheit; andererseits war ihr Mangel an Liebreiz bei Smiths allbekannter Leichtfertigkeit ein nicht gering zu achtender Vorzug. Ihre kurzsichtigen Augen konnten in Tränen des Mitleids schwimmen angesichts einer armen Maus, die in die Falle gegangen war, und einige Jungen sahen sie einmal im nassen Grase knien, um einer Kröte aus einer mißlichen Lage zu helfen. Wahr ist, daß es, wie schon irgendein Deutscher gesagt hat, ohne Phosphor keinen Gedanken gäbe, noch wahrer aber, daß es keine Herzensgüte gäbe ohne ein gewisses Maß an Einbildungskraft. Sie hatte welche. Sie hatte sogar mehr davon, als nötig ist, um das Leiden zu verstehen und von Mitgefühl bewegt zu werden. Sie verliebte sich unter Bedingungen, die hierüber keinen Zweifel lassen; denn es braucht schon einige Einbildungsgabe, um überhaupt einen Begriff von Schönheit zu entwickeln, und noch mehr, um das Ideal, das man sich geschaffen, in einer ungewohnten Gestalt zu entdecken.

Wie sie zu dieser Begabung kam, woraus sie gespeist wurde, ist ein nicht zu ergründendes Geheimnis. Sie war im Dorf geboren worden und hatte sich nie weiter von diesem entfernt als bis Colebrook oder allenfalls Darnford. Sie wohnte seit vier Jahren bei den Smiths. New Barns ist ein abgelegenes Gehöft, eine Meile entfernt von der Straße, und sie war es zufrieden, Tag für Tag auf die selben Felder, Senken, Anhöhen zu blicken, auf die selben Bäume und Hekken, in die Gesichter der vier Menschen auf dem Bauernhof, in immer die selben – Tag für Tag, Monat für Monat, Jahr für Jahr. Nie bekundete sie ein Verlangen nach Unterhaltung und wußte, so scheint mir, nicht einmal zu lächeln. Manchmal, an einem schönen Sonntagnachmittag, zog sie ihr bestes Kleid an, dazu ein Paar derbe Stiefel und einen großen grauen, mit einer schwarzen Feder geschmückten Hut (ich habe sie in diesem Putz gesehen), nahm ein verrücktes, zerbrechliches Ding von Sonnenschirm in die Hand, kletterte über zwei Zauntritte, trottete über drei Felder und dann zweihundert Meter die Straße hinauf – nie weiter. Dort stand die Kate der Fosters. Sie half der Mutter die jüngeren Kinder mit Tee versorgen, spülte das Geschirr, küßte die Kleinen und ging nach New Barns zurück. Das war alles. Die ganze Erholung, die ganze Abwechslung, die ganze Entspannung. Nie schien sie sich mehr zu wünschen. Und dann verliebte sie sich. Sie verliebte sich stumm, eigensinnig – hilflos vielleicht. Die Liebe kam sie langsam an, aber als sie kam, hatte sie die Wirkung eines machtvollen Zaubers; es war Liebe, wie die Alten sie verstanden: ein unwiderstehlicher und schicksalhafter Trieb – eine Besessenheit! Ja, es lag in ihr, heimgesucht zu werden und wie verhext zu sein von einem Gesicht, der Gegenwart eines Menschen, schicksalhaft, so als wäre sie eine heidnische Anbeterin der schönen Form unter jauchzendem Himmel gewesen – und schließlich aufgerüttelt zu werden aus dieser geheimnisvollen Selbstvergessenheit, aus diesem Zauber, aus dieser Hingerissenheit; aufgestört von einer Angst, die der unbeherrschbaren Panik des wilden Tieres gleichkam...«

Die von Grabenböschungen des ansteigenden Geländes eingefaßten Weideflächen nahmen im Licht der tiefstehenden Sonne einen grandiosen und unheimlichen Aspekt an. Eine Ahnung ergreifender Traurigkeit, gleich der, die eine ernste Weise in einem auslöst, stieg aus der Stille der Felder auf. Die Männer, die uns begegneten, schritten langsam, ohne Lächeln, mit niedergeschlagenen Augen vorüber, gleichsam als habe die Melancholie einer bedrückten Erde ihre Füße schwer gemacht, ihre Schultern gebeugt, ihren Blick abwärts gerichtet.

»Ja«, sagte der Arzt auf meine Bemerkung hin. »Man könnte meinen, die Erde stehe unter einem Fluch, da doch von allen ihren Kindern diejenigen, die sich am festesten an sie klammern, plump von Gestalt sind und einen Gang haben, der so bleiern ist, als wäre ihr Herz in Ketten geschlagen. Aber hier auf dieser Straße hätten Sie einst unter all den schwerfälligen Menschen einen sehen können, der geschmeidig, biegsam und langgliedrig war, gerade gewachsen wie eine Föhre, mit etwas Aufwärtsstrebendem in seiner Erscheinung, als wäre ihm das Herz in der Brust von Lebenslust beflügelt gewesen. Vielleicht war es nur die Wirkung des Gegensatzes – aber wenn er an einem dieser Dörfler vorüberschritt, schienen die Sohlen seiner Füße nicht mehr den Staub der Straße zu berühren. Er sprang über die Zauntritte, ging diese Hänge mit großen, elastischen Schritten hinan, die ihn schon von weitem kenntlich machten, und hatte leuchtende, schwarze Augen. Seine Art war so verschieden von der des hiesigen Menschenschlages, daß er mich mit der Ungebundenheit seiner Bewegungen, seinem weichen, ein wenig erstaunten Blick, dem Olivton seiner Haut, an ein Tier des Waldes erinnerte. Er kam von dort her.«

In der Richtung, in der der Arzt seine Peitsche ausstreckte, war, von der Anhöhe aus, auf der wir fuhren, über die wogenden Wipfel eines neben der Straße gelegenen Parks hinweg tief unter uns, gleich dem Fußboden eines gewaltigen Bauwerks, das Meer zu sehen, durchzogen von Bändern dunklen Gekräusels und von Streifen stillen Glanzes, die schließlich in einen Gürtel glasigen Wassers am Fuß des Himmelszeltes ausliefen. Das zarte Rauchwölkchen eines unsichtbaren Dampfers verging vor der großen Klarheit des Horizontes wie der Atemhauch auf einem Spiegel; und uferwärts glitten die weißen Segel eines Küstenfahrers, gleichsam als befreiten sie sich aus dem Geäst der Bäume, langsam unter den Laubkronen hervor.

»Gestrandet in der Bucht?« fragte ich.

»Ja – ein Schiffbrüchiger. Ein armer Auswanderer von Mitteleuropa, der unterwegs nach Amerika war und hier von einem Sturm an Land gespült wurde. Für ihn, der nichts von dieser Erde wußte, war England ein unentdecktes Land. Es verging geraume Zeit, ehe er dessen Namen erfuhr; und mich würde nicht wundern, wenn er erwartet hätte, hier auf wilde Tiere oder wilde Menschen zu stoßen, als er in der Finsternis, nachdem er die Ufermauer erklommen, in einen Wassergraben auf deren anderer Seite kollerte, in welchem er, wie durch ein weiteres Wunder, nicht ertrank. Aber er schlug um sich, instinktiv wie ein Tier unterm Netz, und dieses blinde Gestrampel beförderte ihn schließlich aufs Trockene. Er muß in der Tat zäher gewesen sein, als er aussah, da er solchen Püffen standhielt, ohne sein Leben dranzugeben, solch verzweifelte Anstrengungen und Ängste ertrug.

Später erzählte er mir selbst in seinem gebrochenen Englisch, das auf merkwürdige Weise an die Sprache eines kleinen Kindes erinnerte, er habe sein Vertrauen in Gott gesetzt, da er geglaubt, nicht mehr auf dieser Welt zu weilen. Und wahrlich – dies fügte er noch hinzu –, wie hätte er es wissen sollen? Auf allen vieren kämpfte er gegen den Regen, den Sturm an und drückte sich schließlich zwischen einige Schafe, die sich im Windschatten einer Hecke zusammenge-kauert hatten. Sie stoben in alle Richtungen auseinan-der, blökend in der Dunkelheit, und er begrüßte die-sen ersten vertrauten Laut, den er an diesem Gestade vernahm. Es muß zwei Uhr morgens gewesen sein. Und das ist alles, was wir über die Art seiner Landung wissen, obschon er durchaus nicht ohne Begleitung eintraf. Nur begannen seine schauerlichen Weggenos-sen erst zu viel späterer Stunde an Land einzutref-fen...«

Der Arzt nahm die Zügel auf, schnalzte mit der Zunge; und im Trab ging es den Hügel hinab. Bald bogen wir, nach einer scharfen Kurve, in die Haupt-straße ein, ratterten über die Pflastersteine und waren zu Hause.

Spät am Abend kehrte Kennedy, sich aus einer An-wandlung von Schwermut befreiend, die über ihn ge-kommen war, zu der Geschichte zurück. Die Pfeife im Mund, durchmaß er das langgestreckte Zimmer von einem Ende zum andern. Eine Leselampe sammelte das Licht über den Papieren, die auf dem Tisch lagen; und ich blickte nach diesem windstillen, glühendheißen Tag durch das offene Fenster, an dem ich saß, auf die kühle Pracht des dunstigen Meeres hinaus, das da reglos unter dem Mond lag. Kein Flüsterlaut, kein Plätschern, kein Knirschen des Kieses, kein Schritt, kein Seufzer drang herauf von der Erde drunten – kein Lebenszeichen außer dem Duft des rankenden Jasmins: und Kennedys Stimme, der hinter mir redete, tönte durch den weiten Raum und verhallte draußen in einem Schauer prunkender Stille.

»...Die Berichte über Schiffsuntergänge aus früherer Zeit künden von viel Leid. Oft verhungerten die, die dem Tod in den Wellen entronnen waren, elend an einem unfruchtbaren Gestade, andere starben eines gewaltsamen Todes oder gerieten in Sklaverei und führten jahrelang ein gefährdetes Dasein unter Menschen, denen ihre Fremdheit Mißtrauen, Abneigung und Furcht einflößte. Wir lesen von diesen Dingen, und sie berühren uns sehr schmerzlich. Es ist wahrlich hart für einen Menschen, sich als verlorenen Fremden betrachten zu müssen, irgendwo in einem dunklen Winkel der Erde, hilflos, von niemandem verstanden, scheinbar einem geheimnisvollen Geburtsland entstammend. Doch von allen schiffbrüchigen, in die unwirtlichsten Gegenden der Welt verschlagenen Abenteurern hat keiner, will mir scheinen, ein so schlicht-tragisches Los zu erdulden gehabt wie jener Mann, von dem ich hier berichte, der Unschuldigste der Abenteurer, den damals das Meer in unserer Bucht an Land warf, fast im Blickfeld dieses Fensters.

Er kannte den Namen des Schiffes nicht. Ja er wußte, wie wir im Laufe der Zeit erfuhren, nicht einmal, daß Schiffe Namen tragen – ›wie Christenmenschen‹; und als er eines Tages vom Gipfel des Talfourd Hill das vor ihm ausgebreitete Meer sah, schweifte sein Auge mit dem selbstvergessenen Blick ungestümen Staunens über es hin, als sei ihm so etwas noch nie begegnet. Und das war es ihm vermutlich auch noch nicht. Anscheinend war er zusammen mit vielen anderen an Bord eines in der Elbmündung liegenden Auswandererschiffes geschleust worden – viel zu verwirrt, um von seiner Umgebung Notiz zu nehmen, viel zu erschöpft, um überhaupt etwas zu sehen, viel zu bange, um sich irgendwelche Gedanken zu machen. Sie waren ins Zwischendeck hinuntergetrieben worden, und dann hatte man die Luke über ihnen verschalkt. Es sei ein niedriger hölzerner Wohnraum gewesen – so sagte er – mit einer Balkendecke, wie die Häuser in seiner Heimat sie hatten, aber man sei mit einer Leiter hineingestiegen. Er sei sehr weitläufig, sehr kalt, feucht und düster gewesen, dieser Raum, und habe kistenartige Verschläge gehabt, in denen man habe schlafen sollen, einer über dem andern, und er habe fortgesetzt geschwankt, nach allen Richtungen zugleich. Er kroch in einen dieser Kästen, legte sich in seinen Kleidern, mit denen er vor vielen Tagen sein Elternhaus verlassen, nieder und drückte Stock und Bündel an sich. Die Menschen stöhnten, die Kinder schrien. Von der Decke tropfte Wasser, das Licht erlosch, die Wände des Raumes knarrten und alles wurde so durchgerüttelt, daß man in seinem Bettkasten kaum den Kopf zu heben wagte. Seinen einzigen Gefährten hatte er aus den Augen verloren (einen jungen Mann aus dem selben Tal), und die ganze Zeit toste draußen ein fürchterlicher Sturm, und schwere Schläge krachten gegen die Wände – Bumms! Bumms! Ihm wurde entsetzlich übel, so übel, daß er schier zu beten vergaß. Allerdings vermochte man auch kaum auszumachen, ob es Morgen oder Abend war. Es schien an diesem Ort beständig Nacht zu sein.

Zuvor war er lange, lange auf Eisenbahnschienen gefahren. Er hatte aus dem Fenster geschaut, in das eine wunderbar klare Glasscheibe eingesetzt gewesen war; und die Bäume, die Häuser, die Felder, die langen Straßen hatten ihn umwirbelt, daß ihm schwindelig geworden war. Er gab mir zu verstehen, er habe unterwegs ungezählte Scharen von Menschen gesehen – ganze Völkerschaften –, und alle seien sie gekleidet gewesen wie zu Hause die Reichen. Einmal habe er aus dem Eisenbahnwagen aussteigen müssen und die Nacht, sein Bündel unterm Kopf, auf der Bank in einem Backsteingebäude zugebracht; und ein andermal habe er viele Stunden lang auf einem Boden aus Steinplatten gesessen, vor sich hindämmernd, die Knie hochgezogen und sein Bündel zwischen den Füßen. Über ihm sei ein Dach ausgespannt gewesen, das aus Glas zu sein schien und so hoch war, daß auch die größte Bergfichte, die er je gesehen, darunter Platz gehabt hätte. Dampfmaschinen seien zum einen Ende herein- und zum andern hinausgerollt. Mehr Menschen seien umhergeschwärmt, als man an Festtagen vor dem wundertätigen Heiligenbild im Hof des Karmeliterklosters drunten in der Ebene zu sehen bekomme, wohin er, ehe er von zu Hause aufgebrochen, seine Mutter in einem hölzernen Karren gefahren habe – eine fromme alte Frau, die hatte beten und ein Gelübde zu seiner Sicherheit ablegen wollen. Ich könne mir gar nicht vorstellen, wie weit und hoch und erfüllt von Lärm und Rauch und Düsternis und Eisengeklirr das Ganze gewesen; aber irgend jemand habe ihm erklärt, der Ort heiße Berlin. Dann habe es geklingelt, wieder sei eine Dampfmaschine hereingefahren; und weiter sei es gegangen, durch ein Land, das seine Augen ermüdete, da es so flach war und nicht die Andeutung eines Hügels aufwies. Wieder habe er eine Nacht, eingeschlossen in einem Gebäude, verbracht, auf dessen Fußboden wie in einem ordentlichen Stall Stroh ausgebreitet gewesen sei; und er habe sorgsam auf sein Bündel achtgegeben, unter all diesen Menschen, von denen keiner ein Wort dessen verstand, was er sagte. Am Morgen seien sie alle zum steinernen Ufer eines außerordentlich breiten, lehmigen Flusses hinausgeführt worden, der nicht zwischen Hügeln, sondern zwischen riesigen Häusern dahinströmte. Da habe es nun eine Dampfmaschine gegeben, die über das Wasser fuhr, und sie hätten alle dicht gedrängt darauf gestanden; nur daß jetzt auch noch Frauen mit lärmenden Kindern hinzugekommen seien. Ein kalter Regen sei niedergegangen, der Wind habe ihm ins Gesicht geschlagen. Er sei durchnäßt worden und die Zähne hätten ihm geklappert. Er und der junge Mann aus seinem Tal hätten einander bei der Hand gefaßt.

Sie hätten gemeint, sie würden nun geradenwegs nach Amerika gebracht, allein die Dampfmaschine sei plötzlich gegen die Wand eines Dinges gestoßen, das wie ein großes Haus auf dem Wasser aussah. Die Wände seien glatt und schwarz gewesen und darüber hätten sich, gleichsam aus dem Dache wachsend, kahle Bäume in Kreuzesgestalt zu außerordentlicher Höhe erhoben. So sei ihm das damals erschienen, denn er habe ja noch nie ein Schiff gesehen gehabt.

Dies sei nun das Schiff gewesen, das den weiten Weg nach Amerika schwimmen sollte. Rufe seien erschollen, alles habe geschwankt; da sei eine Leiter gewesen, die sich gehoben und gesenkt habe. Er sei sie auf Händen und Knien hinaufgekrochen, in Todesangst, er könne in das fürchterlich gurgelnde Wasser darunter fallen. Hier sei er von seinem Gefährten getrennt worden, und als er dann ins Innere des Schiffes hinabgestiegen sei, da habe er gemeint, das Herz versage ihm in der Brust.

Damals hatte er auch, wie er mir erzählte, für immer den Kontakt mit einem jener drei Männer verloren, die im Sommer zuvor durch die Städtchen am Fuße der Berge in seiner Heimat gezogen waren. Sie waren an den Markttagen in einem Bauernwagen angefahren gekommen und hatten in einer Schenke oder im Haus eines Juden eine Schreibstube eröffnet. Sie waren zu dritt oder viert gewesen, und einer von ihnen, der einen langen Bart getragen, hatte sehr würdig ausgesehen; sie hatten rote Kragen und an den Ärmeln Goldlitzen wie Regierungsbeamte gehabt. Stolz hatten sie hinter ihrem langen Tisch gesessen; und im anstoßenden Zimmer, damit das gemeine Volk nichts höre, war ein komplizierter Telegraphenapparat aufgestellt gewesen, durch den sie mit dem Kaiser von Amerika hatten sprechen können. Die Väter waren an der Tür stehen geblieben, aber die jungen Männer von den Bergen hatten sich an den Tisch gedrängt und viele Fragen gestellt, denn dort drüben in Amerika sollte es das ganze Jahr hindurch Arbeit geben, für drei Dollar im Tag, und überdies keine Militärdienstpflicht.

Aber der amerikanische Kaiser hatte nicht jeden genommen. Oh, nein! Er selbst hatte die größte Mühe gehabt, angenommen zu werden, und der ehrwürdige Mann in Uniform hatte mehrmals aus dem Zimmer gehen und seinetwegen den Telegraphen bedienen müssen. Der amerikanische Kaiser hatte ihn schließlich für drei Dollar im Tag angestellt, da er jung und stark war. Viele tüchtige junge Männer waren aber schließlich doch noch zurückgetreten, weil sie sich vor der großen Entfernung gefürchtet hatten. Ohnedies waren nur solche angenommen worden, die über einiges Geld verfügten. Da waren welche gewesen, die ihre Hütten und ihr Land verkauft hatten, denn man brauchte viel Geld, um nach Amerika zu gelangen; aber war man erst einmal dort, bekam man drei Dollar im Tag, und wenn man es schlau anstellte, so fand man Orte, an denen das pure Gold vom Boden aufzulesen war. Seines Vaters Haus war ohnehin mittlerweile zu eng geworden. Zwei seiner Brüder waren verheiratet und hatten Kinder. Er hatte versprochen, ihnen aus Amerika Geld zu schicken, mit der Post, zweimal im Jahr. Sein Vater hatte an den jüdischen Schankwirt eine alte Kuh, ein Paar gescheckter Gebirgsponies eigener Züchtung und ein lastenfreies schönes Stück Weideland auf der Sonnenseite eines von Fichten gekrönten Bergsattels verkauft, um die Schiffsleute zu bezahlen, die die Menschen nach Amerika schafften, damit sie dort in kurzer Zeit reich würden.

Im Herzen muß er ein Abenteurer gewesen sein, denn bei wie vielen der größten Unternehmungen, die der Eroberung der Erde dienten, stand nicht am Anfang der Verkauf der väterlichen Kuh für das eingebildete oder echte Gold, das aus der Ferne lockte! Ich habe Ihnen mehr oder weniger in meinen eigenen Worten wiedergegeben, was ich bruchstückweise im Laufe der zwei, drei Jahre erfuhr, während welcher ich selten eine Gelegenheit zu einem freundschaftlichen Plausch mit ihm ungenutzt ließ. Er erzählte mir diese Geschichte seiner Abenteuer, die von manch einem Aufblitzen seiner weißen Zähne, manch einem ungestümen Blick seiner schwarzen Augen begleitet wurde, zunächst in einer Art verängstigter Kindersprache, dann, als er des Englischen mächtig geworden, mit großer Flüssigkeit, doch immer in jenem ihm eigenen singenden, sanften und gleichzeitig bebenden Tonfall, der dem Klang auch der vertrautesten Vokabeln eine sonderbar durchdringende Kraft verlieh, so als hätten sie einer überirdischen Sprache angehört. Und immer endete er, während er emphatisch den Kopf schüttelte, bei jenem entsetzlichen Gefühl, daß ihm das Herz in der Brust zerschmelze, welches er beim Betreten jenes Schiffes empfunden hatte. Späterhin scheint für ihn eine Zeit restloser Begriffsstutzigkeit gekommen zu sein, zumindest hinsichtlich dessen, was sich um ihn her begab. Zweifellos muß er scheußlich seekrank und scheußlich unglücklich gewesen sein, als er dort in seiner Auswandererkoje lag – dieser sanftmütige und leidenschaftliche Abenteurer, der so verständnislos war und so schmerzlich seine Einsamkeit empfand; denn er war von äußerst feinfühliger Natur. Das nächste, was wir mit Bestimmtheit über ihn wissen, ist dies, daß er sich in Hammonds Schweinepferch an der Nortoner Landstraße verborgen hielt, sechs Meilen vom Meer entfernt der Fluglinie nach. Von diesen Erlebnissen sprach er ungern: sie scheinen seiner Seele eine düstere Verwunderung und Empörung eingebrannt zu haben. Aus dem Gerede, das hier noch eine gute Weile nach seiner Ankunft fortdauerte, wissen wir, daß die Fischersleute von West Colebrook aufgestört und alarmiert wurden durch schwere Schläge gegen die Wände ihrer Bretterhütten sowie durch eine scharfe Stimme, die absonderliche Worte in die Nacht schrie. Einige von ihnen streckten sogar die Köpfe heraus, aber zweifellos war er da schon geflohen, erschrocken über die heiseren, zornigen Stimmen, mit denen sie einander durch die Dunkelheit zuriefen. Eine Art rasender Angst muß ihm geholfen haben, den steilen Berg von Norton zu erklimmen. Unzweifelhaft war er es, den der Brenzetter Fuhrmann früh am nächsten Morgen an der Straße im Grase liegend fand (in einer Ohnmacht, würde ich sagen). Der Fuhrmann stieg sogar von seinem Wagen, um sich den Mann näher zu besehen, suchte dann aber schleunigst das Weite, eingeschüchtert von der absoluten Reglosigkeit und etwas Sonderbarem im Aussehen dieses Herumtreibers, der da gar so still unter den Regengüssen schlief. Zu späterer Stunde kamen einige Kinder so verängstigt in die Schule von Norton gerannt, daß sich die Schulmeisterin bemüßigt fühlte, hinauszugehen und einem ›zum Fürchten aussehenden Mann‹ auf der Landstraße entrüstet die Leviten zu lesen. Er zog sich hierauf mit hängendem Kopf ein paar Schritt zurück und rannte dann unvermittelt und mit außerordentlicher Behendigkeit davon. Der Fahrer von Mr. Bradleys Milchwagen verhehlte nicht, daß er mit seiner Peitsche nach einem langhaarigen Zigeunerlümmel geschlagen habe, als dieser an einer Straßenbiegung unweit des Posthauses den Versuch machte, aufzuspringen und dabei die Zügel des Ponys ergriff. Er habe einen tüchtigen Hieb abbekommen, quer über das ganze Gesicht, der ihn viel hurtiger in den Straßenkot zurückbeförderte, als er hinaufgesprungen war; das Pony habe er allerdings erst nach einer guten halben Meile wieder zu zügeln vermocht. Daß der arme Teufel versucht hatte, den Karren anzuhalten, war vielleicht in dem verzweifelten Bestreben geschehen, sich Hilfe zu verschaffen, in dem Bedürfnis, mit jemandem in Berührung zu kommen. Später gestanden auch noch drei Jungen, sie hätten Steine nach einem komischen Landstreicher geworfen, der ganz durchnäßt, mit Schlamm beschmiert und, wie es schien, völlig betrunken auf dem schmalen, tief eingeschnittenen Pfad an den Kalköfen umhertorkelte. All dies bildete tagelang den Gesprächsstoff dreier Dörfer; aber überdies haben wir Mrs. Finns (sie ist die Frau des Fuhrknechts von Smith) unbezweifelbare Aussage, daß sie gesehen habe, wie er über die niedrige Mauer von Hammonds Schweinepferch setzte und geradenwegs auf sie zu taumelte, wobei er lallende Töne hervorbrachte, die genügten, einen vor Angst ins Grab zu bringen. Da sie einen Säugling im Wagen bei sich hatte, rief Mrs. Finn ihm zu, er solle verschwinden, aber da er dennoch beharrlich näher kam, traktierte sie ihn mutig mit ihrem Regenschirm und rannte dann, ohne sich ein einziges Mal nach ihm umzusehen, wie der Wind mit ihrem Kinderwagen bis zum ersten Haus des Dorfes. Dort hielt sie an, ganz außer Atem, und sprach mit dem alten Lewis, der dort gerade einen Haufen Steine behämmerte; und der alte Bursche nahm seine mächtige schwarze Draht-Schutzbrille ab und erhob sich auf seine schwankenden Beine, um in die Richtung zu blicken, in die sie zeigte. Gemeinsam folgten sie mit ihren Blicken der Gestalt des Mannes, der über ein Feld rannte; sie sahen, wie er hinfiel, sich wieder aufraffte und in Richtung der New Barns Farm weiterlief, stolpernd und die langen Arme emporwerfend.

Von diesem Augenblick an hing er deutlich in den Schlingen seines dunklen und rührenden Geschickes. Nach dem, was ihm dann zustieß, kann hierüber kein Zweifel mehr bestehen. Alles ist jetzt klar: Mrs. Smiths Schrecken; Amy Fosters phlegmatische, gegen jegliche nervöse Kritik der andern aufrechterhaltene Überzeugung, daß der Mann ›nichts Böses im Schilde führe‹; Smiths Verdruß, als er bei seiner Rückkehr vom Darnforder Markt einen wie rasend bellenden Hund, eine verschlossene Hoftür und eine hysterische Frau vorfand; und das alles wegen eines Hungerleiders und ungewaschenen Landstreichers, der vermutlich noch immer im Unterbau seines Heuschobers herumlungerte, wie? Nun, er wollte ihn schon lehren, Frauen zu erschrecken!

Smith ist als Draufgänger bekannt; aber der Anblick eines namenlosen und verschmutzten Geschöpfes, das da mit gekreuzten Beinen auf einem Haufen losen Strohs hockte und hin und her schwankte wie ein Bär in einem Käfig, ließ ihn doch innehalten. Dann erhob sich dieser Landstreicher schweigend vor ihm, von Kopf bis Fuß eine einzige Kot- und Schmutzmasse. Smith, der da zwischen seinen Heuschobern allein dieser Erscheinung gegenüberstand, im gewittrigen Zwielicht, durch welches das wütende Gebell des Hundes hallte, fühlte, wie ihn die Angst vor etwas Unbeschreiblichem, Fremdem ankam. Als dann jenes Wesen mit seinen geschwärzten Händen die langen, verfilzten, über sein Gesicht herabhängenden Locken teilte, so wie man Gardinen auseinanderschiebt, und ihn mit blitzenden, wilden schwarzen Augen ansah, ließ ihn das Gespenstische dieser schweigenden Begegnung schier zurücktaumeln. Er hat inzwischen zugegeben (die Geschichte bildete nämlich hierherum jahrelang einen gültigen Gesprächsgegenstand), daß er mehr als nur einen Schritt zurückgewichen sei. Dann aber gab ein plötzlich hervorsprudelnder Strom sinnloser Worte ihm mit eins die Überzeugung, daß er es mit einem ausgebrochenen Irrsinnigen zu tun habe. In der Tat hat sich dieser Eindruck nie ganz verloren. In seinem innersten Herzen hat Smith bis auf den heutigen Tag nie von seiner geheimen Überzeugung gelassen, daß dieser Mann im Grunde schwachsinnig war.

Da jenes Geschöpf ihm mit seinem höchst beunruhigenden Gequassel immer näher rückte, fuhr Smith (der ja nicht wußte, daß er mit ›gnädiger Herr‹ tituliert und, in Gottes Namen, um Kost und Obdach angefleht wurde) fort, ihm energisch aber begütigend zuzureden und sich in Richtung des anderen Hofes abzusetzen. Schließlich aber ging er, eine sich ihm bietende günstige Gelegenheit nutzend, blitzartig zum Angriff über, stieß den andern kopfüber in einen Holzschuppen und schob sogleich den Riegel vor. Hiernach wischte er sich den Schweiß von der Stirn, wiewohl es ein kalter Tag war. Er hatte, indem er einen umherlungernden und wahrscheinlich gefährlichen Schwachsinnigen hinter Schloß und Riegel setzte, nur seine Schuldigkeit der Gemeinde gegenüber getan. Smith ist keineswegs ein herzloser Mensch, aber er hatte in seinem Hirn nur für diese eine Vorstellung von Verrücktheit Platz. Er war nicht einbildungsreich genug, um sich zu fragen, ob der Mann dort drinnen nicht vielleicht vor Hunger und Kälte sterben werde. Unterdessen vollführte der Irre in dem Schuppen zunächst einmal einen Heidenlärm; oben im Haus, wo sie sich in ihrem Schlafzimmer eingeschlossen hatte, zeterte Mrs. Smith; und Amy Foster schluchzte herzzerreißend an der Küchentür, rang die Hände und murmelte: ›Nicht! Nicht!‹ Smith wird es recht schwer gehabt haben an jenem Abend mit dem Geplärr der einen wie der andern; und diese irrsinnige, verwirrende Stimme, die da so eigensinnig durch die Tür scholl, wird seinen Ingrimm nur noch vermehrt haben. Es fiel ihm nicht ein, diesen lästigen Tollhäusler mit dem gesunkenen Schiff in der Eastbay in Verbindung zu bringen, von dem auf dem Darnforder Markt die Rede gewesen. Und ich möchte meinen, der Mann hinter der verriegelten Tür kam in jener Nacht dem Wahnsinn sehr nahe. Ehe seine Erregung sich legte und er bewußtlos wurde, warf er sich wütend umher in der Finsternis, fiel über schmutzige Säcke, biß sich in die Faust vor Raserei, Kälte, Hunger, Ratlosigkeit, Verzweiflung.

Er war ein Gebirgsbewohner der östlichen Karpathenkette, und bei dem Schiff, das in der Nacht zuvor in der Eastbay gesunken war, handelte es sich um das Hamburger Auswandererschiff *Herzogin Sophia Dorothea* schlimmen Angedenkens.

Einige Monate später lasen wir in der Zeitung den Bericht über die schwindlerische ›Auswanderer-Agentur‹, die unter dem slawischen Bauernvolk in den östlichen Provinzen Österreichs ihr Unwesen getrieben hatte. Das Ziel dieser Schurken war es gewesen, den lastenfreien Grundbesitz der armen, unwissenden Leute an sich zu bringen, und sie waren im Bunde gewesen mit den ortsansässigen Wucherern. Sie verschickten ihre Opfer meist über Hamburg. Was das Schiff betrifft, so hatte ich von diesem Fenster aus zugesehen, wie es, hart am Wind, unter wenig Tuch an einem dunklen, drohenden Nachmittag in die Bucht einfuhr. Es ging genau nach der Seekarte vor der Brenzetter Küstenwachstation vor Anker. Ich erinnere mich noch, vor Einbruch der Nacht zu seinen Masten und seiner Takelage hinübergeblickt zu haben, die sich dunkel und scharf von einer Kulisse gezackter, schieferfarbener Wolken wie ein zweiter, schmächtiger Kirchturm links neben dem von Brenzett abzeichnete. Am Abend erhob sich der Wind. Um Mitternacht hörte ich in meinem Bett die fürchterlichen Stöße, das Heulen des rasenden Unwetters.

Um diese Zeit meinten die Männer der Küstenwache die Lichter eines Dampfers über dem Ankerplatz gesehen zu haben. Gleich darauf waren sie wieder verschwunden; doch es ist erwiesen, daß irgendein anderes Schiff in jener fürchterlichen, sichtlosen Nacht Schutz in der Bucht gesucht, daß es das deutsche Schiff mittschiffs gerammt hat (ein Spalt, ›breit genug‹ – wie einer der Taucher mir später sagte – ›um mit einem Themse-Kahn hindurchzufahren‹) und wieder in See gestochen ist, entweder unversehrt oder beschädigt – wer vermöchte das zu sagen; jedenfalls ist es wieder hinausgefahren, unbekannt, ungesehen und dazu verurteilt, geheimnisvoll auf dem Meer zugrunde zu gehen. Nichts kam von diesem Schiff je an den Tag, und doch hätte die Untersuchung, die mit soviel Lärm und Geschrei über die ganze Welt hin aufgenommen wurde, es ausfindig machen müssen, wäre es noch irgendwo auf der Meeresoberfläche anzutreffen gewesen.

Etwas in seiner Unaufschlüsselbarkeit Vollkommenes, eine heimliche Verschwiegenheit wie die bei einem sauber ausgeführten Verbrechen kennzeichnen dieses mörderische Unheil, das, wie Sie sich erinnern werden, zu so grauenhafter Berühmtheit gelangte. Auch der lauteste Schrei hätte bei jenem Sturm das Ufer nicht erreicht; für Notsignale blieb offensichtlich keine Zeit. Es war Tod ohne viel Federlesens. Das Hamburger Schiff, das sogleich voll Wasser lief, kenterte beim Sinken; und bei Tagesanbruch zeigte sich nicht einmal eine Mastspitze über dem Wasser. Es wurde selbstverständlich vermißt, und zunächst vermuteten die Männer der Küstenwache, entweder sei es vor Anker abgetrieben, oder das Ankerseil sei in der Nacht gerissen und das Schiff sei auf das Meer hinausgefegt worden. Dann, nach dem Wechsel des Gezeitenstroms, muß sich das Wrack ein wenig bewegt und einige der Leichen freigegeben haben, denn ein Kind – ein kleines blondhaariges Mädchen mit rotem Rock – wurde bei dem Martelloturm an Land gespült. Nachmittags sah man dann drei Meilen weit die Küste hinauf dunkle Gestalten mit nackten Beinen in die heranrollenden Gischtwogen springen und wieder zurück an den Strand; und steif und tropfend wurden struppige Männer, Frauen mit harten Gesichtern und meist blondhaarige Kinder auf Bahren, zusammengebundenen Zweigen und Leitern in langem Zug an der Tür der Schiffsschenke vorüber getragen und in einer Reihe unter der Nordwand der Kirche von Brenzett ausgelegt.

Dem offiziellen Bericht zufolge ist die Leiche des kleinen Mädchens im roten Rock der erste Gegenstand gewesen, der von dem Schiff an Land gelangte. Ich habe indessen meine Patienten unter der seefahrenden Bevölkerung von West Colebrook, und – inoffiziell – hat man mich davon unterrichtet, daß sehr früh an jenem Morgen zwei Brüder, die hinunter ans Meer gingen, um nach ihrem oben am Ufer festgemachten Cobble, einem in dieser Gegend üblichen flachen Fischerboot, zu sehen, ein gutes Stück von Brenzett entfernt auf einen gewöhnlichen Schiffs-Hühnerstall stießen, der auf dem Trockenen, hoch oben am Ufer lag und elf ertrunkene Enten enthielt. Ihre Familien verspeisten die Tiere, und der Hühnerstall wurde mit dem Beil zu Feuerholz zerhackt. Ein Mann nun (sofern er sich zur Zeit des Unfalles an Deck befand) hätte sehr wohl auf diesem Hühnerstall an Land schwimmen können. Er hätte... Ich gebe zu, daß es unwahrscheinlich ist; aber da war der Mann – und tage-, nein: wochenlang wollten wir nicht begrei-

fen, daß wir den einzigen Überlebenden dieses Un-
glücks in unserer Mitte hatten. Der Mann selbst
konnte uns, auch als er gelernt hatte, sich verständ-
lich auszudrücken, nur sehr wenig sagen. Er erinnerte sich noch daran, daß er sich wohler gefühlt
(vermutlich nachdem das Schiff vor Anker gegangen
war) und daß ihm die Dunkelheit, der Wind und der
Regen den Atem geraubt hatten. Dies deutet darauf
hin, daß er sich in jener Nacht zeitweilig an Deck auf-
hielt. Aber wir dürfen nicht vergessen, daß er wie vor
den Kopf gestoßen war, daß er seekrank gewesen und
die letzten vier Tage unter verschlossener Luke zugebracht hatte, daß er keine allgemeinen Vorstellungen
von einem Schiff oder dem Meer hatte und sich darum
auch keinen bestimmten Begriff von dem bilden konnte, was ihm widerfuhr. Den Regen, den Wind, die
Dunkelheit – die kannte er; er verstand das Blöken
der Schafe, und er erinnerte sich der Schmerzlichkeit
seines Elends und seiner Not, seines trostlosen Er-
staunens darüber, daß seine Bedrängnis, seine Verzweiflung weder gesehen noch verstanden wurden;
denn er begegnete ja nur erbosten Männern und grimmigen Frauen. Er habe sich ihnen als Bettler genä-
hert, das stimme, sagte er; aber in seiner Heimat
spreche man sanft mit den Bettlern, auch wenn man
ihnen nichts gebe. Die Kinder werden in seiner Heimat nicht gelehrt, mit Steinen nach denen zu werfen,

die um Erbarmen flehen. Smiths Vorgehen brachte ihn vollends zur Verzweiflung. Der Holzschuppen hatte für ihn das grausige Aussehen eines Verlieses. Was würde ihm als nächstes widerfahren?... Kein Wunder, daß ihm Amy Foster dann wie in der Aureole eines Lichtengels erschien. Das Mädel hatte in jener Nacht keinen Schlaf gefunden, da sie beständig an den armen Mann hatte denken müssen; und in der Frühe, ehe die Smiths aufgestanden waren, schlüpfte sie über den Hof. Sie spähte durch die einen Spalt breit geöffnete Tür des Holzschuppens und hielt ihm einen halben Laib Weißbrot hin – ›Brot, wie es in meiner Heimat nur die Reichen essen‹, pflegte er zu sagen.

Bei ihrem Anblick erhob er sich langsam von einem Haufen Gerümpel, mit steifen Gliedern, hungrig, elend und voller Zweifel. ›Könnt Ihr das essen?‹ fragte Amy Foster ihn mit ihrer weichen, schüchternen Stimme. Er muß sie für eine ›barmherzige Frau‹ gehalten haben. Er schlang das Brot mit Ungestüm hinunter, und Tränen benetzten es. Plötzlich ließ er das Brot fallen, ergriff ihren Arm und drückte einen Kuß auf ihre Hand. Sie fürchtete sich nicht. Durch die Jämmerlichkeit seines Aufzugs hindurch hatte sie erkannt, daß er von sehr stattlicher Gestalt war. Sie verriegelte wieder die Tür und ging langsam zur Küche zurück. Viel später erzählte sie alles Mrs. Smith,

die erschauerte bei dem bloßen Gedanken an eine Berührung dieses Scheusals.

Durch diesen Akt impulsiver Barmherzigkeit wurde
er in den Schoß menschlicher Beziehungen zurückge-
führt. Er vergaß das nie – nie.

An jenem Vormittag kam der alte Mr. Swaffer herüber (Smiths nächster Nachbar), um Rat zu geben,
und es endete damit, daß er den Fremdling mit sich
nahm. Dieser stand da, auf schwankenden Beinen,
demütig, und von Kopf bis Fuß mit halb getrockne-
tem Schlamm bedeckt, während vor ihm die beiden
Männer in einer unverständlichen Sprache konferier-
ten. Mrs. Smith weigerte sich herunterzukommen,
solange der Wahnsinnige nicht das Gehöft verlassen
hatte; Amy Foster sah von weitem, durch die halb
geöffnete Türe der dunklen Küche zu; und er ge-
horchte, so gut er es vermochte, den Zeichen, die man
ihm gab. Aber Smith war voller Mißtrauen. ›Passen
Sie auf! Das ist vielleicht alles nur Berechnung‹, rief
er immer wieder mit warnender Stimme. Als Mr.
Swaffer sein Pferd antrieb, fiel das beklagenswerte Geschöpf, das demütig an seiner Seite saß, vor Schwäche beinahe rittlings über die Lehne des hohen zwei-
rädrigen Gefährts. Swaffer brachte ihn geradenwegs
zu sich nach Hause. Und erst dort trat ich in Aktion.

Ich wurde gerufen – einfach dadurch, daß mir der
alte Mann mit dem Zeigefinger über das Tor seines

Hauses zuwinkte, als ich vorüberfuhr. Ich stieg natürlich vom Wagen.

›Ich habe hier etwas‹, murmelte er und führte mich zu einem kleinen Nebenhaus, das etwas abseits von den anderen Gebäuden des Hofes lag.

Dort sah ich ihn zum ersten Mal, in einem langen, den ganzen Raum dieses Kutscherhauses einnehmenden, ziemlich niedrigen Zimmer. Die Wände waren kahl und weiß getüncht, und am einen Ende befand sich eine kleine viereckige Fensteröffnung mit einer zerbrochenen, verschmutzten Scheibe. Er lag auf einem Strohsack. Man hatte ihm ein paar Pferdedecken gegeben, und er schien seine letzten Kräfte aufgebraucht zu haben bei der Anstrengung, sich zu reinigen. Er brachte fast keinen Laut hervor; sein fliegender Atem, sein pochendes Herz unter den bis ans Kinn hinaufgezogenen Decken, seine glitzernden schwarzen Augen erinnerten mich an einen in einer Schlinge gefangenen Vogel. Während ich ihn untersuchte, stand der alte Swaffer schweigend in der Tür und strich sich mit den Fingerspitzen über die glattrasierte Oberlippe. Ich gab einige Anordnungen, versprach, eine Flasche Arznei herüberzuschicken und stellte selbstverständlich einige Fragen.

›Smith hat ihn in seinem Heuschober auf New Barns gefangen‹, sagte der alte Knabe in seiner bedächtigen, ungerührten Art, als handle es sich hier in der Tat um ein wildes Tier. ›So bin ich zu ihm gekommen. Ein Wunderding, was? Sagen Sie mal, Doktor – Sie sind doch weit in der Welt herumgekommen –, finden Sie nicht, daß der Mann, dessen wir da habhaft geworden sind, etwas von einem Hindu an sich hat?‹

Ich war höchlich erstaunt. Sein langes schwarzes Haar, das über den Strohsack floß, kontrastierte mit dem Olivton seines blassen Gesichtes. Mir kam der Gedanke, er sei vielleicht ein Baske, was nicht unbedingt bedeutet hätte, daß er Spanisch verstand. Aber ich versuchte es immerhin einmal mit den wenigen spanischen Brocken, über die ich verfügte, und auch mit einigem Französisch. Die geflüsterten Laute, die ich auffing, als ich mein Ohr zu seinen Lippen hinabbeugte, verwirrten mich außerordentlich. Am Nachmittag versuchten dann die jungen Damen aus dem Pfarrhaus, die gekommen waren, um Miß Swaffer zu besuchen (eine las Goethe mit dem Wörterbuch und eine mühte sich seit Jahren schon mit Dante ab), von der Tür aus ihr Deutsch und Italienisch bei ihm anzubringen. Sie zogen sich wieder zurück, einigermaßen entsetzt über die Flut leidenschaftlicher Worte, die er ihnen, sich auf seinem Strohsack herumdrehend, entgegenschleuderte. Sie gaben zu, daß die Laute angenehm, sanft und melodisch anzuhören gewesen seien; aber darum seien sie – vielleicht verbunden mit seinem

Aussehen – nicht weniger beunruhigend gewesen: so aufgeregt, so völlig unähnlich allem, was sie je gehört. Die Dorfjungen kletterten den Abhang hinauf, um einen Blick durch das kleine viereckige Fensterloch zu werfen. Jedermann fragte sich, was Mr. Swaffer mit ihm anfangen werde.

Er behielt ihn einfach bei sich.

Swaffer würde als Exzentriker gelten, wäre er nicht so hoch angesehen. Man wird Ihnen erzählen, daß Mr. Swaffer noch um zehn Uhr abends aufsitze und Bücher lese, und man wird Ihnen fernerhin berichten, daß er einen Scheck über zweihundert Pfund ausstellen könne, ohne es sich zweimal zu überlegen. Er selbst erklärt Ihnen, daß die Swaffers seit nunmehr dreihundert Jahren zwischen Colebrook und Darnford Land besessen hätten. Er muß jetzt fünfundachtzig sein, aber er sieht nicht im mindesten älter aus als zu der Zeit, da ich hierher kam. Er ist ein großer Schafzüchter und betreibt einen ausgedehnten Viehhandel. Meilenweit im Umkreis besucht er die Märkte, bei Wind und Wetter, und kutschiert seinen Wagen, tief über die Zügel gebeugt, eingehüllt in seinen warmen Mantel, über dessen Kragen das strähnige graue Haar herabfällt, und die Beine in eine grüne Wolldecke gewickelt. Die Ruhe des hohen Alters gibt seinem Benehmen Feierlichkeit. Er ist glatt rasiert; seine Lippen sind fein und sensibel; etwas Starres und

Mönchartiges in seinen Zügen verleiht der Bildung seines Gesichtes eine gewisse Erhabenheit. Es ist schon vorgekommen, daß er viele Meilen durch Regen fuhr, nur um eine neue Rosensorte in irgend jemands Garten oder einen monströsen Kohlkopf, den ein Landarbeiter gezogen hatte, zu besichtigen. Er liebt es, etwas erzählt oder gezeigt zu bekommen, das er ›ausländisch‹ nennt. Vielleicht war es eben das Ausländische an dem Mann, das den alten Swaffer anzog. Vielleicht war es auch bloß eine unerklärliche Grille. Ich weiß nur, daß ich nach Ablauf dreier Wochen Smiths Tollhäusler in Swaffers Küchengarten graben sah. Man hatte herausgefunden, daß er mit dem Spaten umzugehen wußte. Er grub barfuß.

Seine schwarzen Haare flossen ihm über die Schultern. Vermutlich war es Swaffer gewesen, der ihm das gestreifte alte Baumwollhemd gegeben hatte; aber er trug noch immer die braunen Tuchhosen seiner Nationaltracht, in denen er an Land gespült worden war und die beinahe so eng anlagen wie ein Trikot; dazu einen breiten Ledergürtel, der mit vielen kleinen Messingknöpfen beschlagen war. Und er hatte sich noch nicht ins Dorf getraut. Das Land, das er ringsherum sah, erschien ihm so sauber bestellt wie die Äcker um das Gehöft eines Gutsbesitzers; die Größe der Zugpferde setzte ihn in Erstaunen; die Straßen machten auf ihn den Eindruck von Gartenwegen, und der Anblick der Menschen, vor allem an Sonntagen, deutete auf Wohlhabenheit hin. Er fragte sich, was sie wohl so hartherzig machte und ihre Kinder so keck. Er nahm seine Mahlzeiten an der Hoftür in Empfang, trug sie vorsichtig in beiden Händen zu seinem Nebenhaus, setzte sich auf den Strohsack und schlug das Kreuz darüber, bevor er mit Essen begann. Auch kniete er neben diesem Strohsack in der früh hereinbrechenden Dunkelheit der kurzen Tage nieder und sagte laut das Vaterunser, ehe er sich zu schlafen anschickte. Jedesmal, wenn er Swaffer sah, verneigte er sich tief und voll Ehrfurcht und blieb danach aufrecht stehen, während der alte Mann, seine Finger über die Oberlippe streichend, ihn schweigend betrachtete. Er verneigte sich auch vor Miß Swaffer, die ihrem Vater eine sparsame Haushälterin war – eine breitschultrige, knochige Person von fünfundvierzig Jahren, die in der Tasche ihres Kleides stets eine Menge Schlüssel trug und graue, ruhige Augen hatte. Sie war Hochkirchlerin – wie die Leute hier herum sagen (während ihr Vater einer der Vorsteher der Baptistengemeinde war) – und trug ein kleines stählernes Kreuz am Gürtel. Sie kleidete sich in strenges Schwarz zur Erinnerung an einen der unzähligen Bradleys aus der Nachbarschaft, mit dem sie vor etwa fünfundzwanzig Jahren verlobt gewesen – einem jungen Bauern, der sich am Vorabend ihrer Hochzeit bei der Jagd das Genick gebrochen hatte. Sie hatte den unbeweglichen Gesichtsausdruck der Tauben, sprach selten ein Wort, und ihre Lippen, die dünn waren wie die ihres Vaters, überraschten einen bisweilen durch ein ironisches Kräuseln.

Dies waren die Menschen, denen er Untertanentreue schuldig war, und eine überwältigende Einsamkeit schien von dem bleiernen Himmel jenes sonnenlosen Winters auf ihn herabzusinken. Alle Gesichter waren traurig. Er vermochte mit niemandem zu reden und hatte keine Hoffnung, je irgendwen zu verstehen. Es war, als hätten diese Gesichter zu Menschen aus einer anderen Welt gehört – toten Menschen –, so erklärte er mir Jahre später. Wahrhaftig, ich wundere mich, daß er nicht irrsinnig wurde. Er wußte nicht, wo er war. Irgendwo, sehr weit entfernt von seinen Bergen – irgendwo jenseits des Meeres. War dies Amerika? fragte er sich.

Ohne das stählerne Kreuz an Miß Swaffers Gürtel hätte er, so gestand er mir, nicht gewußt, ob er sich überhaupt in christlichen Landen befand. Er pflegte verstohlene Blicke darauf zu werfen und hierbei Trost zu empfinden. Nichts war hier so wie in seiner Heimat! Die Erde, das Wasser waren anders; am Wegrand standen keine Heilandsbilder. Sogar das Gras unterschied sich, sogar die Bäume – alle Bäume außer den drei alten Amerikanischen Rotkiefern auf dem

Rasenplatz vor Swaffers Haus. Sie wenigstens erinnerten ihn an seine Heimat. Einmal traf man ihn dabei, wie er, nach Einbruch der Dämmerung, schluchzend, die Stirn gegen einen der Stämme gedrückt, mit sich selber redete. Die Bäume seien ihm damals wie Brüder gewesen, bestätigte er mir. Alles andere war fremd. Man stelle sich ein derartiges Dasein vor, das überschattet, das beschwert wird von alltäglichen realen Erscheinungen, die sich wie Bilder eines Alptraums ausnehmen! Des Nachts, wenn er nicht schlafen konnte, dachte er weiterhin an das Mädchen, das ihm das erste Stück Brot gereicht, welches er an diesem fremden Gestade gegessen hatte. Sie war weder grimmig noch erbost noch ängstlich gewesen. Ihr Gesicht war ihm im Gedächtnis geblieben als das einzige begreifliche unter allen diesen Gesichtern, die so verschlossen, so geheimnisvoll und so stumm waren wie die Gesichter der Toten, die von einem Wissen erfüllt sind, das über alle Begriffe der Lebenden hinausgeht. Ich frage mich, ob nicht die Erinnerung an ihre Barmherzigkeit ihn davor bewahrt hat, sich die Kehle durchzuschneiden. Aber da haben wir's! Vermutlich bin ich bloß ein alter Romantiker und vergesse die instinktive Liebe zum Leben, die zu überwinden es der ganzen Gewalt äußerster Verzweiflung bedarf.

Er verrichtete die Arbeiten, die man ihm gab, mit einer Umsicht, die den alten Swaffer überraschte. Nach und nach fand man heraus, daß er beim Pflügen zu helfen vermochte, daß er Kühe melken, die Ochsen im Stall füttern konnte und bei der Schafzucht zu gebrauchen war. Er begann, einzelne Wörter zu erlernen, und zwar sehr schnell; und dann rettete er eines schönen Morgens im Frühling unvermutet ein Enkelkind des alten Swaffer vor dem Tod.

Swaffers jüngere Tochter ist mit Willcox verheiratet, einem Anwalt und Stadtsyndikus von Colebrook. Regelmäßig zweimal im Jahr kommen sie herüber und verbringen einige Tage bei dem alten Mann. Ihr einziges Kind, ein kleines Mädchen von damals kaum drei Jahren, rannte in ihrem weißen Schürzchen allein aus dem Haus, torkelte durch das Gras des terrassenförmig angelegten Gartens und stürzte, Kopf voran, über eine niedrige Mauer in die darunter gelegene Pferdeschwemme.

Unser Mann war mit dem Pflüger draußen auf dem Feld, das dem Gehöft zunächst lag, und als er das Gespann herumführte, um mit einer neuen Furche zu beginnen, sah er durch eine Zaunlücke etwas, das jedem anderen als ein bloßes Geflatter von irgend etwas Weißem erschienen wäre. Er hatte offene, wache, scharfe Augen, die nur vor der Unermeßlichkeit des Meeres sich verschlossen und dann ihre erstaunliche Kraft zu verlieren schienen. Er war barfuß und sah so ausländisch aus, wie es Swaffer sich nur wünschen konnte. Zum unaussprechlichen Verdruß des Pflügers ließ er die Pferde an der Kehre stehen, sprang davon, rannte in großen Sätzen über das gepflügte Land, erschien plötzlich vor der Mutter, warf ihr das Kind in die Arme und ging wieder fort.

Die Schwemme war nicht sehr tief; aber dennoch – hätte er nicht so gute Augen gehabt, das Kind wäre umgekommen, wäre elend erstickt in der ungefähr ein Fuß dicken Schlammschicht am Grund des Teiches. Der alte Swaffer begab sich langsam aufs Feld hinaus, wartete, bis der Pflug in seine Nähe kam, warf dem Mann einen langen Blick zu und ging, ohne ein Wort zu sagen, wieder ins Haus. Aber von der Zeit an deckten sie ihm am Küchentisch; und anfangs kam Miß Swaffer, ganz in Schwarz gekleidet und mit ihrer undurchdringlichen Miene, oft heraus und blieb in der Tür des Wohnzimmers stehen, um zuzusehen, wie er sein großes Kreuz schlug, ehe er zu essen begann. Ich glaube, von diesem Tag an zahlte ihm Swaffer auch einen regelmäßigen Lohn.

Ich kann seiner Entwicklung nicht Stufe für Stufe folgen. Er schnitt sich das Haar, man konnte ihn im Dorf und auf der Landstraße zu seiner Arbeit gehen sehen, wie jeden anderen auch. Die Kinder hörten auf, hinter ihm drein zu rufen. Er wurde sich der gesellschaftlichen Unterschiede bewußt, aber er staunte noch lange Zeit über die Ärmlichkeit der kahlen Kirchen bei all dem Reichtum. Auch begriff er nicht, warum sie werktags geschlossen blieben. Es war ja nichts zu stehlen in ihnen. Sollten die Menschen am Ende von allzu häufigem Beten abgehalten werden? Das Pfarrhaus wandte ihm damals seine volle Aufmerksamkeit zu, und ich glaube, die jungen Damen versuchten den Boden für seine Konversion zu bereiten. Sie brachten ihn zwar nicht davon ab, sich zu bekreuzigen, er ließ sich aber herbei, die Schnur mit den zwei Messingmedaillons von der Größe eines Sixpence, dem winzigen metallenen Kreuz und dem breiten Skapulier, die er um den Hals getragen hatte, abzulegen. Er hängte sie an die Wand neben seine Lagerstatt, und man hörte ihn allabendlich das Vaterunser in unverständlichen Worten, langsam und inbrünstigen Tones davor aufsagen, wie er seinen Vater es hatte beten hören vor der gesamten knienden Familie, groß und klein, an jedem Abend seines Lebens. Und wenn er nun auch Manchesterhosen zur Arbeit und am Sonntag einen schlecht sitzenden Pfeffer-und-Salz-Anzug trug, so wandten sich doch die Fremden auf der Straße nach ihm um und sahen ihm nach. Seine Fremdländischkeit hatte ein besonderes und unaustilgbares Gepräge. Schließlich gewöhnten sich die Menschen an seinen Anblick. Aber an ihn selbst gewöhnten sie sich nie. Sein rascher, beflügelter Gang, seine dunkle Gesichtsfarbe, seine schief über dem linken Ohr sitzende Mütze; seine Gewohnheit, an warmen Abenden die Jacke wie einen Husarendolman über der einen Schulter zu tragen; seine Art und Weise, über die Zauntritte zu springen, nicht als Geschicklichkeitsprobe, sondern als gewöhnliche Form der Fortbewegung – all diese Absonderlichkeiten erregten, so darf man wohl sagen, bei den Bewohnern des Dorfes höchste Verachtung und Mißbilligung. *Sie* legten sich in ihrer Mittagspause nicht ins Gras und starrten zum Himmel auf. Auch gingen sie nicht durch die Felder und grölten trübselige Lieder in die Gegend. Viele Male habe ich seine hohe Stimme über den Rücken einer schräg abfallenden Schafweide gehört, eine leichte, zum Himmel aufsteigende Stimme gleich der einer Lerche, aber mit einem schwermütigen menschlichen Klang – dort über unseren Feldern, die sonst nur den Gesang der Vögel hörten. Und ich war dann selbst allemal überrascht davon. Ja! Er war anders: unschuldig im Herzen und voller guter Absichten, nach denen freilich niemand fragte – dieser Schiffbrüchige, der, wie ein auf einen anderen Planeten Verschlagener, durch eine riesige Kluft von seiner Vergangenheit und eine ungeheure Ahnungslosigkeit von seiner Zukunft getrennt war. Seine rasche, feurige Redeweise empörte jedermann. ›Einen hitzigen Satan‹ nannten sie ihn. Eines Abends in der Schankstube der ›Postkutsche‹ brachte er sie alle miteinander (nachdem er einige Glas Whisky getrunken hatte) dadurch gegen sich auf, daß er ein Liebeslied seiner Heimat sang. Man pfiff ihn aus, und er wurde bestraft; Preble, der lahme Stellmacher, und Vincent, der fette Hufschmied, wollten ihr abendliches Glas Bier in Frieden trinken. Bei einer anderen Gelegenheit wollte er ihnen zeigen, wie man tanzt. Der Staub wirbelte in Schwaden von dem mit Sand bestreuten Boden auf; er sprang zwischen den Bohlentischen kerzengerade in die Höhe, schlug in der Luft die Hacken zusammen, ging dann vor dem alten Preble in die Hocke nieder und ließ ein Bein ums andere vorschnellen, stieß dazu wilde, jubelnde Schreie aus, sprang wieder auf, wirbelte auf einem Fuß herum und ließ die Finger über seinem Kopfe knallen – und da begann ein nicht aus der Gegend stammender Fuhrmann, der hier sein Glas trank, zu fluchen und begab sich, sein halbes Gemäß vor sich hertragend, in die Bar. Als er aber plötzlich auf einen der Tische sprang und dort zwischen den Gläsern weitertanzte, schritt der Wirt ein. Er wollte nichts von ›Akrobatenkunststücken in seiner Schankstube‹ wissen. Sie packten ihn. Und da Mr. Swaffers Ausländer ein, zwei Glas getrunken hatte, versuchte er zu protestieren, woraufhin er gewaltsam hinausgeworfen wurde und ein blaues Auge davontrug.

Ich glaube, er spürte die Feindschaft der Menschen

um ihn her. Aber er war zäh – zäh von Geist wie von Körper. Nur die Erinnerung an das Meer ängstigte ihn, flößte ihm jenen namenlosen Schrecken ein, den ein böser Traum hinterläßt. Seine Heimat lag in weiter Ferne; und er wollte jetzt nicht mehr nach Amerika gehen. Ich hatte ihm des öfteren erklärt, es gebe keinen Ort auf dieser Welt, an dem sich reines Gold finde, das man nur aufzulesen brauchte, ohne sich dafür schinden zu müssen. Wie aber, fragte er, könnte er je mit leeren Händen heimkehren, da doch eine Kuh, zwei Ponies und ein Stück Land verkauft worden waren für seine Reise? Seine Augen füllten sich mit Tränen, und er warf sich, den Blick vom unermeßlichen Glanz des Meeres abwendend, mit dem Gesicht ins Gras. Doch bisweilen widersprach er auch, die Mütze mit leiser Siegermiene in den Nacken schiebend, meiner Weltweisheit. Er habe ja sein Stück reinen Goldes gefunden. Nämlich Amy Fosters Herz; das ›ein goldenes Herz war und voller Erbarmen mit der Menschen Elend‹, wie er im Ton unwiderstehlicher Überzeugung zu sagen pflegte.

Er hieß Janko. Er hatte den Leuten erklärt, dies bedeute ›kleiner Hans‹; aber da er sie überdies beständig darauf hinwies, daß er ein Gebirgsbewohner sei (ein Wort, das im Dialekt seiner Heimat ungefähr wie ›Goorall‹ klang), erhielt er dieses Wort als Nachnamen. Und das ist die einzige Spur, die spätere Zeitalter im Eheregister der Gemeinde von ihm finden werden. Dort steht es nämlich zu lesen – Janko Goorall –, in der Handschrift des Pastors. Das zittrige Kreuz, das der Schiffbrüchige dahintersetzte – welche Handlung ihm zweifellos als der feierlichste Teil der ganzen Zeremonie erschien –, ist alles, was die Erinnerung an seinen Namen wachhalten könnte.

Seine Freite hatte sich lange hingezogen – seit jener Zeit, da er so unsicher Fuß gefaßt in der Gemeinde. Sie begann damit, daß er Amy Foster in Darnford ein grünes Seidenband kaufte. So machte man es in seiner Heimat. Man kaufte seinem Mädel auf dem Jahrmarkt an der Bude eines Juden ein Band. Ich bezweifle, daß Amy Foster etwas mit dem Band anzufangen wußte, aber er schien zu meinen, seine ehrbaren Absichten seien nicht mißzuverstehen.

Erst als er mir erklärte, er gedenke zu heiraten, begriff ich restlos, wie verhaßt – soll ich's so nennen? –, wie aus hundert lächerlichen, gleichgültigen Gründen verhaßt er gewesen sein muß in dieser Gegend. Jedes alte Weib im Dorf geriet in Harnisch gegen ihn. Smith, der ihm in der Nähe seines Gehöftes über den Weg lief, drohte ihm an, er werde ihm den Schädel einschlagen, sofern er sich noch einmal dort blicken lasse. Aber der Mann zwirbelte seinen kleinen schwarzen Schnurrbart mit so kriegerischer Miene und rollte so fürchterlich die großen, schwarzen, feurigen Augen, daß es bei der Drohung blieb. Smith indessen erklärte dem Mädel, sie müsse wahnsinnig sein, sich mit einem Manne einzulassen, der nicht richtig im Kopfe sei. Gleichviel – sobald sie ihn nur in der Dämmerung hinter dem Obstgarten einige Takte einer unheimlichen und klagenden Melodie pfeifen hörte, ließ sie alles, was sie gerade in der Hand hatte, liegen – ließ Mrs. Smith mitten in einem Satze stehen – und rannte hinaus zu ihm. Mrs. Smith schimpfte sie eine liederliche Dirne. Sie sagte nichts dazu. Sie sagte überhaupt zu niemandem etwas und ging ihrer Wege, als wäre sie taub gewesen. Sie und ich allein im ganzen Land, nehme ich an, hatten ein Auge für seine Schönheit. Er sah wirklich sehr stattlich aus, hatte überaus anmutige Bewegungen und besaß in seinem Wesen etwas von der Wildheit der Waldtiere. Ihre Mutter jammerte dem Mädchen, sooft es an seinen freien Tagen nach Hause kam, die Ohren voll. Ihr Vater war mürrisch, tat aber, als wisse er von nichts; und Mrs. Finn erklärte ihr rundheraus: ›Dieser Mann, mein Liebes, wird dir noch einmal etwas Schlimmes antun.‹ Und so ging es fort. Man sah die beiden miteinander auf den Landstraßen: sie, trotzig dahintrottend in ihrem Sonntagsstaat – graues Kleid, Hut mit schwarzer Feder, derbe Stiefel, auffällige weiße Baumwollhandschuhe, die schon auf hundert Meter die Blicke auf sich zogen; und er, die Jacke malerisch über die eine Schulter geworfen, dahinschreitend an ihrer Seite, ritterlich, und mit sanften Augen auf das Mädchen niederblickend, das ein Herz von Gold hatte. Ich frage mich, ob er sah, wie unschön sie war. Vielleicht ging ihm bei Menschentypen, die so verschieden von denen waren, mit denen er bis dahin umgegangen, überhaupt jedes Urteilsvermögen ab; vielleicht auch hatte ihn die göttliche Eigenschaft des Mitleides betört.

Unterdessen befand sich Janko in der größten Verlegenheit. In seiner Heimat nahm man sich einen alten Mann als Unterhändler in Heiratsangelegenheiten. Er wußte nicht, wie er in seiner Sache fortfahren sollte. Indessen, eines Tages, mitten unter den Schafen auf dem Felde (er war jetzt Swaffers Unterschäfer, zusammen mit Foster) nahm er seine Mütze vor dem Vater des Mädchens ab und bat demütig um Amys Hand. ›Ich möchte meinen, sie ist närrisch genug, dich zu nehmen‹, war alles, was Foster sagte. ›Und dann‹, pflegte er später zu berichten, ›setzt er seine Mütze wieder auf, sieht mich finster an, als wolle er mir den Hals umdrehen, pfeift dem Hund, geht fort und läßt mich die ganze Arbeit allein tun.‹ Die Fosters verloren selbstverständlich ungern den Lohn, den das Mädchen verdiente: Amy pflegte nämlich all ihr Geld der Mutter abzuliefern. Aber Foster hatte auch ohne dies von Anfang an eine gründliche Abneigung gegen diese Ehe empfunden. Er meinte, der Bursche verstehe sich zwar sehr gut auf Schafe, aber der richtige Mann, ein Mädchen zu heiraten, sei er nicht. Einmal gehe er die Heckenzäune entlang und murmele vor sich hin wie so ein verdammter Idiot; und dann benähmen sich diese Ausländer Frauen gegenüber oft sehr merkwürdig. Vielleicht wollte er sie irgendwohin entführen – vielleicht selber davonrennen. Nein, sicher war die Sache nicht. Beständig predigte er seiner Tochter, der Bursche könnte sie auf irgendeine Weise mißhandeln. Sie antwortete nicht. Es war, heißt es im Dorf, als hätte dieser Mann sie verhext gehabt. Die Leute diskutierten den Fall. Er war eine rechte Sensation, und die beiden fuhren fort, miteinander ›auszugehen‹, aller Opposition zum Trotz. Dann geschah etwas Unerwartetes.

Ich weiß nicht, ob Swaffer je begriff, in welchem Maße er von seinem ausländischen Gefolgsmann als Vater betrachtet wurde. Wie dem auch sei, das Verhältnis war sonderbar feudal. Als darum Janko förmlich um eine Unterredung einkam – ›und auch mit dem Fräulein‹ (er nannte die strenge, taube Miß Swaffer einfach *Fräulein*) –, geschah dies, um die Erlaubnis zur Heirat einzuholen. Swaffer hörte ihn mit unbeweglicher Miene an, entließ ihn dann durch ein Kopfnicken und brüllte Miß Swaffer die Neuigkeit in das weniger taube Ohr. Sie zeigte sich nicht überrascht und bemerkte bloß grimmig mit ihrer verschleierten, ausdruckslosen Stimme: ›Er hätte allerdings auch keine andere gefunden, die ihn heiraten würde.‹

Großzügigkeit wird im allgemeinen nur Miß Swaffer nachgerühmt – aber sehr bald wurde bekannt, daß Mr. Swaffer Janko eine Kate geschenkt hatte (das Häuschen, das Sie heute morgen sahen) und ungefähr einen Morgen Land dazu – ihm beides als uneingeschränktes Eigentum übertragen hatte. Willcox fertigte die Urkunde aus, und ich erinnere mich noch, daß er mir sagte, es sei ihm dies eine große Freude gewesen. Die Urkunde stellte fest, die Übertragung geschehe ›als Gegenleistung für die Rettung des Lebens meines geliebten Enkelkindes, Bertha Willcox‹.

Hiernach konnte selbstverständlich keine Macht sie daran hindern, zu heiraten.

Amys Vernarrtheit hielt an. Die Leute sahen sie des Abends ihm entgegengehen. Unverwandten, faszinierten Blickes starrte sie die Landstraße hinauf, wo er auftauchen, mit großen Schritten und schwingendem Oberkörper daherkommen mußte, ein Liebeslied der Heimat auf den Lippen. Als der Junge geboren wurde, geriet er in der ›Postkutsche‹ wieder einmal in Hochstimmung, versuchte es abermals mit einem Lied und einem Tanz und wurde abermals hinausgeworfen. Die Leute gaben ihrem Mitgefühl mit einer Frau

Ausdruck, die solch einen Springteufel zum Gemahl hatte. Ihm war das gleichgültig. Jetzt gab es ja einen Mann (so sagte er mir prahlerisch), mit dem er singen und reden konnte in der Sprache seines Landes und dem er mit der Zeit auch das Tanzen beibringen würde.

Aber ich weiß nicht. Mir wollte scheinen, als sei sein Gang nicht mehr so elastisch, sein Körper schwerer, sein Auge weniger scharf gewesen. Einbildung, zweifellos; aber wenn ich jetzt zurückdenke, so ist mir, als habe sich die Schlinge des Schicksals schon damals enger um seinen Hals zusammengezogen gehabt.

Einmal begegnete ich ihm auf dem Fußweg über den Talfourd Hill. Er erklärte mir, ›Frauen sind doch sonderbar‹. Ich hatte schon von häuslichen Zwistigkeiten gehört. Man tuschelte, Amy Foster begreife langsam, was für einen Mann sie da geheiratet habe. Er schaute mit teilnahmslosen, blicklosen Augen aufs Meer. Seine Frau habe ihm dieser Tage den Säugling aus den Armen gerissen, als er mit ihm auf der Türschwelle gesessen und ihm ein Lied vorgesummt habe, wie es die Mütter in seinen Bergen ihren kleinen Kindern vorsangen. Sie schien zu denken, er wolle ihm etwas zuleide tun. Frauen seien doch sonderbar. Und sie habe Einwände dagegen erhoben, daß er des Abends laut bete. Warum nur? Er hoffe, daß der Junge ihm das Gebet eines Tages laut nachsprechen werde, wie er selbst es seinem alten Vater nachgesprochen habe, als er noch ein Kind gewesen – damals in seiner Heimat. Und ich entdeckte, daß er die Zeit herbeisehnte, da sein Sohn herangewachsen sein würde und er einen Menschen hätte, mit dem er sich in der Sprache unterhalten konnte, die unseren Ohren so verwirrend, so leidenschaftlich und so wunderlich klang. Warum seiner Frau diese Vorstellung mißfiel, konnte er nicht sagen. Aber es werde schon vorübergehen, meinte er. Und mit einer bedeutsamen Neigung des Kopfes tippte er sich gegen das Brustbein zum Zeichen dafür, daß sie ein gutes Herz habe: nicht hart, nicht grimmig, offen vielmehr dem Mitleid, wohltätig gegen die Armen!

Nachdenklich ging ich von dannen; ich fragte mich, ob seine Andersartigkeit, seine Fremdheit, dieses stumpfsinnige Wesen nunmehr mit Abscheu erfüllten, nachdem es einmal so unwiderstehlich von ihnen angezogen worden war. Ich fragte mich…«

Der Arzt trat ans Fenster und blickte in die kühle Pracht des Meeres hinaus, das so unermeßlich dalag in seiner Verschleiertheit, gleichsam als umschlösse es die Erde samt allen Herzen, die in den Leidenschaften der Liebe und der Furcht verlorengingen.

»Nun, physiologisch«, sagte er plötzlich und wandte sich ab, »ist so etwas durchaus möglich, durchaus möglich…«

Er schwieg. Dann fuhr er fort:

»Jedenfalls, als ich ihn wiedersah, war er krank – schwache Lunge. Er war zäh, aber er hatte sich doch nicht so gut akklimatisiert, wie ich angenommen hatte. Es war ein schlimmer Winter; und freilich überkommt diese Bergbewohner bisweilen das Heimweh. Und solch ein Zustand der Niedergeschlagenheit machte ihn anfällig. Er lag halb angezogen auf dem Sofa im Erdgeschoß.

Ein Tisch mit einer dunklen Wachstuchdecke nahm die ganze Mitte des kleinen Zimmers ein. Auf dem Boden stand eine Korbwiege. Aus einem Wasserkessel auf dem Kamineinsatz zischte Dampf hervor und über dem Kaminvorsetzer trocknete Kinderwäsche. Das Zimmer war warm, aber die Tür führt in den Garten, wie Sie vielleicht bemerkt haben.

Er fieberte und murmelte vor sich hin. Sie saß auf einem Stuhl und starrte ihn unverwandt mit ihren braunen, trüben Augen über den Tisch hinweg an. ›Warum legen Sie ihn nicht hinauf?‹ fragte ich. Mit einem verwirrten Gestammel antwortete sie: ›Oh, ach! Ich könnte oben nicht bei ihm sitzen.‹

Ich gab ihr bestimmte Anweisungen. Im Hinausgehen sagte ich noch einmal, er gehöre ins Bett hinauf. Sie rang die Hände. ›Ich kann nicht. Ich kann nicht. Er sagt beständig etwas – ich weiß nicht was.‹ Ich sah sie scharf an und dachte an all das abfällige

Geschwätz, das sie fortgesetzt über ihren Mann zu hören bekam. Ich sah in ihre kurzsichtigen Augen, in diese blöden Augen, die einmal wohl in ihrem Leben einer verführerischen Gestalt innegeworden waren, jetzt aber, da sie mich anstarrte, überhaupt nichts mehr zu sehen schienen. Aber ich merkte, daß ihr etwas auf der Seele lag.

›Was ist mit ihm?‹ fragte sie mit einer Art ausdruckslosem Beben. ›Er macht gar keinen sehr kranken Eindruck. Ich habe noch nie jemanden gesehen, der so aussieht...‹

›Glauben Sie denn‹, fragte ich ungehalten, ›er simuliere?‹

›Ja, ich kann mir nicht helfen‹, sagte sie trotzig. Und plötzlich schlug sie die Hände zusammen und blickte nach rechts und nach links. ›Und da ist das Kind. Ich habe solche Angst. Er wollte eben noch, daß ich ihm das Kind reiche. Ich verstehe nicht, was er zu ihm sagt.‹

›Können Sie nicht einen Nachbarn bitten, die Nacht hier zu verbringen?‹ fragte ich.

›Verzeihung, Herr, aber niemand kommt jetzt gern hierher, wie es scheint‹, murmelte sie tonlos und mit einemmal ganz ergeben.

Ich schärfte ihr ein, daß äußerste Vorsicht geboten sei, und mußte dann gehen. Es gab viele Kranke in jenem Winter.

›Oh, hoffentlich redet er nicht!‹ rief sie noch leise, als ich aufbrach.

Ich weiß nicht, wie es kam – aber ich bemerkte nichts. Und doch, als ich mich, in meine Schabracke gewickelt, noch einmal umwandte, sah ich sie an der Türe stehen, sehr still, gleichsam als sinne sie auf Flucht die morastige Straße hinauf.

Gegen Abend stieg das Fieber.

Er warf sich hin und her, stöhnte und klagte dann und wann leise. Und sie saß da und beobachtete über den Tisch hinweg jede seiner Bewegungen, jeden Laut, den er von sich gab – mit entsetzlicher Angst, unsinniger Angst vor diesem Mann, den sie nicht verstand. Sie hatte die Korbwiege dicht an sich herangezogen. Nun gab es nichts mehr in ihr als den Mutterinstinkt und jene unberechenbare Furcht.

Plötzlich kam er zu sich und bat um einen Schluck Wasser, da er wie ausgedörrt war. Sie rührte sich nicht. Sie hatte nicht verstanden, wiewohl er meinte, englisch gesprochen zu haben. Er wartete, sah sie an, lodernd vor Fieber, erstaunt über ihre Unbeweglichkeit; und dann brüllte er ungeduldig: ›Wasser! Gib mir Wasser!‹

Sie sprang auf, packte das Kind und blieb wie angewurzelt stehen. Er redete mit ihr, und seine leidenschaftlichen Proteste vermehrten nur ihre Angst vor diesem sonderbaren Mann. Ich glaube, er sprach lange auf sie ein, flehend, fragend, drängend, befehlend, so vermute ich. Sie sagt, sie habe es ertragen, solange sie konnte. Und dann packte ihn die helle Wut.

Er setzte sich auf und schrie etwas Gräßliches – irgendein Wort. Dann erhob er sich von seinem Lager, als wäre er überhaupt nicht krank gewesen, so sagt sie. Und als er, in fiebernder Verzweiflung, Empörung, Verwunderung, versuchte, um den Tisch herum zu ihr zu gelangen, öffnete sie einfach die Tür und rannte hinaus, das Kind auf dem Arm. Sie hörte, wie er ihr zweimal nachrief, die Straße hinunter, mit schrecklicher Stimme – und sie floh... Ah! Sie hätten sehen sollen, wie hinter dem trüben, verschleierten Glanz dieser Augen das Gespenst der Angst sich regte, das sie denn auch in jener Nacht dreieinhalb Meilen weit bis zur Tür der Fosters trieb! Ich sah es am nächsten Tag.

Und ich war es auch, der ihn längelang, das Gesicht nach unten, in einer Pfütze liegend fand, unmittelbar vor dem Gartentor.

Ich war in jener Nacht zu einem dringlichen Fall ins Dorf gerufen worden und kam auf dem Heimweg im Morgengrauen an der Hütte vorüber. Die Tür stand offen. Mein Diener half mir, ihn hineinzutragen. Wir legten ihn auf das Sofa. Die Lampe blakte, das Feuer war erloschen, die Kälte der stürmischen Nacht sickerte aus der tristen, gelben Tapete. ›Amy!‹ rief ich laut, und meine Stimme schien in der Leere dieses winzigen Hauses zu verhallen, als hätte ich in eine Wüste gerufen. Er öffnete die Augen. ›Fortgegangen!‹ sagte er vernehmlich. ›Ich hatte sie nur um Wasser gebeten – nur um einen Schluck Wasser...‹

Er war mit Schlamm beschmiert. Ich deckte ihn zu und stand abwartend und schweigend da, nur dann und wann ein schmerzvoll hervorgestoßenes Wort auffangend. Es war nicht mehr in seiner eigenen Sprache. Das Fieber war gewichen und hatte seine Lebenshitze mit sich fortgenommen. Und mit der keuchenden Brust, den glanzlosen Augen erinnerte er mich abermals an ein Tier im Netz, an einen in der Schlinge gefangenen Vogel. Sie hatte ihn verlassen. Sie hatte ihn – krank – hilflos – durstig – verlassen. Der Speer des Jägers war ihm in die Seele gedrungen. ›Warum?‹ rief er mit der durchdringenden, empörten Stimme eines Menschen, der Rechenschaft von seinem Schöpfer heischt. Ein Windstoß und ein Regenguß waren die Antwort.

Als ich ging, um die Tür zu schließen, sprach er das Wort ›Barmherzigkeit!‹ und verschied.

Ich attestierte schließlich Herzschlag als die unmittelbare Todesursache. Und das Herz muß ihm in der Tat versagt haben, sonst hätte er auch diese Nacht des Sturmes und der Bedrängnis überstanden. Ich drückte ihm die Augen zu und fuhr davon. Nicht weit von der Hütte stieß ich auf Foster, der zwischen den tropfenden Hecken rüstig daherkam, gefolgt von seinem Collie.

›Wissen Sie, wo Ihre Tochter steckt?‹ fragte ich.

›Allerdings!‹ rief er. ›Ich muß mal ein Wörtchen mit dem Kerl reden. Der armen Frau einen solchen Schrecken einzujagen!‹

›Er wird ihr keinen Schrecken mehr einjagen‹, sagte ich. ›Er ist tot.‹

Er stieß seinen Stock in den Straßenkot.

›Und das Kind –‹

Dann fügte er, nachdem er eine Weile tief in Gedanken versunken gewesen, hinzu:

›Wer weiß, ob es nicht besser so ist.‹

Das waren seine Worte. Und sie selbst sagt jetzt überhaupt nichts mehr. Erwähnt ihn mit keinem Sterbenswörtchen. Nie. Ist sein Bild so restlos aus ihrem Gedächtnis geschwunden, wie seine biegsame und weit ausschreitende Gestalt, seine singende Stimme von unseren Feldern verschwunden sind? Er steht ihr nicht mehr vor Augen, um Leidenschaft oder Furcht in ihrem Denken anzuregen; und die Erinnerung an ihn scheint aus ihrem stumpfsinnigen Hirn gewichen zu sein wie ein Schatten von einem weißen Schirm. Sie wohnt in der Hütte und arbeitet für Miß Swaffer. Jedermann nennt sie Amy Foster, und das Kind ist ›Amy Fosters Junge‹. Sie ruft ihn Johnny – was so viel heißt wie Kleiner Hans.

Unmöglich zu sagen, ob dieser Name irgend etwas in ihr wachruft. Denkt sie je an die Vergangenheit? Ich habe sie mit einer wahren Leidenschaft mütterlichen Gefühls über die Wiege des Jungen sich beugen sehen. Der kleine Bursche lag auf dem Rücken, blickte mir ein wenig ängstlich entgegen, mit seinen großen schwarzen Augen, mit seinem aufgeregten Wesen eines in der Schlinge gefangenen Vogels. Und da ich ihn anschaute, schien ich den andern wieder zu sehen – den Vater, der auf so geheimnisvolle Weise vom Meere ausgespien worden war, um in der höchsten Not der Einsamkeit und der Verzweiflung zugrunde zu gehen.«

Das Schweigen der Lady Anne

von Saki

Egbert kam in den großen Salon, der nur schwach erleuchtet war; er machte den Eindruck eines Menschen, der sich nicht ganz klar ist, ob er einen Taubenschlag oder eine Munitionsfabrik betritt, und der daher mit allem rechnet. Der kleine Familienstreit beim Mittagessen war nicht bis zu einer Entscheidung ausgefochten worden, und die Frage war, inwieweit Lady Anne gewillt war, die Feindseligkeiten wieder aufzunehmen oder zu vergessen. Ihre Haltung, mit der sie in dem Sessel neben dem Teetischchen saß, war von vollendeter Strenge; im Dämmerlicht des Dezembernachmittags konnte Egbert selbst mit Hilfe seines Kneifers den Ausdruck ihres Gesichts nicht genau erkennen.

Um auf jeden Fall das Eis zu brechen, das sich an der Oberfläche gebildet hatte, machte er eine ganz bestimmte Bemerkung; sowohl er selbst als auch Lady Anne waren gewohnt, daß einer von ihnen diese Bemerkung an winterlichen oder spätherbstlichen Nachmittagen in der Zeit zwischen sechzehn Uhr dreißig und achtzehn Uhr machte. Eine Erwiderung pflegte nicht zu erfolgen – und so schwieg auch Lady Anne.

Don Tarquino lag lang ausgestreckt auf dem Perserteppich. In unnachahmlicher Gleichgültigkeit gegenüber der möglicherweise schlechten Laune Lady Annes genoß er den warmen Schein des Kaminfeuers. Sein Stammbaum war genauso fehlerfrei persisch wie der des Teppichs, und sein Schnurrbart kam nun bereits in das zweite Jahr. Der junge Diener – ein Verehrer der Renaissance – hatte ihn auf den Namen ›Don Tarquino‹ getauft. Andernfalls hätten Egbert und Lady Anne ihn zweifellos ›Fluff‹ gerufen – aber in solchen Dingen waren sie nicht halsstarrig.

Egbert goß sich eine Tasse Tee ein. Als nichts darauf schließen ließ, daß Lady Anne das Schweigen von sich aus brechen würde, überwand er sich zu einem neuen Versuch.

»Die Bemerkung, die ich bei Tisch machte, hatte eine rein akademische Bedeutung«, verkündete er. »Ich habe den Eindruck, daß du sie unnötigerweise persönlich genommen hast.«

Lady Anne hielt die abwehrende Barriere des Schweigens weiterhin aufrecht. Der Dompfaff füllte die eingetretene Pause, indem er gelangweilt eine Arie aus ›Iphigenie auf Tauris‹ pfiff. Egbert erkannte sie sofort, weil es die einzige Melodie war, die der Dompfaff überhaupt pfeifen konnte; schon als der Vogel zu ihnen kam, hatte man ihm nachgesagt, daß er diese Arie pfeifen könne. Sowohl Egbert als auch Lady Anne hätten es zwar lieber gesehen, wenn es irgendeine Melodie aus ›Der Königliche Leibgardist‹, ihrer Lieblingsoper, gewesen wäre. In künstlerischen Dingen herrschte zwischen ihnen eine Ähnlichkeit des Geschmacks: In der Kunst liebten beide Ehrlichkeit und Offenheit; so bevorzugten sie zum Beispiel jene Gemälde, die mit weitgehender Unterstützung ihres Titels eine ganze Geschichte erzählen können. Ein reiterloses Schlachtroß, dessen Sattelzeug unmißverständlich in Unordnung geraten ist, das gerade in einen mit blassen und ohnmächtigen Frauen bevölkerten Schloßhof stolpert und demzufolge unter die Rubrik ›Schlechte Nachricht‹ fallen kann, rief in ihrer Phantasie sofort den Eindruck einer militärischen Katastrophe hervor. Deutlich konnten sie erkennen, was das Bild sagen wollte; und so waren sie auch in der Lage, es ihren Bekannten von gemäßigterer Intelligenz zu erläutern.

Das Schweigen dauerte an. In der Regel wurde Lady Annes Mißfallen nach vier einleitenden, stummen Minuten deutlich vernehmbar. Egbert griff nach dem Sahnekännchen und goß einen Teil seines Inhalts in Don Tarquinos Schüssel. Da diese Schüssel bereits gefüllt war, bestand das Ergebnis seiner Bemühung in einem Fleck, den die übergelaufene Sahne bildete.

Don Tarquino beobachtete den Vorgang mit überraschtem Interesse, das sich in restlose Verblüffung verwandelte, als er von Egbert aufgefordert wurde, einen Teil der übergeflossenen Sahne aufzulecken. Don Tarquino war es gewohnt, in seinem Leben die verschiedensten Rollen spielen zu müssen – aber die eines Aufwischlappens gehörte keinesfalls dazu.

»Bist du nicht auch der Ansicht, daß wir uns ziemlich töricht benehmen?« fragte Egbert ungezwungen.

Möglicherweise war Lady Anne seiner Ansicht – zugeben tat sie es jedenfalls nicht.

»Ich gestehe, daß die Schuld zu einem Teil bei mir liegt«, fuhr Egbert mit einer Heiterkeit fort, die ihre Wirkung verfehlte. »Schließlich bin ich auch nur ein Mensch, nicht wahr? Das scheinst du ganz vergessen zu haben!«

Auf dieser Feststellung beharrte er, als bestünde die unbegründete Vermutung, daß er ein Satyr sei – mit den Merkmalen eines Ziegenbockes dort, wo das Menschliche aufhört.

Der Dompfaff empfahl sich weiterhin mit seiner Arie aus ›Iphigenie auf Tauris‹. Egbert wurde von einem Gefühl der Niedergeschlagenheit übermannt. Lady Anne rührte nicht einmal ihre Tasse Tee an; vielleicht fühlte sie sich unwohl? In diesem Fall war es jedoch ungewöhnlich, daß sie sich darüber ausschwieg. »Kein Mensch weiß, wie sehr ich unter Magenverstimmungen leide«, war eine ihrer beliebten Feststellungen. Das mangelnde Wissen der anderen konnte jedoch in diesem Punkt nur auf ungenaues Zuhören zurückzuführen sein, denn die Fülle der Mitteilungen hätte ausgereicht, um eine Monographie zu schreiben.

Offensichtlich fühlte Lady Anne sich also nicht unwohl.

Egbert hatte die Empfindung, unbillig behandelt zu werden. Aus diesem Grunde war er selbstverständlich bereit, Zugeständnisse zu machen.

»Ich gebe zu«, bemerkte er, stand bei diesen Worten auf und stellte sich, soweit Don Tarquino es zuließ, auf den Mittelpunkt des Persers, »ich gebe zu, daß man mir die Schuld zuschieben kann. Und ich bin bereit, ab sofort den Vorsatz zu einem besseren Leben zu fassen – sofern sich die Dinge dadurch bessern lassen.«

Er überlegte bereits, wie sich dieser Vorsatz verwirklichen ließe. Da er die erste Lebenshälfte schon hinter sich hatte, traten Versuchungen nur noch in Andeutungen und ohne Nachdruck an ihn heran – ähnlich wie bei jenem zu kurz gekommenen Schlächterjungen, der im Februar nur aus dem Grunde nach seinem Weihnachtsgeschenk fragt, weil er es im Dezember nicht bekommen hat. Die Vorstellung, daß er ihnen erliegen könne, war ihm genauso unvorstellbar wie der Gedanke, die Fischbestecke und Pelzstolen zu kaufen, zu deren Opferung manche Dame im Laufe der zwölf Monate eines Jahres gezwungen ist und zu deren Durchführung sie sich einer Zeitungsannonce bedient. Dennoch lag über Egbert ein Hauch des Eindrucksvollen, ausgelöst durch den freiwilligen Verzicht auf jene ungeheuren Möglichkeiten, die vielleicht noch seiner harrten.

Durch keine Andeutung gab Lady Anne zu verstehen, in irgendeiner Form davon beeindruckt zu sein.

Nervös blickte Egbert sie durch seinen Kneifer hindurch an. Daß er ihr gegenüber durch schlechte Argumente im Nachteil war, bedeutete für ihn keine Überraschung; daß er jedoch einen Monolog halten mußte, war für ihn genauso neu wie demütigend.

»Ich werde mich jetzt zum Abendessen umziehen«, verkündete er, und in seiner Stimme schwang die Andeutung seines festen Entschlusses mit, nicht zu Kreuze zu kriechen.

An der Tür überkam ihn zum letztenmal seine Schwäche, so daß er noch einen Versuch machte.

»Eigentlich benehmen wir uns ziemlich albern, nicht wahr?«

»Dummkopf!« lautete Don Tarquinos unausgesprochener Kommentar, als die Tür sich hinter Egbert schloß. Dann stellte er sich auf seine Sammetpfoten und sprang leichtfüßig auf das Bücherregal, direkt unter den Käfig des Dompfaffs; zum erstenmal schien er die Anwesenheit des Vogels bemerkt zu haben. Dann aber führte er mit der Präzision gereifter Überlegung das aus, was er sich seit langem schon vorgenommen hatte. Der Dompfaff, der sich immer als Despot gefühlt hatte, war plötzlich auf ein Drittel seines sonstigen Umfangs zusammengeschrumpft; gleich darauf verfiel er in hilfloses Flügelschlagen und entsetztes Kreischen. Ohne das Vogelbauer hatte er siebenundzwanzig Shilling gekostet – aber Lady Anne rührte sich nicht, um einzugreifen. Sie war seit zwei Stunden tot.

DAS GESCHENK DER WEISEN

VON O. HENRY

Ein Dollar und siebenundachtzig Cent. Das war alles. Und sechzig Cent davon in Pennies. Stück für Stück ersparte Pennies, wenn man hin und wieder den Kaufmann, den Gemüsemann oder den Fleischer beschwatzt hatte, bis einem die Wangen brannten im stillen Vorwurf der Knauserei, die solch ein Herumfeilschen mit sich brachte. Dreimal zählte Della nach. Ein Dollar und siebenundachtzig Cent. Und morgen war Weihnachten.

Da blieb einem nichts anderes übrig, als sich auf die schäbige kleine Couch zu werfen und zu heulen. Das tat Della. Was zu der moralischen Betrachtung reizt, das Leben bestehe aus Schluchzen, Schniefen und Lächeln, vor allem aus Schniefen.

Während die Dame des Hauses allmählich von dem ersten Zustand in den zweiten übergeht, werfen wir einen Blick auf das Heim. Eine möblierte Wohnung für acht Dollar die Woche. Sie war nicht gerade bettelhaft zu nennen; höchstens für jene Polizisten, die speziell auf Bettler gehetzt wurden.

Unten im Hausflur war ein Briefkasten, in den nie ein Brief fiel, und ein Klingelknopf, dem keines Sterblichen Finger je ein Klingelzeichen entlocken konnte. Dazu gehörte auch eine Karte, die den Namen ›Mr. James Dillingham jr.‹ trug.

Das ›Dillingham‹ war in einer früheren Zeit der Wohlhabenheit, als der Eigentümer dreißig Dollar die Woche verdiente, großspurig hingemalt worden. Jetzt, da das Einkommen auf zwanzig Dollar zusammengeschrumpft war, wirkten die Buchstaben des ›Dillingham‹ verschwommen, als trügen sie sich allen Ernstes mit dem Gedanken, sich zu einem bescheidenen und anspruchslosen D zusammenzuziehen. Aber wenn Mr. James Dillingham jr. nach Hause kam und seine Wohnung betrat, wurde er ›Jim‹ gerufen und von Mrs. James Dillingham jr., die bereits als Della vorgestellt worden ist, herzlich umarmt. Was alles recht und gut ist.

Della hörte auf zu weinen und fuhr mit der Puderquaste über ihre Wangen. Sie stand am Fenster und blickte trübselig hinaus auf eine graue Katze, die auf einem grauen Zaun in einem grauen Hinterhof einherspazierte. Morgen war Weihnachten, und sie hatte nur einen Dollar siebenundachtzig, um für Jim ein Geschenk zu kaufen. Monatelang hatte sie jeden Penny gespart, wo sie nur konnte, und dies war das Resultat. Zwanzig Dollar die Woche reichen nicht weit. Die Ausgaben waren größer gewesen, als sie gerechnet hatte. Das ist immer so. Nur einen Dollar siebenundachtzig, um für Jim ein Geschenk zu kaufen. Für ihren Jim. Sie hatte manche glückliche Stunde damit verbracht, sich etwas Hübsches für ihn auszudenken. Etwas Schönes, Seltenes, Gediegenes – etwas, das annähernd der Ehre würdig war, Jim zu gehören.

Zwischen den Fenstern stand ein Trumeau. Vielleicht haben Sie schon einmal einen Trumeau in einer möblierten Wohnung zu acht Dollar gesehen. Ein sehr dünner und beweglicher Mensch kann, indem er sein Spiegelbild in einer raschen Folge von Längsstreifen betrachtet, eine ziemlich genaue Vorstellung von seinem Aussehen erhalten. Della war eine schlanke Person und beherrschte diese Kunst.

Plötzlich wirbelte sie von dem Fenster fort und stellte sich vor den Spiegel. Ihre Augen leuchteten hell, aber ihr Gesicht hatte in zwanzig Sekunden die Farbe verloren. Flink löste sie ihr Haar und ließ es in voller Länge herabfallen.

Zwei Dinge besaßen die James Dillingham jr., auf die sie beide unheimlich stolz waren. Das eine war Jims goldene Uhr, die seinem Vater und davor seinem Großvater gehört hatte. Das andere war Dellas Haar. Hätte die Königin von Saba in der Wohnung jenseits des Luftschachts gelebt, dann hätte Della eines Tages ihr Haar zum Trocknen aus dem Fenster gehängt, um Ihrer Majestät Juwelen und Vorzüge im Wert herabzusetzen. Wäre König Salomo der Pförtner gewesen und hätte all seine Schätze im Erdgeschoß aufgehäuft, Jim hätte jedesmal im Vorbeigehen seine Uhr gezückt, bloß um zu sehen, wie sich der andere vor Neid den Bart raufte.

Jetzt floß also Dellas Haar wellig und glänzend an ihr herab wie ein brauner Wasserfall. Es reichte ihr bis unter die Kniekehlen und umhüllte sie wie ein Gewand. Nervös und hastig steckte sie es wieder auf. Einen Augenblick zauderte sie und stand ganz still, während ein paar Tränen auf den abgetretenen roten Teppich fielen.

Die alte braune Jacke angezogen, den alten braunen Hut aufgesetzt, und mit wehenden Röcken und immer noch das helle Funkeln in den Augen, schoß sie zur Tür hinaus und lief die Treppe hinab auf die Straße.

Unter einem Firmenschild, auf dem zu lesen stand: *Mme Sofronie. Alle Sorten Haarersatz,* hielt sie an. Dann hastete sie die Treppe hinauf und rang keuchend nach Atem. Madame, groß, zu weiß und frostig, sah kaum nach ›Sofronie‹ aus.

»Wollen Sie mein Haar kaufen?« fragte Della.

»Ich kaufe Haar«, sagte Madame. »Nehmen Sie den Hut ab, damit wir es einmal ansehen können.«

Der braune Wasserfall stürzte in Wellen herab.

»Zwanzig Dollar«, sagte Madame, mit kundiger Hand die Masse anhebend.

»Geben Sie nur schnell her«, sagte Della.

Oh, und die nächsten beiden Stunden vergingen wie auf rosigen Schwingen. Nehmen Sie es nicht so genau mit der kitschigen Metapher. Sie durchwühlte die Läden nach dem Geschenk für Jim.

Schließlich fand sie es. Bestimmt war es für Jim und für niemand sonst gemacht. Seinesgleichen gab es in keinem andern Laden, und sie hatte in allen das Oberste zuunterst gekehrt. Es war eine Uhrkette aus Platin, einfach und edel im Entwurf, die ihren Wert auf angemessene Weise durch das Material allein und nicht durch eine auf den Schein berechnete Verzierung offenbarte – wie es bei allen guten Dingen sein sollte. Sie war sogar *der Uhr* würdig. Kaum hatte sie die Kette erblickt, als sie auch schon wußte, daß sie Jim gehören müsse. Sie war wie er. Überlegene Ruhe und Wert – das paßte auf beide. Einundzwanzig Dollar nahm man ihr dafür ab, und mit den siebenundachtzig Cent eilte sie nach Hause. Mit dieser Kette an der Uhr konnte Jim wirklich in jeder Gesellschaft ungeniert nach der Zeit sehen. So großartig die Uhr war, manchmal blickte er wegen des alten Lederriemchens, das er an Stelle einer Kette benutzte, nur verstohlen nach ihr.

Als Della zu Hause angelangt war, wich ihr Rausch ein wenig der Vorsicht und der Vernunft. Sie holte ihre Brennschere heraus, zündete das Gas an und machte sich daran, die Verwüstungen auszubessern, die von Freigebigkeit im Verein mit Liebe angerichtet worden waren. Was stets eine gewaltige Aufgabe ist, liebe Freunde – eine Mammutaufgabe.

Nach vierzig Minuten war ihr Kopf dicht mit kleinen Löckchen bedeckt, mit denen sie erstaunlicherweise aussah wie ein schwänzender Schuljunge. Lange, sorgfältig und kritisch betrachtete sie ihr Spiegelbild.

»Wenn mich Jim nicht umbringt, bevor er mich ein zweites Mal ansieht, wird er sagen, ich sehe aus wie ein Chormädel von Coney Island«, meinte sie bei sich. »Aber was – oh, was hätte ich denn mit einem Dollar siebenundachtzig anfangen sollen?«

Um sieben war der Kaffee gekocht, und die Bratpfanne stand hinten auf dem Herd, heiß und bereit, die Koteletts zu braten.

Jim verspätete sich nie. Della hielt die Uhrkette zusammengerollt in ihrer Hand und setzte sich auf die Tischkante nahe der Tür, durch die er immer eintrat. Dann hörte sie seinen Schritt auf der Treppe, unten, auf den ersten Stufen, und wurde einen Augenblick blaß. Sie hatte die Gewohnheit, wegen der einfachsten Alltäglichkeiten stille kleine Gebete zu murmeln, und jetzt flüsterte sie: »Bitte, lieber Gott, mach, daß er mich noch hübsch findet.«

Die Tür öffnete sich, Jim trat ein und schloß sie. Er sah mager und sehr feierlich aus. Armer Junge, er war erst zweiundzwanzig – und schon mit Familie belastet! Er brauchte einen neuen Mantel und hatte auch keine Handschuhe.

Jim blieb an der Tür stehen, reglos wie ein Vorstehhund, der eine Wachtel ausgemacht hat. Seine Blicke hafteten auf Della, und in seinen Augen lag ein Ausdruck, den sie nicht zu deuten vermochte und der sie erschreckte. Es war weder Ärger noch Verwunderung, weder Mißbilligung noch Abscheu, noch überhaupt eins der Gefühle, auf die sie sich gefaßt gemacht hatte. Er starrte sie nur unverwandt an mit diesem eigentümlichen Gesichtsausdruck.

Della rutschte langsam vom Tisch und ging auf ihn zu.

»Jim, Liebster«, rief sie, »sieh mich nicht so an. Ich hab' mein Haar abschneiden lassen und verkauft, weil ich Weihnachten ohne ein Geschenk für dich nicht überlebt hätte. Es wird nachwachsen – du nimmst es nicht tragisch, nicht wahr? Ich mußte es einfach tun. Mein Haar wächst unheimlich schnell. Sag mir fröhliche Weihnachten, Jim, und laß uns glücklich sein. Du ahnst nicht, was für ein hübsches, was für ein schönes, wunderschönes Geschenk ich für dich gekauft habe.«

»Du hast dein Haar abgeschnitten?« fragte Jim mühsam, als könne er selbst nach schwerster geistiger Arbeit nicht an den Punkt gelangen, diese offenkundige Tatsache zu begreifen.

»Abgeschnitten und verkauft«, sagte Della. »Hast du mich jetzt nicht mehr lieb? Ich bin doch auch ohne mein Haar noch dieselbe, nicht wahr?«

Jim blickte neugierig im Zimmer umher.

»Du sagst, dein Haar ist weg?« bemerkte er mit nahezu idiotischem Gesichtsausdruck.

»Du brauchst nicht danach zu suchen«, sagte Della. »Ich sag' dir doch, es ist verkauft und weg. Heute ist Heiligabend, Liebster. Sei nett zu mir, denn es ist ja für dich weg. Vielleicht waren die Haare auf meinem Kopf gezählt«, fuhr sie mit einer jähen, feierlichen Zärtlichkeit fort, »aber nie könnte jemand meine Liebe zu dir zählen. Soll ich die Koteletts aufsetzen, Jim?«

Jim schien im Nu aus seiner Starrheit zu erwachen. Er umarmte seine Della. Wir wollen inzwischen mit diskret forschendem Blick zehn Sekunden lang eine ganz andere Sache betrachten. Acht Dollar die Woche oder eine Million im Jahr – was ist der Unterschied? Ein Mathematiker oder ein Witzbold würde uns eine falsche Antwort geben. Die Weisen brachten wertvolle Geschenke, aber dies war nicht darunter. Diese dunkle Behauptung soll später erläutert werden.

Jim zog ein Päckchen aus der Manteltasche und warf es auf den Tisch.

»Täusch dich nicht über mich, Dell«, sagte er. »Du darfst nicht glauben, daß so etwas wie Haare schneiden oder stutzen oder waschen mich dahin bringen könnte, mein Mädchen weniger lieb zu haben. Aber wenn du das Päckchen aufmachst, wirst du sehen, warum du mich zuerst eine Weile aus der Fassung gebracht hast.«

Weiße Finger rissen hurtig an der Schnur und am Papier. Und dann ein verzückter Freudenschrei, und dann – ach! – ein schnelles weibliches Hinüberwechseln zu hysterischen Tränen und Klagen, die dem Herrn des Hauses den umgehenden Einsatz aller Trostmöglichkeiten abforderten.

Denn da lagen *die Kämme* – die Garnitur Kämme, die Della seit langem in einem Broadway-Schaufenster sehnsüchtig betrachtet hatte. Wunderschöne Kämme, echt Schildpatt mit juwelenverzierten Rändern – in genau der Schattierung, die zu dem schönen, verschwundenen Haar gepaßt hätte. Es waren teure Kämme, das wußte sie, und ihr Herz hatte nach ihnen gebettelt und gebarmt, ohne die leiseste Hoffnung, sie je zu besitzen. Und nun waren sie ihr eigen; aber die Flechten, die der ersehnte Schmuck hätte zieren sollen, waren fort.

Doch sie preßte sie zärtlich an die Brust und war

schließlich soweit, daß sie mit schwimmenden Augen und einem Lächeln aufblicken und sagen konnte:

»Mein Haar wächst so schnell, Jim!«

Und dann sprang Della auf wie ein gebranntes Kätzchen und rief: »Oh, oh!«

Jim hatte ja sein schönes Geschenk noch nicht gesehen! Ungestüm hielt sie es ihm in der geöffneten Hand entgegen. Das leblose, kostbare Metall schien im Abglanz ihres strahlenden, brennenden Eifers zu blitzen.

»Ist sie nicht toll, Jim? Die ganze Stadt hab' ich danach abgejagt. Jetzt mußt du hundertmal am Tag nachsehen, wie spät es ist. Gib mir die Uhr. Ich möchte sehen, wie sich die Kette dazu macht.«

Statt zu gehorchen, ließ er sich auf die Couch fallen, verschränkte die Hände im Nacken und lächelte.

»Dell«, sagte er, »wir wollen unsere Weihnachtsgeschenke beiseite legen und eine Weile aufheben. Sie sind zu hübsch, um sie jetzt schon in Gebrauch zu nehmen. Ich habe die Uhr verkauft, um das Geld für die Kämme zu haben. Wie wäre es, wenn du die Koteletts braten würdest?«

Die Weisen waren, wie ihr wißt, kluge Männer – wunderbar kluge Männer –, die dem Kind in der Krippe Geschenke brachten. Sie haben die Kunst erfunden, Weihnachtsgeschenke zu machen. Da sie weise waren, waren natürlich auch ihre Geschenke weise und hatten vielleicht den Vorzug, umgetauscht werden zu können, falls es Dubletten gab. Und hier habe ich euch nun schlecht und recht die ereignislose Geschichte von zwei törichten Kindern in einer möblierten Wohnung erzählt, die höchst unweise die größten Schätze des Hauses füreinander opferten. Doch mit einem letzten Wort sei den heutigen Weisen gesagt, daß diese beiden die weisesten aller Schenkenden waren. Von allen, die Geschenke geben und empfangen, sind sie die weisesten. Überall sind sie die weisesten. Sie sind die wahren Weisen.

Ein Abschied

von Elizabeth Bowen

Alle Bewohner des ›Weißen Hauses‹ waren an diesem Morgen früh aufgewacht, sogar die Katze. Zu ungewohnter Stunde schlich Polyphemus in der dichten grauen Dämmerung die Treppe hinauf und begann vor der Tür der jungen Mrs. Charles, unter der das Kerzenlicht als blaßgelber Streifen hervordrang, kläglich zu miauen. An einem gewöhnlichen Morgen hätte er nicht so leicht aus der Küche entwischen können, aber am Abend vorher war die Parterretür offen geblieben. Alle Türen standen unten offen, denn das ganze Haus war mitten in betriebsamen Vorbereitungen für den nächsten Morgen zu Bett gegangen. Der Schlaf war nur eine kurze Erholungspause und für die meisten leicht und oft unterbrochen. Die Zimmer waren übersät mit allerlei Dingen, die in einer Augenblickslaune dort abgestellt zu sein schienen. Verschnürte Reisekoffer türmten sich in der Diele, und ein geisterhafter Frühstückstisch, der die ganze Nacht im Wohnzimmer gewartet hatte, wurde nach und nach sichtbar, als die Morgendämmerung durch die Vorhänge hereindrang.

Die junge Mrs. Charles kam auf nackten Füßen zur Tür, und fröstelnd ließ sie Polyphemus ein. Sie hatte noch den Schlafanzug an, ihre beiden Handkoffer waren aber schon bis zum Rand vollgepackt und mit Seidenpapier bedeckt. Sie mußte seit Stunden auf den Beinen sein. Aus einem gewissen Aberglauben hatte sie immer ein wenig Angst vor Polyphemus und bemühte sich, ihn bei jeder Gelegenheit günstig zu stimmen. Seine Miene der Allwissenheit machte einen tiefen Eindruck auf sie. Sein Kommen brachte sie auch jetzt ein wenig aus der Fassung; sie stand still, legte eine Hand auf den Griff der Toilettentisch-Schublade und fuhr sich mit der anderen über die Stirn – was wollte sie doch gerade tun? Zwischen den leicht zurückgezogenen Vorhängen fiel immer mehr Licht herein und verlieh den Gegenständen ringsum, die bis jetzt im Kerzenschein nur unbestimmte, flatternde Silhouetten gewesen waren, feste Formen. Die nächtlichen Angstvorstellungen wichen der Tageswirklichkeit.

Polyphemus schlich auf weichen Pfoten im Zimmer umher, ohne boshafterweise seine Aufmerksamkeit auf ein bestimmtes Ziel zu richten. In diesem Augenblick klopfte Agatha an und schlüpfte im Morgenrock herein. Ihre Zöpfe hingen zu beiden Seiten ihres länglichen, freundlichen Gesichts herab. Sie brachte eine Tasse Tee.

»Am besten trinkst du das«, sagte Agatha. »Was soll ich jetzt tun?« Sie zog die Vorhänge in ihrer häuslichen, nüchternen Art ein wenig weiter zurück, um mehr Tageslicht einzulassen. Sie lehnte sich kurz aus dem Fenster und sog prüfend die Morgenluft ein. Nebel lag auf dem kahlen Hochland, ohne es allerdings ganz zu verdecken. »Du hast bestimmt einen herrlichen Tag«, sagte Agatha.

Mrs. Charles fröstelte und begann ihr kurzes Haar mit dem Kamm zu bearbeiten. Sie war schon lange wach und sah dem Tag mit anderen Gefühlen als Agatha entgegen. Sie betrachtete ihre Schwägerin verstört. »Ich habe immer wieder geträumt«, sagte Mrs. Charles, »ich hätte mein Schiff verpaßt. Ich sah es vom Kai weggleiten, und als ich mich umwandte, um zu euch zurückzukehren, glitt ganz England in der entgegengesetzten Richtung davon, und ich wußte nicht, wo ich mich befand… Außerdem habe ich natürlich geträumt, ich hätte meinen Paß verloren.«

»Man sollte meinen, du hättest noch nie eine Reise gemacht«, sagte Agatha unbekümmert. Sie setzte sich auf das Fußende des Bettes, in dem Mrs. Charles zum letzten Mal geschlafen hatte. Dann nahm sie deren Kleidungsstücke, schüttelte sie zurecht, reichte sie ihr eins nach dem anderen und sah ihr wie einem Kind beim Anziehen zu. Mrs. Charles fühlte sich angestaunt. Ihre Zierlichkeit und Jugend waren ihr im ›Weißen Haus‹ noch mehr bewußt geworden: das war alles, was sie ihnen jeden Tag aufs neue darbieten konnte, um sie damit zu besänftigen und ihnen zu gefallen.

Als sie die Sachen anzog, die sie jetzt so lange anhaben würde, überkam sie ein Gefühl der Feierlichkeit und Überlegenheit, sie, die Frau eines angesehenen Bankiers, zu dem sie nach Lyon fahren sollte. Ihre Füße, die Füße einer ›hübschen kleinen Frau‹, konnten sich noch nicht an die neuen, derben Reiseschuhe gewöhnen. Ihr Haar, das von dieser befremdenden, ihren ganzen Körper durchflutenden Empfindung angesteckt zu sein schien, lag anders als gewöhnlich um ihren Kopf. Aus dem Spiegel starrte sie einen Augenblick lang das Gesicht eines Gespenstes aus der Zukunft an. Sie drehte sich mit einem Ruck nach Agatha um, aber während sie sich die Bluse am Hals zuknöpfte, hatte ihre Schwägerin das Zimmer verlassen und war hinuntergegangen, um noch ein paar Kofferanhänger zu schreiben. Es war Agatha eingefallen, daß die Gefahr, das Gepäck zu verlieren (ein Gedanke, von dem diese weniggereiste Familie besessen zu sein schien), geringer wäre, wenn Louise neue und genaue Adressen in Paris, wo sie das Gepäck erneut aufgeben mußte, an ihre Koffer befestigte.

Agatha war gegangen, und die Tasse Tee stand unberührt auf dem Toilettentisch und wurde kalt.

Das Zimmer wirkte leer und verlassen ohne ihre Sachen, als ob es sie bereits vergessen hätte. In dieser kargen Abschiedsstunde hatte sie es umgekehrt ebenfalls vergessen, aber sie befürchtete, daß es später mit der Deutlichkeit eines Alpdrucks in ihre Erinnerung zurückkehren werde. Es war ein ziemlich kleiner Raum mit schräger Decke und einer verschossenen Rosenmustertapete. Es besaß weiße Vorhänge und war nie völlig dunkel. Es führte so eindeutig ein Eigenleben, daß sie es wie keinen anderen toten Gegenstand mit großer Innigkeit und dem unbestimmten Gedanken an eine Wiederkehr lieben konnte. Wenn man im Bett lag, sah man durch das Fenster nichts als Himmel oder manchmal einen Regenschleier; war man aufgestanden und schaute hinaus, fiel der Blick auf wilde, kahle Felder und auf einen ununterbrochenen Horizont, der die Geborgenheit des Hauses unterstrich.

Das Zimmer befand sich im obersten Stockwerk, in einem der Giebel; ein großer Haushalt kann sich kein anspruchsvolles Fremdenzimmer leisten. Um nach unten zu gelangen, mußte man das wegen der Kinder vor der Treppe angebrachte Schutzgatter öffnen. Als Charles letztesmal zu Hause war, erwies sich diese Einrichtung als sehr verhängnisvoll: er hatte sich mit dem Schienbein an dem Gatter gestoßen und seine Mutter ärgerlich angebrüllt, warum das Ding noch immer da sei. Louise wußte, daß es nur für Charles' Kinder erhalten blieb.

Während dieses ersten Besuchs mit Charles war sie kaum einmal in den zweiten Stock, wo die jüngeren Mädchen im ehemaligen Kinderzimmer schliefen, hinaufgekommen. Damals gab es keine Vertraulichkeiten zwischen ihr und den Mädchen. Sie und Charles wohnten ganz als Ehepaar in einem Zimmer, das ihnen Mrs. Ray, der es seit ihrer Heirat gehörte, abgetreten hatte. Erst als Louise allein hierher zurückkehrte, öffnete ihr das ›Weiße Haus‹ seine Arme, und das Familienleben mit seiner Fülle, Innigkeit und seltsamen Zurückgezogenheit nahm sie ganz gefangen. Sie und die Mädchen gingen in ihren Zimmern ein und aus. Doris erzählte Geschichten aus der Schule, Maisie war ständig im Begriff, sich zu verlieben, und auch die große, ernste Agatha verlor das förmliche Wesen, mit dem sie zuerst die verheiratete Frau und Schwägerin begrüßt hatte. Agatha hätte es vielleicht bald aufgegeben, Louise zu bemuttern, wenn es ihr jemals gelungen wäre, Charles zu vergessen.

Es wäre schrecklich gewesen – beinahe war es geschehen –, wenn Louise vergessen hätte, Charles' Photo einzupacken. Da hatte es nun in diesen drei Monaten auf dem Kaminsims gestanden, eine hübsche konventionelle und passend eingerahmte Aufnahme in Sepiadruck, von der die junge Ehefrau beim Einschlafen oder Erwachen instinktiv das Gesicht abwandte. Bevor sie den Koffer zumachte, schlug sie noch einmal die Seidenpapierschicht zurück und stocherte mit einem Finger so lange herum, bis sie den Rahmen spürte und sich beruhigt hatte. Da war es, mit der Vorderseite nach unten, in den Morgenrock eingewickelt. Sie würde Charles selbst wiedersehen, bevor sie nochmals einen Blick auf seine Photographie werfen würde. Der Sohn und Bruder des ›Weißen Hauses‹ würde sie auf dem Bahnsteig in Lyon erwarten, um sie leibhaftig in die Arme zu schließen.

Mrs. Charles schaute sich noch einmal im Zimmer um und stieg dann langsam die Treppe hinunter. Sie hörte, wie überall im Haus die Türen auf- und zugingen und die Bewohner ihretwegen herumliefen. Sie schämte sich, weil sie mit dem Packen fertig war und nichts mehr zu tun hatte. Sie hatte sich immer ausgemalt, daß sie das ›Weiße Haus‹ abends verlassen würde: die Vorhänge wären zugezogen, und alle würden nur für einen Augenblick vor das Haus kommen, um ihr auf Wiedersehen zu sagen und dann gleich wieder zum Kaminfeuer zurückzukehren. So wäre es zwar schmerzlicher, aber irgendwie einfacher gewesen. Jetzt fühlte sie sich einsam; alle hatten sie verlassen, und niemand war in ihrer Nähe.

Sie begab sich schüchtern in das Morgenzimmer, als beträte sie es zum ersten Male, und kniete auf dem Teppich vor einem gerade erst angezündeten Feuer nieder. Sie spürte den scharfen Geruch des Holzrauchs; dünne Flämmchen umzüngelten sprühend die Kienspäne. Ein großer, bis zum Boden hinabreichender Spiegel warf ihr Bild zurück. Sie wirkte klein und kindlich inmitten der feierlichen Mahagonimöbel, eher wie ein Mädchen, das auf die Schule geschickt wird, als eine Frau, die zu einem starken, großmütigen, liebenden Gatten fahren will. Ihr kurzgeschnittenes Blondhaar fiel ihr über die Wangen und bildete über den Augenbrauen eine gerade Linie. Sie hatte früher nie ein Zuhause besessen und konnte sich bis vor kurzem rühmen, noch nie Heimweh gehabt zu haben. Nach ihrer Hochzeit gab es wohl Häuser, in denen sie mit Charles wohnte, aber sie hatte noch immer nicht erfahren, was Heimweh ist.

Sie hoffte, daß in den nächsten Augenblicken niemand ins Zimmer käme. Sie hatte den Kopf gewendet und sah hinaus auf den Rasen, auf die Bäume, die ihn säumten und in denen noch der Nebel hing, und auf die drei Amseln, die im Gras herumhüpften. Bei dem Anblick der Amseln wurde ihr mit einemmal bewußt, was Abschied bedeutet. Es war ihr, als ob jemand sie vor langer Zeit erdolcht hätte, sie aber erst jetzt die Klinge spürte. Sie konnte die Augen nicht von den Amseln abwenden, bis die eine mit einem schrillen Ruf in den Bäumen verschwand und die beiden anderen ihr nachfolgten. Polyphemus war hinter Louise hereingekommen und hielt jetzt dicht an die Fensterscheibe gepreßt nach ihnen Ausschau.

»Polyphemus«, sagte Mrs. Charles mit ihrer seltsam unkindlichen Stimme, »du machst dir doch keine Hoffnungen?« Polyphemus schlug heftig mit dem Schwanz.

Zur Mittagszeit (sie würde dann schon fast in Dover sein) würde das Feuer hellflackernd brennen, obwohl zur gleichen Zeit die Sonne durch die Fenster scheinen würde und niemand mehr ein Feuer nötig hatte. Morgens war es auch noch nicht kalt, aber die Mädchen waren rührig und hatten nur aus Anlaß ihrer Abreise Feuer gemacht. Vielleicht würde Agatha, die nie die Gefühle anderer Menschen verletzen wollte, später hereinkommen, sich mit ihrem Nähkorb nicht allzu weit vom Kamin niederlassen, um den Anschein zu erwecken, als freue sie sich über die Wärme. ›Ich glaube kaum, daß es in Lyon offene Kamine gibt‹, dachte Mrs. Charles. Irgendwo in einem fremden Zimmer würde Charles morgen abend am Ende oder während einer Unterbrechung ihrer Zärtlichkeiten mit einem tiefen Seufzer in seinen Sessel zurücksinken, die Brust vorwölben, die Beine ausstrecken und sagen: »Jetzt mußt du mir aber von der Familie berichten.«

Dann würde sie ihm also vom ›Weißen Haus‹ erzählen müssen. Ihre Wangen brannten bei dem Gedanken, wie sie ihm alles erklären würde: es bestünde für Agatha und Maisie noch immer keine Aussicht, zu heiraten. Das interessierte Charles bei seinen Schwestern immer am meisten. Er betrachtete die Jungfräulichkeit mit gesunder Verachtung. Er würde sich dann erkundigen, wie sich Doris, die er eher bewunderte, herausgemacht habe. Charles' Schwestern erweckten stets den Eindruck, als wären sie ganz entsetzliche Mädchen, auf deren Bekanntschaft niemand besonderen Wert legen würde. Charles kam es komisch vor – er sprach des öfteren davon –, daß sich Agatha so sehnlich ein Baby wünschte und immer ganz zärtlich und interessiert zuhörte, wenn die Sprache auf Babies kam. »Sie wird ein furchtbares Theater um unsere Kinder machen«, würde Charles sagen.

Das ›Weiße Haus‹ erschien Charles trotz allem als Einrichtung ganz passabel; er fand es aber gleichfalls in der Ordnung, daß er es verachtete. Andererseits unterstützte er die Mädchen und seine Mutter, und das brachte sie alle ihm gegenüber in eine unangenehme Lage. Aber sie waren gute, treue Seelen. – Mrs. Charles kniete noch immer. Ihre Hände lagen auf den Knien und verkrampften sich langsam in Wut und Hilflosigkeit.

Mrs. Ray, die Mutter von Charles, kniete plötzlich neben seiner Frau und legte einen Arm um ihre Schultern, ohne ein Wort zu sagen. Sie vollführte solche impulsiven Gesten mit anmutiger Würde. Mrs. Charles' Körper entspannte sich und lehnte sich ein wenig seitwärts an die freundliche Schulter. Sie brauchte nichts zu sagen: sie blickten beide in das flackernde Feuer und hörten, wie die Uhr in der Diele die Sekunden tickte.

»Hast du dich auch warm angezogen?« fragte die Mutter nach einer Weile. »In den Zügen ist es kalt. Ich habe immer das Gefühl, daß du dich zu leicht anziehst.«

Mrs. Charles knöpfte mit einem Kopfnicken den Mantel auf und wies auf einen gerippten Pullover, den sie über ihre Bluse gezogen hatte. »Das war doch vernünftig von mir!« bemerkte sie stolz.

»Du wirst allmählich ein vernünftiges kleines Ding«, sagte die Mutter zärtlich. »Ich hoffe, daß Charles einen Unterschied merkt. Sag doch Charles, er solle dich bei feuchtem Wetter nicht mit Abendschuhen ausgehen lassen. Aber er weiß schon, wie er am besten auf dich achtgibt.«

»Ja, allerdings«, sagte Mrs. Charles und nickte.

»Du bist lieb, weißt du.« Die Mutter strich Mrs. Charles das Haar aus dem Gesicht und betrachtete sie nachdenklich, wie ein wohlwollender Skeptiker ein

Wunder betrachtet. »Vergiß nicht, mir von der Wohnung zu schreiben. Ich möchte gern über alles Bescheid wissen, über die Tapeten, die Aussicht aus den Fenstern, die Größe der Zimmer... Morgen abend werden wir an euch beide denken.«

»Ich werde an euch denken.«

»Aber nicht doch«, sagte die Mutter mit großer Bestimmtheit.

»Vielleicht auch nicht«, verbesserte sich Mrs. Charles schnell.

Mutters Sohn Charles war großherzig, sensibel, höflich und klug. Seine Worte, seine Taten, der Stempel seines Wesens waren noch überall im ›Weißen Haus‹ zu spüren. Zuweilen blickte er Louise mitten in einer Familienunterhaltung mit strahlenden Augen an, so verblüffend, so fremd, daß sie sich einen Augenblick lang in den Fremden verliebte, was sich doch eigentlich für eine verheiratete Frau nicht schickte. Er war ruhig und sprach nie viel, aber er sah alles. Er besaß ein untrügliches Einfühlungsvermögen und konnte sich offenbar tief in das Seelenleben seiner Schwestern versetzen. Er war so gütig und sosehr darauf bedacht, sie alle glücklich zu machen. Er hatte eine erstaunliche Gabe, die Wünsche der anderen zu erraten. Er verfügte über eine meisterhafte, unnachahmliche Komik – man brauchte ihm nur zuzuhören, wenn er Agatha aufzog! Alles in allem war er ein ritterlicher Mensch, der sich über die modernen Konventionen hinwegsetzte. Seine kleine Frau war noch ganz glühend von ihrem wunderbaren Geliebten zu ihnen ins Haus gekommen. Kein Wunder, daß sie so still und in sich gekehrt war; sie versuchten ständig, *ihn* in ihrem verschwiegenen, feinen Gesicht wiederzuerkennen.

Der Gedanke an ihren Charles ohne seine Louise beunruhigte sie alle dann am meisten, wenn sich Louise von ihrer liebenswürdigsten Seite zeigte. Charles in Lyon, geduldig, einsam, nach Geschäftsschluß ständig auf der Suche nach einer Wohnung. Louises Rückkehr zu ihm, in das Heim, das er für sie gefunden hatte, ihr kahles Zimmer dort oben, die Leere, die über ihnen schwebte: all das erschien ihnen wie eine sich leerende Opferschale.

Die Mädchen waren schwerfällig und hatten die Gesichter niederländischer Madonnen. Nur Doris ähnelte Charles ein wenig, ohne jedoch schön zu sein. Sie besaßen ein heiteres Wesen und waren bescheiden in ihren Ansprüchen. Sie meinten, Louise müsse ein sehr großes Herz haben, da sie ihnen soviel geben konnte, obwohl doch ein Charles in ihrem Leben existierte.

Mrs. Ray erhob sich mit einem Stöhnen über ihre ›steifen alten Knochen‹ vom Teppich und setzte sich auf einen Stuhl. Sie überlegte, was sie sagen sollte, und konnte es erst herausbringen, als sie ihre Strick-arbeit aufgenommen hatte. Sie hatte gehofft, dieses Paar Socken noch rechtzeitig fertigzustricken, um es Louise zusammen mit den anderen Sachen mitzuge-ben. Es war ihr leider nicht gelungen. Mrs. Ray seufzte.

»Du machst meinen Jungen sehr glücklich«, sagte sie. Man merkte ihr an, wie schwer es ihr fiel, das aus-zusprechen.

Louise dachte: ›Oh, ich liebe dich!‹ In den Händen der Mutter, in ihrem Haar, ihrem Gesichtsausdruck, ihrem ganzen Wesen lag etwas, das Louise völlig ge-fangennahm und ohne das sie nicht leben zu können glaubte. Auf den Knien starrte sie die Mutter an, völ-lig verwirrt. Warum nur diese Einsamkeit, warum gab es kein Entrinnen? Sie war zu einsam, sie konnte es nicht länger ertragen, nicht einmal aus Rücksicht auf das ›Weiße Haus‹. Nicht an diesem Morgen, in dieser frühen Stunde, da sie diese schwere, ungewisse Reise anzutreten hatte, da ihre Handgelenke kalt wa-ren und das Vorgefühl der Seekrankheit ihr Magen-schmerzen verursachte. Die Unmöglichkeit, selbst diese Dinge, diese kleinen körperlichen Beschwerden, auszusprechen, drückte Mrs. Charles nieder. Sie war es müde, tapfer ihre Einsamkeit zu ertragen. Sie wollte sich davon befreien.

Bei Müttern findet man Verständnis und Trost. Sie

verlangte danach, den Kopf an eine Brust, an diese Brust zu betten und zu sagen: »Ich bin unglücklich. O hilf mir! Ich kann nicht mehr. Ich liebe meinen Mann nicht. Das Leben mit ihm ist eine Hölle. Er ist ein großer Mann, aber er ist gemein durch und durch...« Sie brauchte Ermutigung.

»Mutter...«, sagte Louise.

»Mm-mm?«

»Wenn drüben nicht alles gut gehen sollte... Wenn ich nicht immer eine gute Frau wäre...« Die Mutter strich ihre Strickarbeit glatt und begann zu lachen. Es war ein unbeirrbares, energisches Lachen.

»Was für ein komischer Gedanke«, sagte sie. »Was für ein Einfall!«

Louise hörte Schritte in der Diele und begann die Hände zu kneten und hilflos an den Fingern zu ziehen. »*Mutter*«, rief sie, »ich glaube...«

Die Mutter sah sie an: aus ihren Augen schaute Charles. Der feste, sanfte Blick, der Austausch der Blicke, dauerte Sekunden. Eilige Schritte näherten sich auf den Dielenfliesen.

»Ich kann nicht gehen...«

Doris kam mit der Teekanne herein. Sie war noch nicht ausgewachsen, und ihre Bewegungen waren plump und kräftig wie die eines Jungen. *Sie* hätte Charles sein sollen. Der schwere, bläulich schimmernde braune Zopf fiel ihr über die Schulter, als sie sich bückte, um die Teekanne abzustellen. Der Schlaf und die im Dunkel geweinten Tränen hatten ihre Lider, die sich nur mühsam zu öffnen schienen, anschwellen lassen, und die kleinen Augen verschwanden in ihrem Gesicht. »Das Frühstück«, sagte sie traurig.

Rose, das Dienstmädchen, brachte ein Tablett mit gekochten Eiern herein – besonders gut und leicht verdaulich auf der Reise! – und stellte es mit mitleidiger Miene auf den Tisch.

›Sogar Rose‹, dachte Mrs. Charles. Sie erhob sich und kam folgsam zum Tisch, weil alle das von ihr erwarteten. ›Sogar Rose…‹ Sie betrachtete die Frühstückstassen mit den aufgemalten Mohnblumen, als hätte sie sie noch nie gesehen oder als müßte sie ein Inventurverzeichnis auswendig lernen. Doris begann scheinbar gleichmütig zu essen. Sie schenkte Louise keine Beachtung. Wohl um es sich selbst leichter zu machen, tat sie so, als wäre Louise bereits abgereist.

»Aber Doris, nicht die Tussahschleife zu der roten Bluse!« Die Bewohner des ›Weißen Hauses‹ mochten Mrs. Charles noch soviel über den gesunden Menschenverstand beibringen, es blieb ihre Aufgabe, sie in Kleiderfragen zu belehren. »Nein«, sagte Mrs. Charles, wobei sie großsprecherisch in ein übertriebenes Pathos verfiel, »nicht an meinem letzten Tag!«

»Ich habe mich im Dunkeln angezogen. Ich konnte nicht richtig sehen«, verteidigte sich Doris.

»In Frankreich wirst du keine Eier zum Frühstück bekommen«, sagte Maisie leicht triumphierend, als sie eintrat und sich hinsetzte.

»Ich bin gespannt, wie die Wohnung aussehen wird«, fuhr sie fort. »Du mußt uns alles ganz genau beschreiben, die Tapeten und alles andere.«

»Stellt euch doch nur Charles vor«, meinte Doris, »wie er die Möbel kauft! *›Donnez-moi une chaise!‹ ›Bien, Monsieur!‹ ›Non. Ce n'est pas assez comfortable pour ma femme.‹*«

»Stellt euch das nur einmal vor!« sagte Maisie und lachte laut. »Und stellt euch vor, wenn die Wohnung ganz oben unterm Dach liegt!«

»Dort hat man sicher Zentralheizung oder Öfen. Herrlich warm. Sie wird bestimmt nicht frieren.« Mrs. Charles fror immer: damit wurde sie dauernd aufgezogen.

»Eine Zentralheizung erzeugt stickige Luft...«

Doris brach plötzlich aus der Unterhaltung aus. »Oh!« sagte sie leidenschaftlich. »Oh, Louise, du hast Glück!«

Strahlendes Licht auf Straßen und blassen, hohen Häusern: Louise und Charles gehen spazieren. Franzosen in weiten Arbeitsanzügen hasten vorbei (so sah es Doris); französische Pudel; französische Mädchen in karierten Blusen öffnen die Fensterläden; französische Damen stehen auf eisernen Balkonen, lehnen sich über das Geländer, sehen zu, wie Charles mit Louise die Straße hinaufgeht und ihr an den Kreuzungen behilflich ist: Charles zusammen mit Louise. Eine Tür, ein Lift, eine Wohnung, ein Zimmer, ein Kuß! ›Charles, du bist so wunderbar! Mutter liebt dich, und die Mädchen lieben dich, und ich liebe dich...‹ ›Meine kleine Frau!‹ Ein französischer Vorhang flattert lustig im frischen Wind; die Stadt liegt unter den Dächern – vergessen. All dies sah Doris vor sich: Louise sah auf Doris.

»Ja«, lächelte Louise, »ich habe Glück.«

»Schon allein deshalb, weil du nach Frankreich kommst«, sagte Doris mit ihren starren Hundeaugen.

Louise hätte gerne Frankreich mit beiden Händen genommen und es ihr zum Geschenk gemacht. »Du wirst uns doch bald einmal besuchen, Doris, eines schönen Tages.« (Es war nicht wahrscheinlich, daß Charles das haben wollte – und konnte man es überhaupt wagen, dem ›Weißen Haus‹ Zugang zu ihrer Wohnung zu gestatten?)

»Glaubst du wirklich?«

»Warum nicht, wenn Mutter dich entbehren kann?«

»Louise!« rief Maisie, die auf der Lauer gelegen hatte, tadelnd. »Du ißt ja gar nicht!«

Agatha, die neben ihr saß, verbarg ihre Verwirrung mit leisen, beruhigenden Geräuschen. Sie schnitt die Spitze von einem Ei ab und reichte es Louise, wobei sie ihr gut zuredete. So bringt man ein Kind zum Essen. Agatha wartete darauf, Charles' und Louises Baby genauso bemuttern zu können, wenn es alt genug wäre. Louise sah jetzt geradezu das Kind aufrecht zwischen ihnen sitzen, aber es ging sie nichts an.

»Es sollte mich nicht wundern, wenn ihr bereits vor Ablauf der zwei Jahre wieder nach Hause kommt«, sagte die Mutter unvermittelt. Wenn man es sich jetzt überlegte, war es doch merkwürdig, daß bisher die Rückkehr in das ›Weiße Haus‹ noch nicht zur Sprache gekommen war. Sie mochten wissen, daß Mrs. Charles zurückkommen werde, aber (Louise spürte es) sie glaubten nicht recht daran. Sie lächelte der Mutter wie in einem geheimen Einverständnis zu.

»Nun, höchstens zwei Jahre«, sagte die Mutter bestimmt.

Alle richteten ihre Gedanken auf das Kommende. Louise sah sich selbst im hellen, bleichen Licht der Zukunft auf das ›Weiße Haus‹ zugehen und aus einem unerfindlichen Grund die Glocke wie ein Fremdling läuten. Sie läutete und läutete, aber niemand öffnete oder blickte auch nur aus dem Fenster. Sie spürte, daß sie sie irgendwie enttäuschte, daß etwas fehlte. Natürlich! Wenn Louise das nächste Mal zurückkam, mußte sie ihnen ein Baby mitbringen. Sobald sie sich mit einem Kind auf den Armen die Treppe emporsteigen sah, wußte sie, was man von ihr erwartete. Würde nicht Agatha entzückt sein? Würde nicht Maisie in einem fort reden? Würde nicht Doris verlegen herumstehen und ab und zu ihren dicken Finger zwischen die zusammengerollten rosa Fingerchen des Babys stecken? Und die Mutter – in dem großen Augenblick, da Louise ihr das Baby übergab, erschrak sie heftig und ließ es beinahe fallen. Zum erstenmal sah sie dem Baby ins Gesicht und erkannte, daß es Charles' Gesicht war.

›Es wäre nicht gut‹, dachte Mrs. Charles, die auf einmal wieder kalt und verhärtet gegen alle war, ›wenn ich ein Kind von Charles hätte.‹

Sie saßen da und sahen weder einander noch Louise richtig an. Maisie sagte (sie dachte vielleicht an ihre unerfüllte Liebe): »In zwei Jahren kann allerhand geschehen«, und fing an, verwirrt und seltsam gerührt zu lachen. Die Mutter und Agatha blickten sich gegenseitig an.

»Louise, vergiß nicht, uns ein Telegramm zu schicken«, sagte die Mutter, als hätte sie während der ganzen Zeit, da sie so schweigsam hinter der Teekanne saß, darüber nachgegrübelt, ob Louise wohl daran denken würde.

»Oder Charles kann das Telegramm abschicken.«

»Ja«, entgegnete Louise, »das wird wohl besser sein.«

Polyphemus hatte den günstigen Augenblick abgepaßt und sprang auf Mrs. Charles' Knie. Sein schwarzer Schwanz fegte im Bogen über das Tischtuch und stieß an die Messer und Gabeln. Sein grünes Auge blickte sie durchdringend und höhnisch an. *Er* wußte Bescheid. Als süßes kleines Kätzchen hatte Charles ihn geschenkt bekommen. Er preßte sich an sie, trippelte unablässig in ihrem Schoß und miaute unhörbar, wobei sein purpurner Gaumen zum Vorschein kam. ›Frag Charles‹, riet Polyphemus, ›was aus meinem anderen Auge geworden ist.‹ ›Ich weiß‹, erwiderte Mrs. Charles schweigend. ›*Sie* wissen es nicht. Sie haben es nie erfahren. Du hast eine Stimme, ich nicht – warum erzählst du es ihnen nicht?‹

»Teufel!« flüsterte Mrs. Charles und streichelte fasziniert das Fell über seiner Nase.

»Komisch«, murmelte Agatha, die das Spiel beobachtet hatte. »Du hast dir nie etwas aus Polyphemus gemacht, und trotzdem liebt er dich. Er ist ein ehrliches Tier; er ist außerordentlich aufrichtig.«

»Er bringt sie im Geist mit Charles in Verbindung«, meinte Maisie, die ebenfalls ihre Freude an dem Einverständnis zwischen der jungen Frau und der Katze hatte. »Er will ihr wohl eine Botschaft mit auf den Weg geben. Er ist furchtbar klug.«

»Er ist mir zu klug«, sagte Mrs. Charles und schob Polyphemus mit einer energischen Handbewegung von ihren Knien.

Agatha, die zum Bahnhof mitkommen sollte, ging nach oben, um ihren Hut und Mantel zu holen. Mrs. Charles erhob sich gleichfalls, nahm ihren weichen Filzhut vom Stuhl, setzte ihn vor dem hohen Spiegel wie betäubt auf und legte zwei kleine Haarlocken über die Wangen. ›Entweder ich träume‹, dachte sie, ›oder irgend jemand träumt mich.‹

Doris ging im Zimmer umher und kam dann auf sie zu. »Hier ist ein Buch, das du vergessen hast. *Das Pfarrhaus von Framley*. Es gehört dir.«

»Heb es für mich auf.«

»Zwei Jahre – so lange?«

»Ja, bitte.«

Doris setzte sich auf den Boden und fing an, in *Das Pfarrhaus von Framley* zu lesen. Sie war ganz vertieft: sie mußte sich irgendwie beschäftigen. Es war nichts mehr zu sagen. Doris verhielt sich plötzlich Louise gegenüber wieder so fremd wie am Anfang, als hätten sie sich nie näher kennengelernt – vielleicht war es so.

»Kennst du es noch nicht?«

»Nein. Ich werde dir schreiben, was ich davon halte, soll ich?«

»Ich habe schon ganz vergessen, was *ich* davon halte«, sagte Louise, indem sie sich über sie beugte und lachend ihre Handschuhe anzog. Sie lachte wie auf einer Party. Sie bewegte sich leicht unter dem sanften Zwang eines fremden Traumes. Agatha war leise hereingekommen. »Still!« sagte sie gezwungen zu den beiden, während sie in Hut und Mantel am Fenster stand, als ob *sie* auf die Reise gehen wollte. »Still!« Sie horchte auf das Taxi. Die Mutter und Maisie waren hinausgegangen.

Sollte das Taxi vielleicht nicht kommen? Was würde geschehen, wenn es überhaupt nicht käme? Ein unerträglicher Schlag für Louise, um die Abreise gebracht zu werden, ein Riß im Traumgewebe, den sie nicht ertragen konnte. ›Bitte, laß das Taxi bald kommen!‹ Im Geist betete sie jetzt um die Abreise. ›Bitte, laß es bald kommen!‹

Diese gespannte Erwartung mußte das Taxi abgeschreckt haben, denn es zeigte sich noch immer nicht. Man hörte keinen Laut auf der Straße. Wäre nicht *Das Pfarrhaus von Framley* so einladend gewesen, wo würde Doris in diesem Augenblick sein? Sie beugte sich gefesselt über das Buch und schaute nicht auf. Die Seiten des Buches waren dünn und raschelten beim Umblättern. Louise floh aus dem Frühstückszimmer in die Diele.

Draußen in der dunklen Diele bückte sich die Mutter über die aufgestapelten Koffer und las immer wieder die Anhänger von oben, von unten und von allen Seiten. Sie sagte oft, daß Kofferanhänger nicht deutlich genug geschrieben sein könnten. Als Louise vorbeihuschte, richtete sie sich auf, breitete die Arme aus und hielt sie fest. Nur wenig Licht fiel durch das Treppenhausfenster herein; sie konnten einander kaum sehen. Sie standen sich gegenüber wie zwei Figuren auf einem Gemälde, ohne Verstehen dazu geschaffen, sich ins Gesicht zu sehen.

»Louise«, flüsterte die Mutter, »wenn es Schwierigkeiten geben sollte... Eine Ehe ist nicht leicht. Wenn du eine Enttäuschung erleben solltest... ich weiß, ich ahne... du verstehst mich doch? Wenn Charles...«

»Charles?«

»Ich liebe dich, ich liebe dich wirklich. Wirst du mir alles erzählen?«

Louise küßte sie kühl und höflich: »Ja, ich weiß. Aber da gibt es wirklich nichts zu erzählen, Mutter.«

SELIGKEIT

VON KATHERINE MANSFIELD

Bertha Young war dreißig, aber es gab für sie noch immer Augenblicke wie diesen, wo es sie trieb, zu laufen statt zu gehn, vom Gehsteig hinunterzutanzen und wieder hinauf, etwas in die Luft zu werfen und wieder aufzufangen oder stillzustehn und zu lachen über – nichts, einfach über nichts.

Was soll man auch tun, wenn man dreißig ist und beim Einbiegen in die Straße, in der man wohnt, von einem Gefühl der Seligkeit überkommen wird – reinster Seligkeit, als hätte man plötzlich ein leuchtendes Stückchen dieser Spätnachmittagssonne geschluckt und nun brennt es einem in der Brust und versprüht einen kleinen Funkenregen im ganzen Körper bis in jeden Finger und in jede Zehe ...

Oh, gibt es denn keine Möglichkeit, das auszudrükken, ohne ›öffentliches Ärgernis zu erregen‹? Wie idiotisch Zivilisation ist! Wozu hat man einen Körper mitbekommen, wenn man ihn in einem Kasten eingeschlossen halten muß wie eine kostbare Geige?

›Nein, das mit der Geige ist nicht ganz, was ich meine‹, dachte sie, als sie die Stufen hinauflief und in ihrem Täschchen nach dem Hausschlüssel suchte – sie hatte ihn wie gewöhnlich vergessen – und mit dem Briefkastendeckel klapperte. ›Es ist nicht, was ich meine, denn‹ – »Danke, Mary«, – sie betrat die Halle – »ist Nurse schon zurück?«

»Ja, Madam.«

»Und ist das Obst gekommen?«

»Ja, Madam. Alles ist gekommen.«

»Tragen Sie das Obst ins Eßzimmer, ja? Ich will es auflegen, bevor ich hinaufgehe.«

Es war dämmerig im Eßzimmer und ziemlich kalt. Dennoch warf Bertha den Mantel ab; sie konnte seine enge Umklammerung keinen Augenblick länger ertragen, und die kalte Luft überfiel ihre Arme.

Aber in ihrer Brust war noch immer dieser hellglühende Fleck und der Sprühregen kleiner Funken, der davon ausging. Es war fast unerträglich. Sie wagte kaum zu atmen, aus Furcht, ihn höher anzufachen, und doch atmete sie tief, tief. Sie wagte kaum, in den kalten Spiegel zu blicken, – aber sie sah doch hinein, und er zeigte ihr eine Frau, strahlend, mit lächelnden, bebenden Lippen, mit großen, dunkeln Augen und in einer Haltung des Lauschens, des Wartens auf etwas – Gottvolles, das geschehen werde, das, sie wußte es, geschehen mußte – unfehlbar.

Mary brachte das Obst auf einem Servierbrett herein und auch einen gläsernen Aufsatz und eine blaue Schüssel von eigenartigem Glanz, als wäre sie in Milch getaucht worden. »Soll ich Licht machen, Madam?«

»Nein, danke. Ich sehe noch genug.«

Mandarinen und Äpfel mit erdbeerroten Backen; ein paar gelbe Birnen, glatt wie Seide; gelbe Trauben, silberig behaucht, und auch eine große violettblaue. Diese eine hatte sie gekauft, damit sie zu dem neuen Eßzimmerteppich passe. Ja, das klang recht weit hergeholt und verrückt, aber es war wirklich der Grund gewesen, daß sie sie kaufte. Sie hatte im Laden gedacht: ›Ich muß ein paar blaue haben, um den Teppich zum Tisch heraufzubringen‹, und es hatte ihr da ganz vernünftig geschienen.

Als sie fertig war und zwei Pyramiden aus den bunten runden Früchten gehäuft hatte, trat sie vom Tisch zurück, um die Wirkung zu beurteilen, – und die war wirklich eigenartig; denn der dunkle Tisch schien in das dämmerige Licht zu zerfließen, und der Glasaufsatz und die blaue Schale schwebten gleichsam in der Luft. In ihrer gegenwärtigen Stimmung erschien ihr das als so unglaublich schön – sie begann zu lachen.

»Nein, wirklich, ich werde noch ganz hysterisch!« Und sie ergriff ihre Tasche und den Mantel und lief die Treppe hinauf ins Kinderzimmer.

Nurse saß an einem niedrigen Tischchen und gab Klein-B sein Abendessen nach dem Bad. Das Baby hatte ein weißes Flanellkleidchen und ein blauwollenes Jäckchen an, und sein dunkles, feines Haar war zu einem komischen kleinen Schopf aufgebürstet. Es sah auf, als es die Mutter eintreten hörte, und strampelte.

»Geh, Liebling, iß schön auf wie ein gutes Kindchen!« sagte Nurse und kniff dabei die Lippen auf eine Bertha wohlbekannte Weise zusammen, die anzeigte, daß sie wieder einmal zur unrechten Zeit ins Kinderzimmer gekommen war.

»War sie brav, Nanny?«

»Sie war ein kleiner Engel, den ganzen Nachmittag lang«, flüsterte Nanny. »Wir waren im Park, und ich hab' mich auf eine Bank gesetzt und sie aus dem Wagen genommen, und da kommt ein großer Hund und legt seinen Kopf auf meine Knie, und sie hat ihn am Ohr gepackt und hat ihn gezupft. Oh, Sie hätten sie sehn sollen ...«

Bertha hätte gern gefragt, ob es nicht recht gefährlich sei, ein Baby einen fremden Hund am Ohr zupfen zu lassen; aber sie wagte es nicht. Sie stand, die beiden ansehend, mit hängenden Armen da, wie das arme kleine Mädel vor dem reichen kleinen Mädel mit der Puppe.

Das Kind blickte wieder zu ihr auf, starrte sie an

und lächelte dann so bezaubernd, daß Bertha sich nicht zurückhalten konnte und ausrief: »Ach, Nanny, lassen Sie doch mich ihr die Suppe zu Ende geben und räumen Sie inzwischen die Badesachen weg!«

»Aber, Madam, sie sollte nicht von jemand anders genommen werden, während sie ißt«, sagte Nanny, noch immer im Flüsterton. »Es macht sie unruhig und kann ihr leicht schaden.«

Wie unsinnig das war! Wozu ein Baby haben, wenn es aufbewahrt werden mußte – nicht gerade in einem Kasten wie eine kostbare Geige – aber in den Armen einer andern Frau?

»Ach, Nanny, ich muß!« sagte sie.

Sehr gekränkt übergab Nanny ihr das Kind. »Also regen Sie sie nach dem Abendessen nicht auf. Sie wissen, Sie tun es immer, Madam. Und ich hab' nachher eine solche Plage mit ihr!«

Gott sei Dank! Nanny verließ das Zimmer, die Badetücher über dem Arm.

»Jetzt hab' ich dich ganz für mich, mein kleiner Schatz«, murmelte Bertha, als das Kind sich an sie schmiegte. Es aß entzückend; hielt seine Lippen dem Löffel entgegen und zappelte mit den Ärmchen. Manchmal wollte es den Löffel nicht loslassen, und dann wieder, kaum daß Bertha ihn gefüllt hatte, schlug es ihn weg in alle vier Winde.

Als die Suppe zu Ende gegessen war, drehte sich

Bertha zum Kaminfeuer. »Du bist sehr süß – du bist sehr, sehr süß!« sagte sie und küßte ihr warmes Baby. »Ich hab' dich lieb. Ich hab' dich lieb.« Und wirklich liebte sie Klein-B so sehr – seinen Nacken, wenn es sich vorwärtsbeugte, seine außerordentlich zarten Zehen, die vor dem Feuer ganz durchscheinend wurden –, daß all ihr Gefühl von Seligkeit wiederkehrte; und wieder wußte sie nicht, wie es ausdrücken – was damit anfangen.

»Sie werden am Telephon verlangt«, sagte Nanny, die triumphierend zurückkam und abermals von *ihrer* Klein-B Besitz ergriff.

Sie lief hinunter. Es war Harry.

»Oh, bist du's, Ber? Hör mal! Ich werde mich etwas verspäten heute abend. Ich werde ein Taxi nehmen und kommen so schnell ich kann, aber setz das Essen für zehn Minuten später an, ja? Ist's recht?«

»Ja, gewiß. Ach, Harry!«

»Ja?«

Was hatte sie zu sagen? Nichts. Sie wollte nur für einen Augenblick länger mit ihm in Verbindung sein. Sie konnte nicht verrückterweise ins Telephon rufen: »War nicht heute ein gottvoller Tag?«

»Was ist denn los?« kläffte die dünne Stimme.

»Nichts. Abgemacht!« sagte Bertha, hängte den Hörer auf und dachte, daß Zivilisation doch mehr als idiotisch sei.

Sie hatten Gäste zum Abendessen. Die Norman Knights – ein sehr solides Paar – er war daran, ein Theater zu gründen, und sie hatte eine Leidenschaft für Innendekoration; einen jungen Mann, Eddie Warren, der soeben einen kleinen Gedichtband veröffentlicht hatte und von jedermann zum Abendessen eingeladen wurde; und eine ›Entdeckung‹ Berthas namens Pearl Fulton. Was Miss Fulton trieb, wußte sie nicht. Sie hatten einander im Klub kennengelernt, und Bertha hatte sich in sie verliebt, wie sie sich stets in schöne Frauen verliebte, die etwas Fremdartiges hatten.

Das Aufreizende daran war nur, daß sie zwar zusammen ausgegangen waren und einander einige Male getroffen und sich wirklich ausgesprochen hatten und Bertha sie doch nicht ergründen konnte. Bis zu einer gewissen Grenze war Miss Fulton von einer seltenen, wundervollen Offenheit, aber die gewisse Grenze war da, und über die ging sie nicht hinaus. Gab es noch etwas darüber hinaus? Harry sagte, nein, bezeichnete sie als fade und ›kalt wie alle blonden Frauen, vielleicht mit einem Anflug von geistiger Bleichsucht‹. Aber Bertha wollte ihm nicht beistimmen; noch nicht, wenigstens.

»Nein, die Art, wie sie dasitzt, den Kopf ein wenig nach einer Seite, und lächelt, – da steckt etwas dahinter, Harry, und ich muß herausfinden, was dieses Etwas ist.«

»Höchstwahrscheinlich eine gute Verdauung«, hatte Harry geantwortet.

Er hatte eine Vorliebe dafür, Bertha mit solchen Bemerkungen zu bremsen – ›Leber eingefroren, meine Liebe‹ oder ›nichts als Blähungen‹ oder ›nierenkrank‹ und ähnlichem. Aus irgendeinem sonderbaren Grund hatte Bertha das gern und bewunderte es beinahe an ihm.

Sie ging in den Salon und zündete das Feuer im Kamin an; dann nahm sie, eins nach dem andern, die Kissen, die Mary sorgsam verteilt hatte, und schleuderte sie wieder zurück auf die Lehnstühle und Diwans. Das bewirkte den ganzen Unterschied; der Raum erwachte auf einmal zum Leben. Eben als sie das letzte schleudern wollte, überraschte sie sich dabei, wie sie es leidenschaftlich an sich drückte, leidenschaftlich. Aber es löschte das Feuer in ihrer Brust nicht. Nein, ganz im Gegenteil!

Die Fenster des Salons gingen auf einen Balkon, von dem man den Garten überblickte. An seinem andern Ende, an der Mauer, stand ein hoher, schlanker Birnbaum in vollster, reichster Blüte; er stand da in Vollkommenheit und hob sich beruhigend gegen den jadegrünen Himmel ab. Bertha hatte das unbedingte Gefühl, sogar in dieser Entfernung, daß nicht eine einzige unerschlossene Knospe, nicht eine verwelkte Blüte an ihm war. Die roten und gelben Tulpen unten in den Gartenbeeten, mit ihren schweren Blüten, schienen sich in die Dämmerung zu schmiegen. Eine graue Katze, den Bauch am Boden hinziehend, schlich über den Rasen, und eine schwarze folgte ihr wie ein Schatten. Der Anblick der beiden, so gespannt und lauernd, ließ Bertha seltsam erschauern. »Was für schleichende Dinger Katzen sind!« stammelte sie, wandte sich vom Fenster ab und begann hin und her zu gehn ...

Wie stark die Narzissen dufteten in dem warmen Raum! Zu stark? O nein. Und doch, wie übermannt warf sie sich auf einen Diwan und drückte die Hände auf die Augen. »Ich bin zu glücklich – zu glücklich!« flüsterte sie.

Und es schien ihr, als sähe sie hinter ihren geschlossenen Augenlidern den zauberischen Birnbaum mit seinen weitgeöffneten Blüten als ein Symbol ihres eigenen Lebens.

Wirklich – wirklich, sie hatte alles. Sie war jung. Harry und sie waren so sehr ineinander verliebt wie nur je, und sie vertrugen sich glänzend, waren wirklich gute Kameraden. Sie hatten ein anbetungswürdiges Baby. Sie kannten keine Geldsorgen. Sie besaßen dieses völlig einwandfreie Haus mit Garten. Und Freunde – moderne, interessante Freunde: Schriftsteller und Maler und Dichter und Leute, die sich mit sozialen Fragen beschäftigten, – genau die

Art von Freunden, die sie brauchten. Und außerdem gab es Musik und Bücher und sie hatte eine wundervolle kleine Schneiderin und im Sommer würden sie ins Ausland reisen und ihre neue Köchin bereitete die vorzüglichsten Omeletten ...

»Ich bin ja verrückt, vollständig verrückt!« Sie setzte sich auf; aber sie war ganz benommen, ganz trunken. Es mußte der Frühling sein.

Ja, es war der Frühling. Sie war jetzt so müde, daß sie sich kaum die Treppe hinaufschleppen konnte, um sich umzukleiden.

Ein weißes Kleid, eine Kette aus Jadekugeln, grüne Schuhe und Strümpfe. Es war nicht Absicht. Sie hatte an diese Zusammenstellung schon vor Stunden gedacht, lange bevor sie den Birnbaum im Garten betrachtet hatte.

Ihre Blütenblätter rauschten leise in die Halle, und sie küßte Mrs. Norman Knight, die einen höchst amüsanten Mantel ablegte, orangenfarben, mit einer Prozession schwarzer Äffchen unten um den Saum und vorn hinauf.

»Sagen Sie mir nur, warum ist der Mittelstand so ledern – so völlig ohne Sinn für Humor! Es ist nur ein Zufall, meine Liebe, daß ich überhaupt hier bin – wobei Norman der beschützende Zufall ist. Denn meine süßen Äffchen regten die Leute in der Untergrund dermaßen auf, daß sie wie *ein* Mann aufstanden und mich einfach mit den Augen verschlangen. Nicht daß sie lachten, sich amüsierten – das wäre nur recht gewesen. Nein, nur gestarrt haben sie – und mich zum Sterben angeödet.«

»Aber das Beste daran war«, sagte Norman und klemmte ein schildpattgefaßtes Monokel ins Auge, »– du hast doch nichts dagegen, daß ich's erzähle, Euka, nicht wahr?« (Zu Hause und unter Freunden nannten sie einander Euka und Lyptus.) »Das Beste daran war, daß sie sich, als sie es gründlich satt hatte, zu der Frau neben ihr wandte und sagte: ›Haben Sie denn noch nie in Ihrem Leben ein Äffchen gesehn?‹«

»Ach ja!« Mrs. Knight stimmte in das Gelächter ein. »War das nicht wirklich zu köstlich?«

Aber noch viel köstlicher war, daß sie selber jetzt, nachdem sie den Mantel abgelegt hatte, wirklich wie ein sehr intelligentes Äffchen aussah, das sogar sein gelbes Kleid aus den abgezogenen Schalen von Bananen gemacht zu haben schien. Und ihre Bernstein-ohrringe, die sahen aus wie kleine baumelnde Nüsse.

»Es ist ein äußerst trauriger Fall«, sagte Lyptus und blieb vor dem Kinderwagen Klein-B's stehn, »wenn der Kinderwagen erscheint in der Hall'« – und er streifte den Rest des Zitats beiseite. Die Klingel an der Haustür ertönte. Es war der magere, blasse Eddie Warren, wie gewöhnlich in einem Zustand akuter Bekümmernis.

»Es *ist* doch das richtige Haus, *nicht*?« flehte er.

»Oh, ich hoffe – ich glaube wohl«, erwiderte Bertha fröhlich.

»Ich hatte solch ein *gräßliches* Erlebnis mit einem Taximann. Er war *äußerst* unheimlich. Ich konnte ihn nicht dahin bringen, *anzuhalten*. Je mehr ich klopfte und rief, desto *schneller* fuhr er. Und im Mondlicht diese *bizarre* Gestalt, mit dem abgeplatteten Kopf, über das *winzige* Lenkrad geduckt …«

Er schauderte und legte einen riesengroßen weißen Seidenschal ab. Bertha bemerkte, daß auch seine Socken weiß waren – äußerst bestechend.

»Aber wie gräßlich!« rief sie.

»Ja, das war's«, sagte Eddie und folgte ihr in den Salon. »Ich sah mich durch die Ewigkeit fahren in einem *zeitlosen* Taxi.«

Er kannte die Norman Knights. Er wollte sogar ein Stück für Knight schreiben, falls das Theaterprojekt zustande käme.

»Also, Warren, was macht das Stück?« fragte Norman Knight, ließ dabei das Monokel fallen und gab seinem Auge Zeit, für einen Moment an die Oberfläche zu steigen, bevor es wieder niedergeschraubt wurde.

Und Mrs. Knight: »Oh, Mr. Warren, was für vergnügliche Socken!«

»Ich bin *so* froh, daß sie Ihnen gefallen«, sagte er

und starrte auf seine Füße. »Sie scheinen *viel* weißer geworden zu sein, seit der Mond aufgegangen ist.« Er wandte Bertha sein schmales, kummervolles Gesicht zu. »Der Mond *ist* nämlich aufgegangen, wissen Sie.« Sie hätte ausrufen mögen: »Ich bin überzeugt, er tut das oft, sehr oft!«

Er war wirklich eine äußerst anziehende Persönlichkeit. Das war auch Euka, die in ihren Bananenschalen vor dem Feuer kauerte, und auch Lyptus, der eine Zigarette rauchte und, während er die Asche abstreifte, fragte: »Was säumt der Bräutigam so lange?«

»Hier ist er schon.«

Krach! war die Haustür zugeflogen. Harry rief: »Hallo, ihr Leutchen! In fünf Minuten bin ich wieder unten«, und sie hörten ihn die Treppe hinaufstürmen. Bertha mußte lächeln; sie wußte, wie er es liebte, alles mit Hochdruck zu tun. Was lag denn schließlich an fünf Minuten mehr oder weniger? Aber er bildete sich nun einmal ein, daß ungeheuer viel daran lag. Und dann hielt er sehr darauf, außerordentlich kühl und gesammelt im Salon zu erscheinen.

Harry lebte mit solcher Intensität. Oh, wie sie das an ihm schätzte! Und seine Leidenschaft, zu kämpfen – in allem, was ihm in den Weg kam, eine neue Probe für seine Kraft und seinen Mut zu sehen – auch die konnte sie verstehn. Selbst wenn es ihn gelegentlich in den Augen andrer Leute, die ihn nicht gut kannten, vielleicht ein wenig lächerlich machte. Denn es kam manchmal vor, daß er sich in die Schlacht stürzte, wo es keine Schlacht gab.

Sie plauderte und lachte und merkte erst, als er hereingekommen war (und zwar genau so, wie sie es sich vorgestellt hatte), daß Pearl Fulton noch fehlte.

»Ob Miss Fulton uns vergessen hat?«

»Wahrscheinlich«, sagte Harry. »Hat sie ein Telephon?«

»Ah, da ist ein Taxi!« Und Bertha lächelte mit der gewissen Eigentümermiene, die sie stets annahm, solange ihre weiblichen ›Entdeckungen‹ neu und mysteriös waren. »Sie lebt in Taxis.«

»Sie wird Fett ansetzen, wenn sie das tut«, sagte Harry kühl und läutete die Dinnerglocke. »Schreckliche Gefahr für blonde Frauen.«

»Hör auf, Harry!« mahnte Bertha und lachte zu ihm hinauf.

Es dauerte eine kleine Weile, während der sie warteten, lachend und plaudernd, und grade nur ein klein wenig zu unbefangen waren, ein klein wenig zu unvorbereitet, und dann trat Miss Fulton ein, ganz in Silber, ein Silberband um ihr blaßblondes Haar gewunden, lächelnd, den Kopf ein wenig seitwärts geneigt.

»Habe ich mich verspätet?«

»Nein, nicht im geringsten«, sagte Bertha. »Kommen Sie!« Sie nahm ihren Arm und ging mit ihr ins Eßzimmer.

Was war in der Berührung dieses kühlen Arms, daß jenes Feuer von Seligkeit, mit dem Bertha nicht wußte, was tun, angefacht wurde, aufflammte, aufloderte – aufloderte!

Miss Fulton sah sie nicht an; aber sie sah den Leuten selten ins Gesicht. Ihre schweren Augenlider waren gesenkt, und das sonderbare halbe Lächeln auf ihren Lippen kam und ging, als lebte sie mehr zuhörend als sehend. Doch Bertha wußte ganz plötzlich, als hätten sie den längsten und vertraulichsten Blick getauscht – als hätten sie einander gefragt: »Du auch?« – daß Pearl Fulton, während sie die schöne rote Suppe in dem grauen Teller rührte, genau dasselbe fühlte wie sie selbst. Und die andern? Euka und Lyptus, Eddy und Harry, die ihre Löffel hoben und senkten, ihre Lippen mit der Serviette betupften, Brot zerkrümelten, mit Gabeln und Gläsern tändelten und miteinander plauderten?

»Ich traf sie auf der Alpha-Ausstellung – die unmöglichste kleine Person. Sie trug nicht nur ihr Haar kurz geschnitten, sondern auch ihre Arme und Beine und ihren Hals und ihre arme kleine Nase.«

»Ist sie nicht sehr mit Michael Oat liiert?«

»Demselben, der ›Liebe mit falschem Gebiß‹ geschrieben hat?«

»Er will ein Stück für mich schreiben. Einakter. Nur eine Person. Ein Mann beschließt, Selbstmord zu begehn. Gibt alle Gründe an, warum er sollte und nicht sollte. Und wenn er sich grade entschlossen hat, es entweder zu tun oder nicht zu tun – Vorhang. Gar keine so schlechte Idee.«

»Wie will er es denn nennen? ›Leibschmerzen‹?«

»Ich glaube, mir ist *diese* Idee schon untergekommen, in einer *ganz* obskuren französischen Zeitschrift.«

Nein, sie hatten alle nicht teil daran. Es waren nette, liebe Leute, und sie sah sie gern bei sich zu Tisch und liebte es, ihnen gutes Essen und gute Weine vorzusetzen. Sie sehnte sich förmlich danach, ihnen zu sagen, wie entzückend sie seien und was für eine dekorative Gruppe sie bildeten; wie sie eins das andre zur Geltung brachten und wie sehr sie sie an ein Stück von Tschechow erinnerten.

Harry genoß sein Essen. Es war ein Teil – nun, nicht grade seines Wesens, aber sicherlich auch keine Pose von ihm, sein – was immer es war, über die Speisen zu sprechen und sich seiner ›schamlosen Leidenschaft für das weiße Hummerfleisch‹ und ›das Grün des Pistazieneises‹ zu rühmen – ›grün und kalt wie die Augenlider einer ägyptischen Tänzerin‹.

Als er aufblickte und sagte: »Bertha, das ist ein bewundernswertes Soufflé«, hätte sie beinahe weinen mögen vor Wonne.

Oh, warum fühlte sie heute abend so zärtlich für die ganze Welt? Alles war gut – war recht. Alles, was geschah, schien die schäumende Schale ihrer Seligkeit immer wieder bis an den Rand zu füllen. Und auf dem Grund ihrer Gedanken war noch immer der Birnbaum. Er mußte jetzt silbern sein im Licht von Eddies Mond, silbern wie Miss Fulton, die eine Mandarine in ihren schlanken Fingern drehte, Fingern, die so blaß waren, daß ein Licht von ihnen auszugehn schien.

Was sie einfach nicht begreifen konnte – es grenzte ans Wunderbare – war, daß sie Miss Fultons Stimmung so genau und unverzüglich erraten hatte. Denn sie zweifelte keinen Augenblick, daß sie richtig geraten habe. Dennoch, welche Beweise hatte sie? Weniger als keine.

›Ich glaube, so etwas kommt manchmal, sehr selten, zwischen Frauen vor; niemals zwischen Männern‹, dachte Bertha. ›Aber während ich im Salon den Kaffee bereiten werde, wird sie vielleicht 'ein Zeichen geben'.‹

Was sie damit meinte, wußte sie eigentlich selber nicht, und was nachher geschehn würde, konnte sie sich nicht vorstellen.

Während sie diesen Gedanken nachhing, sah sie sich selbst sprechen und lachen. Sie mußte sprechen, weil sie ein Verlangen fühlte, zu lachen. »Ich muß lachen, sonst sterbe ich.«

Aber als sie Eukas komische Gewohnheit bemerkte, vorn an ihrem Kleiderausschnitt herumzunesteln, wie um etwas hineinzustecken, als hätte sie dort einen kleinen geheimen Vorrat von Nüssen aufgespeichert –, da mußte sie die Fingernägel in die Handflächen graben, um nicht laut herauszulachen.

Endlich war es überstanden, und Bertha sagte: »Kommt und seht euch meine neue Kaffeemaschine an!«

»Wir haben nur alle vierzehn Tage eine neue«, sagte Harry. Diesmal nahm Euka ihren Arm. Miss Fulton neigte ihr Haupt und folgte ihnen.

Das Feuer im Salon war niedergebrannt, zu einem roten, flackernden »Nest von Phönixjungen«, sagte Euka. »Einen Augenblick! Macht noch nicht Licht! Es ist so wunderschön!« Und sie kauerte sich wieder vors Feuer. Ihr war immer kalt ...

›Natürlich, ohne ihr rotes Flanelljäckchen‹, dachte Bertha.

Es war in diesem Augenblick, daß Miss Fulton ›das Zeichen gab‹.

»Haben Sie einen Garten?« fragte die kühle, schläfrige Stimme.

Das war so wundervoll von ihr, daß Bertha nichts tun konnte, als stumm zu gehorchen. Sie durchschritt das Zimmer, zog die Vorhänge auseinander und öffnete die hohe Glastür. »Da!« hauchte sie.

Die beiden Frauen standen Seite an Seite und blickten auf den schlanken blühenden Baum. Obwohl er ganz regungslos dastand, schien er wie die Flamme einer Kerze hochzusteigen, spitz emporzustreben, in der klaren Luft zu zittern, höher und höher zu werden, während sie schauten, und fast den Rand des vollen, silbernen Monds zu berühren.

Wie lange standen sie so? Beide gefangen in diesem Kreis unirdischen Lichts, einander vollkommen verstehend, Geschöpfe aus einer andern Welt, ganz verwundert, was sie in dieser mit dem Schatz von Seligkeit tun sollten, der ihnen in der Brust brannte und in Silberblüten von ihrem Haar und ihren Händen niederfiel.

Eine Ewigkeit? Einen Augenblick? Und flüsterte Miss Fulton wirklich: »Ja. Genau das«, oder träumte es Bertha nur?

Dann flammten die Lampen auf, und Euka bereitete den Kaffee, und Harry sagte: »Meine liebe Mrs. Knight, fragen Sie mich nicht nach meiner Kleinen. Ich sehe sie nie. Sie wird mich erst dann zu interessieren beginnen, wenn sie einen Liebhaber hat«, und Lyptus nahm sein Auge aus dem Glashaus, aber nur für einen Moment, und steckte es dann wieder unter Glas, und Eddie Warren trank seinen Kaffee und stellte die Tasse mit einem Gesicht hin, als hätte er auf ihrem Grund eine Spinne gesehen.

»Was ich tun will? Den jungen Leuten ein Sprung-brett bieten. Ich glaube, daß London einfach über-kocht von erstklassigen ungeschriebenen Theater-stücken. Und ich möchte zu ihnen sagen können: Hier habt ihr euer Theater. Schießt los!«

»Wissen Sie, meine Liebe, daß ich für die Smith-Meyers einen Raum entwerfen werde? Ich möchte es am liebsten in einem Brathering-Dekor tun, die Stuhllehnen alle wie Bratpfannen geformt und die Vorhänge ganz mit wundervollen *pommes frites* be-stickt.«

»Es ist das Unglück unsrer jungen Schriftsteller, daß sie noch immer zu romantisch sind. Man kann sich nicht auf hohe See wagen, ohne seekrank zu wer-den und ein Speibecken zu brauchen. Nicht wahr? Warum haben sie also nicht den Mut zu diesem Spei-becken?«

»Ein *gräßliches* Gedicht über ein Mädchen, das in einem Wäldchen von einem Bettler ohne Nase *über-fallen* und *vergewaltigt* wurde ...«

Miss Fulton sank in den niedrigsten und tiefsten Lehnstuhl, und Harry bot ihr Zigaretten an. Aus der Art, wie er vor ihr stand, die silberne Schachtel schüt-telte und kurz fragte: »Ägyptische? Türkische? Eng-lische? Sie sind alle durcheinander«, wurde es Bertha klar, daß Miss Fulton ihn nicht nur langweilte, er konnte sie einfach nicht leiden. Und daraus, wie Miss

Fulton sagte: »Nein, danke, jetzt nicht«, schloß sie, daß auch sie es fühlte und gekränkt war.

›Ach, Harry, du hast unrecht, sie nicht leiden zu können. Du beurteilst sie ganz falsch. Sie ist wundervoll. Und außerdem, wie kannst du so anders für jemand fühlen, der mir so viel bedeutet! Sobald wir schlafen gegangen sind, will ich versuchen, dir zu schildern, was sich heute ereignet hat, was sie und ich gemeinsam erlebt haben.‹

Bei diesem letzten Gedanken durchzuckte Bertha etwas Sonderbares und fast Erschreckendes. Und dies Etwas, blind und lächelnd, flüsterte ihr zu: »Bald werden alle diese Leute weggehn. Im Haus wird es still werden – ganz still. Die Lichter werden erlöschen. Und du und er werden allein sein, allein im dunklen Zimmer, im warmen Bett ...«

Sie sprang von ihrem Sessel auf und lief hinüber zum Klavier.

»Wie schade, daß niemand spielt!« rief sie. »Wirklich zu schade!«

Zum erstenmal in ihrem Leben begehrte Bertha Young ihren Mann.

Oh, sie hatte ihn geliebt – sie war natürlich in ihn verliebt gewesen, auf jede andre Art, nur nicht so. Auch hatte sie natürlich verstanden, daß es bei ihm anders war. Sie hatten es so oft besprochen. Es war ihr zuerst schrecklich gewesen, als sie entdeckte, daß sie so kalt war. Aber nach einiger Zeit schien das nichts mehr zu bedeuten. Sie waren so offen zueinander – so gute Kameraden. Das war das Beste am Modernsein.

Aber jetzt? – glühend, glühend! Das Wort schmerzte in ihrem glühenden Körper. War dazu jenes Gefühl von Seligkeit das Vorspiel gewesen? Dann – dann wäre ...

»Meine Liebe«, sagte Mrs. Norman Knight, »Sie kennen unsre Schmach. Wir sind die Sklaven von Zeit und Zug. Wir wohnen in Hampstead. Es war so nett bei Ihnen.«

»Ich komme mit Ihnen in die Halle«, sagte Bertha. »Ich habe mich so gefreut, Sie hierzuhaben. Aber Sie dürfen den letzten Zug nicht versäumen. Das ist so unangenehm, nicht?«

»Wollen Sie nicht noch einen Whisky, Knight, bevor Sie gehn?« rief Harry.

»Nein, danke, lieber Freund.«

Bertha drückte ihm die Hand dafür, als er sich verabschiedete.

»Gute Nacht, lebt wohl!« rief sie von der obersten Türstufe und fühlte, daß *diese* Bertha für immer von ihnen Abschied nahm.

Als sie in den Salon zurückkam, waren auch die andern schon im Weggehn.

»... da können Sie ja einen Teil des Wegs in meinem Taxi mitkommen.«

»Ich bin Ihnen *so* dankbar, daß ich nicht *noch* eine Fahrt *allein* zu überstehen habe, nach meinem *gräßlichen* Erlebnis.«

»Sie können ein Taxi beim Standplatz bekommen, gleich am Ende der Straße. Sie brauchen nur ein paar Schritte weit zu gehn.«

»Das ist ein Trost. Ich ziehe mir nur meinen Mantel an.«

Miss Fulton wollte soeben in die Halle hinausgehn und Bertha ihr folgen, da schob sich Harry fast mit Gewalt dazwischen: »Lassen Sie mich Ihnen behilflich sein!«

Bertha wußte, daß er seine Unhöflichkeit bereute, – sie ließ ihn gehn. Was für ein großer Junge er doch in vielem noch war – so impulsiv – so einfach! Eddie und sie selbst blieben am Feuer zurück.

»Ich möchte wissen, ob Sie schon das neue Gedicht von Bilk gelesen haben, es heißt ›Table d'Hôte‹?« fragte Eddie leise. »Es ist *wirklich* wundervoll. In der neuesten Anthologie. Besitzen Sie sie? Ich möchte es Ihnen *so* gerne zeigen. Es beginnt mit einer *unglaublich* schönen Zeile: ›Warum muß es denn stets Tomatensuppe sein?‹«

»Ja«, sagte Bertha. Und sie ging geräuschlos auf ein Tischchen zu, das gegenüber der Tür stand, und Eddie folgte ihr ebenso geräuschlos. Sie griff nach dem kleinen Band und reichte ihn ihm.

Während er darin blätterte, wandte sie das Gesicht der Halle zu. Und sie sah ... Harry, Miss Fultons Mantel über dem Arm, und Miss Fulton, ihm den Rücken zukehrend und den Kopf tief gesenkt. Er warf den Mantel beiseite, legte seine Hände auf ihre Schultern und drehte sie mit einer heftigen Bewegung zu sich herum. Seine Lippen sagten: »Ich bete dich an«, und Miss Fulton legte ihre Mondscheinfinger an seine Wangen und lächelte ihr schläfriges Lächeln. Harrys Nasenflügel zuckten; seine Lippen zogen sich in einem häßlichen Grinsen hoch, und er flüsterte: »Morgen«, und mit ihren Augenlidern antwortete Miss Fulton: »Ja.«

»Hier ist es«, sagte Eddie. »›Warum muß es denn stets Tomatensuppe sein?‹ Es ist eine so *tiefe* Wahrheit, fühlen Sie das nicht? Tomatensuppe ist so *gräßlich* ewig.«

»Wenn es Ihnen lieber ist«, kam Harrys Stimme sehr laut aus der Halle, »kann ich ein Taxi für Sie hertelephonieren.«

»O nein, danke. Das ist ganz unnötig«, antwortete Miss Fulton, kam auf Bertha zu und gab ihr ihre schlanken Finger zu halten.

»Leben Sie wohl. Und vielen Dank!«

»Leben Sie wohl«, sagte Bertha.

Miss Fulton hielt ihre Hand einen Augenblick länger.

»Ihr wundervoller Birnbaum!« flüsterte sie.

Und dann war sie weg, und Eddie folgte ihr wie die schwarze Katze der grauen.

»Schließen wir den Laden!« sagte Harry, außerordentlich kühl und gesammelt.

Ihr wundervoller Birnbaum – Birnbaum – Birnbaum!

Bertha stürzte zur Glastür hinüber.

›Oh, was soll jetzt geschehn?‹ schrie es in ihr auf.

Der Birnbaum aber war so wundervoll wie zuvor, so voll von Blüten und so still.

ENGLAND, MEIN ENGLAND

VON D. H. LAWRENCE

Am Rande des Dorfangers, hinter dem kleinen Bach, der im Graben am unteren Ende des Gartens hinlief, arbeitete er daran, den Gartenweg von der Holzbrücke bis zum Anger hin fortzuführen. Er hatte das rauhe Gras und das Farnkraut abgesichelt, und der graue, trockene Erdboden lag bloß. Aber es machte ihm zu schaffen, daß er den Pfad nicht gerade hinkriegte, eine Falte stand zwischen seinen Brauen. Er hatte ihn mit Stökken abgesteckt und von der Stelle zwischen den beiden großen Kiefern her ausgerichtet, aber aus irgendeinem Grunde sah alles falsch aus. Er blickte wieder hin und strengte die scharfen, blauen Augen an – Wikingeraugen, konnte man meinen –, durch den Schatten der Kiefern wie durch eine Tür den grünen, grasigen Pfad anzuvisieren, der aus den schattigen Erlen bei der Bohlenbrücke zu den besonnten Blumen hinaufführte. Hohe weiße und purpurfarbene Akelei, und die Rückseite des alten Hampshire-Hauses, das sich inmitten einer kleinen frei wuchernden, blühenden Wildnis auf die Erde duckte.

Kinderstimmen ließen sich hören, sie riefen und schwatzten, hohe, kindische Mädchenstimmen mit einem leichten Anklang von Anmaßung und Herrschsucht: »Wenn Sie nicht sofort kommen, Fräulein, laufe ich dort hinaus, wo die Schlangen sind.« Und niemand war kaltblütig genug zu antworten: »Dann lauf doch, du dummes Ding.« Immer hieß es: »Nein, Liebling. Ja, sofort, Liebling. Gleich, Liebling. Liebling, du *mußt* dich einen Augenblick gedulden.«

Sein Herz war hart vor Enttäuschung: ein ständiges Nagen und Hadern. Aber er schaffte weiter. Was sollte man denn tun als sich fügen!

Die Sonne brannte herab, hemmungslos flammender Pflanzenwuchs, ingrimmige Abgeschlossenheit brüteten über dem heidnischen Frieden des Dorfangers. Seltsam, wie sich das heidnische England an einzelnen Stellen hält: wie hier, auf diesen mit zottigem Ginster bewachsenen Angern und in den sumpfigen, von Schlangen bewohnten Ebenen am Fuße der südlichen Downs. Die urweltliche Landschaft hatte sich hier gehalten wie sie war, als die Sachsen kamen, vor so langer Zeit.

Ah, wie er das geliebt hatte! Den grünen Gartenpfad, die Blumenbüschel, die purpurfarbene und weiße Akelei, die riesigen, roten Blüten des Türkenmohns mit ihren schwarzen Rachen und die hohen, gelben Königskerzen, diesen flammenden Garten, der tausend Jahre lang ein Garten gewesen war, eine kleine Mulde, im schlangenbevölkerten Anger ausgehoben. Er hatte Blumen darin aufflammen lassen, in dieser Sonnentasse unter den Hecken und Bäumen. Ein so alter, uralter Ort! Und doch hatte er ihn neu erschaffen.

Das Holzhaus mit dem steilen Dach, das wie ein Mantel darüber hing, war alt und wie verschollen. Es gehörte zum alten England der kleinen Dörfer und der Freisassen. Verloren und allein stand es am Rande des Angers, am Ende eines breiten, von wilden Rosen überrankten und von Eichen beschatteten Heckenweges, es hatte die Welt von heute nicht gekannt. Nicht, ehe er, Egbert, mit seiner jungen Frau dorthin kam. Und er war gekommen, um es mit Blumen zu füllen.

Das Haus war uralt und sehr unbequem. Aber er wollte nichts daran ändern. Ah, wunderbar war es, unter dem weitausladenden, uralten Rauchfang zu sitzen, wenn nachts der Wind oben brüllte und das Holz, das er selbst gehackt hatte, auf dem Herde sprühte. Er selber auf der einen Seite und Winifred auf der anderen.

Ah, wie er sie begehrt hatte, Winifred! Jung war sie und schön und voll starken Lebens, wie eine

Flamme in der Sonne. Sie bewegte sich mit der langsamen Grazie der Kraft, als bewege sich ein in voller, roter Blüte stehender Busch. Auch sie schien zu jenem alten England zu gehören, sie war rosig und stark, von einer Art natürlicher, von Leidenschaft erfüllter Ruhe und widerstandsfähig wie Hagedorn. Und er, er war groß und schlank und geschmeidig wie ein englischer Bogenschütze mit seinen langen, gelenkigen Beinen und schönen Bewegungen. Ihr Haar war nußbraun und kräftig gelockt wie Sprungfedern. Auch die Augen waren nußbraun und blank wie Rotkehlchenaugen. Und seine Haut war weiß und sein Haar seidenweich, von nachgedunkeltem Blond; er hatte die leicht gebogene Nase eines alten Landgeschlechts. Sie waren ein schönes Paar.

Das Haus gehörte Winifred. Auch ihr Vater war ein kraftvoller Mann. Arm war er vom Norden her gekommen. Jetzt war er mäßig wohlhabend. Er hatte diesen ziemlich großen, billigen Landstrich hier unten in Hampshire gekauft. Nicht weit von der winzigen Kirche des fast nicht mehr vorhandenen Dörfchens stand sein eigenes Haus, ein geräumiges, altes Bauernhaus, das ein nur mit Gras bewachsener Hof von der Straße trennte. An der einen Seite des Vierecks stand die lange, lange Scheune, die er zu einem Wohnhaus für seine jüngste Tochter Priscilla umgebaut hatte. An den kleinen Fenstern sah man kleine, blau und weiß karierte Vorhänge, und drinnen hatte man die riesigen alten Holzbalken des spitzen Scheunendachs über sich. Das war Prissys Haus. Fünfzig Meter davon entfernt stand das hübsche kleine Haus, das er für seine Tochter Magdalen gebaut hatte, der Gemüsegarten dehnte sich bis zum Eichengehölz hin. Und dann, weit hinter den Rasenflächen und hochstämmigen Rosen des Hausgartens, führte der Weg durch eine rauh mit wildem Gras bestandene Wiese zu einer Reihe von hohen, schwarzen Kiefern, die auf einem Deich standen, und durch die Kiefern hindurch über die kleine sumpfige Senkung hin und unter den breit ausladenden, schwermütigen Eichen, bis plötzlich unerwartet Winifreds niedriges kleines Haus auftauchte, ganz einsam, ganz altmodisch.

Es war Winifreds Haus, und die Gärten und das Stückchen Anger und der sumpfige Hang gehörten ihr: sie waren ihr winziges Reich. Sie hatte gerade zu der Zeit geheiratet, als ihr Vater das Gut gekauft hatte, etwa zehn Jahre vor dem Krieg, und so hatte sie Egbert diese Mitgift in die Ehe mitbringen können. Und ob er oder sie mehr davon entzückt war, das wäre schwer zu sagen gewesen. Sie war damals erst zwanzig, und er war erst einundzwanzig. Er hatte etwa hundertfünfzig Pfund eigenes jährliches Einkommen – und sonst nichts als seine sehr beträchtliche Anziehungskraft. Er hatte keinen Beruf: er verdiente nichts. Aber er redete über Literatur und Musik, er hatte eine Passion für alte Volksmusik, für das Sammeln von Volksliedern und Volkstänzen, für das Studium des Morris-Tanzes und der alten Bräuche. Natürlich würde er irgendwann einmal damit Geld verdienen.

Einstweilen gab es Jugend und Gesundheit und Leidenschaft und Hoffnungen. Winifreds Vater war immer großzügig; aber er war ein Mann aus dem Norden mit einem harten Schädel und auch mit einer harten Haut, er hatte Püffe und Knüffe genug abgekriegt. Zu Hause zeigte er den harten Schädel nicht, da beschäftigte er sich mit Poesie und Romantik, zusammen mit seiner literarisch interessierten Frau und seinen kräftigen, leidenschaftlichen Töchtern. Er war ein Mann von großem Mut, es lag ihm nicht, zu klagen; seine Lasten trug er allein. Nein, er ließ die Welt nicht weit in sein Heim eindringen. Seine Frau war zart und empfindsam, ihre Gedichte errangen einigen Ruhm in der engbegrenzten Welt der Literatur. Er selbst, mit all seiner zähen, alten, barbarischen Kampflust, entzückte sich fast kindlich an Versen, an süßer Poesie und am reizenden Spiel mit einem kultivierten Heim. Seine Natur war in ihrer Art fast grob. Aber das gab dem Zuhause um so mehr Robustheit und Weihnachtsstimmung. Jetzt, wo es ihm gut ging, hatte er immer etwas vom Weihnachtsmann an sich.

Wenn abends nach dem Essen Gedichte gelesen wurden, so gab es Pralinen dazu und Nüsse und köstliche kleine Raritäten zum Knuspern.

In diese Familie also kam Egbert. Er war aus ganz anderem Stoff gemacht. Die Mädchen und ihr Vater hatten kräftige Glieder und dickes Blut, sie waren echte Engländer, wie Stechpalme und Hagedorn englisch sind. Ihre Kultur war ihnen aufgepfropft, wie man vielleicht einem Dornbusch eine einfache rosa Rose aufpfropfen kann. Seltsamerweise blüht sie, aber sie ändert nicht sein Blut.

Aber Egbert war eine geborene Rose. Jahrhundertealte Züchtung hatte ihm eine bezaubernde, ursprüngliche Leidenschaft verliehen. Er war nicht übermäßig intelligent, nicht einmal ›literarisch‹. Nein, aber die Klangfarbe seiner Stimme, die Grazie seines geschmeidigen, schönen Körpers und die Zartheit seiner Haut und seines Haars, die leichte Biegung seiner Nase, die Lebhaftigkeit seiner blauen Augen – alles das war so gut wie ein Gedicht. Winifred liebte ihn, liebte diesen Südländer wie ein höheres Wesen. Ein *höheres,* wohlverstanden. Nicht ein tieferes. Und was ihn betraf, so liebte er sie leidenschaftlich mit jeder Faser seines Seins. Sie war für ihn das warme Leben selbst.

Herrlich waren also jene Tage in Crockham Cottage, die ersten Tage, ganz allein – außer daß morgens eine

Frau für die Hausarbeit kam. Wunderbare Tage, als sie diesen großen, geschmeidigen, zarten Jungen für sich hatte, ganz für sich, und er hatte sie wie ein rotes Feuer, das ihn verjüngte, so oft er sich hineinstürzte. Ah, daß diese Leidenschaft, diese Ehe nie enden würde! Die Flamme ihrer beiden Leiber brannte sich in das alte Haus hinein, in dem schon soviel vergangene Sinnenlust umging. Man konnte nicht eine Stunde lang in dem dunklen Raum sein, ohne daß man es spürte, das heißblütige Begehren der alten Freisassen, hier in der uralten Höhle, wo so viele Generationen von ihnen geliebt und gezeugt hatten. Das schweigende, dunkle Haus mit den dicken, holzgetäfelten Mauern und dem großen, schwarzen Kamin und dem Gefühl von verborgenem Verstecktsein. Dunkel war es, mit niedrigen, kleinen Fenstern, halb in die Erde gesunken. Dunkel wie eine Raubtierhöhle, wo starke Tiere auf der Lauer gelegen und sich gepaart hatten, einsam bei Tag und einsam bei Nacht, sich selbst und ihrer eigenen Lebensglut so viele Generationen lang überlassen. Es schien einen Zauber auf die beiden jungen Leute auszuüben. Sie veränderten sich. Eine seltsame, geheime Glut ging von ihnen aus, als umschlösse sie beide eine schlummernde, schwer begreifliche Flamme. Auch sie empfanden, daß sie nicht mehr zu der Londoner Welt gehörten. Crockham hatte ihr Blut verwandelt: daß sie sich immer der Schlangen bewußt waren, die sogar in ihrem eigenen Garten wohnten und in der Sonne schliefen, so daß er, wenn er mit dem Spaten vor sich hin arbeitete, manchmal einen sonderbar geringelten, bräunlichen Haufen auf der schwarzen Erde liegen sah, der plötzlich hochfuhr, zischte und blitzschnell zischend davonsauste. Eines Tages hörte Winifred einen höchst seltsamen Schrei aus dem Blumenbeet unter dem niedrigen Wohnzimmerfenster: ah, ein so seltsamer Schrei, als habe die Seele der dunklen Vergangenheit aufgeschrien. Sie lief hinaus und sah eine lange braune Schlange im Beet, die im flachen Maul das Hinterbein eines Frosches hatte, der sich zappelnd zu befreien suchte und dabei den seltsamen, winzigen Schrei ausstieß. Sie sah die Schlange an, die aus ihrem trotzigen, flachen Kopf hartnäckig zurückstarrte. Sie schrie auf, und die Schlange ließ den Frosch los und glitt zornig davon.

Das war Crockham. Der Speer des modernen Fortschritts war nicht hindurchgedrungen, und es lag da, verborgen, urweltlich, heidnisch – wie es war, als die ersten Sachsen kamen.

Er war nicht müßig, und sie auch nicht. Es gab viel zu tun, das Haus mußte in Ordnung gebracht werden, nachdem die Handwerker fort waren, Kissen und Vorhänge mußten genäht werden, Wege angelegt, Wasser getragen und verteilt werden, dann war der Hang des tiefgründigen Gartens zu ebnen und in kleinen Terrassen mit Pfaden anzulegen und mit Blumen zu bepflanzen. Er schaffte in Hemdsärmeln vor sich hin und arbeitete den ganzen Tag, bald an diesem und bald an jenem. Und wenn sie, still und reich in sich selbst, sah, wie er sich bückte und allein so vor sich hin schaffte, kam sie und half ihm, um nahe bei ihm zu sein. Er war natürlich ein Amateur – ein geborener Amateur. Er arbeitete so schwer und brachte so wenig zustande, und nichts von dem, was er zustande brachte, hielt lange. Wenn er im Garten eine Terrasse anlegte, stützte er den Boden mit ein paar langen, schmalen Brettern ab, die sich bald unter dem Druck von hinten bogen und nicht viele Jahre brauchen würden, bis sie faulen und zerbrechen und den Boden als lockeres Erdreich wieder zum Bach hinuntergleiten lassen würden. Aber so war es eben. Er war nicht dazu erzogen worden, irgend etwas gründlich anzupacken, und er dachte eben, es ginge auch so. Nein, es kam ihm nicht in den Sinn, daß es etwas anderes geben könnte als kleine, zeitweilige Verrichtungen, ihm, der seine alte, dauerhafte Hütte so sehr liebte und die alten, dauerhaften Dinge des vergangenen England. Sonderbar, daß der Begriff der Dauer in der Vergangenheit eine solche Macht über ihn hatte, während er in der Gegenwart so amateurhaft und so wenig gründlich war.

Winifred war nicht in der Lage, ihn zu kritisieren. Sie war in der Stadt aufgewachsen, und alles kam ihr großartig vor, und das Graben und Schaufeln an sich erschien ihr schon romantisch. Aber weder Egbert noch sie begriffen den Unterschied zwischen Arbeit und Romantik.

Godfrey Marshall, ihr Vater, war zunächst völlig zufrieden mit dem Haushalt unten in Crockham Cottage. Er fand Egbert großartig, die vielerlei Dinge, die er zustande brachte; und die Glut der Leidenschaft zwischen den beiden jungen Leuten beglückte ihn. Für diesen Mann, der immer noch in London hart arbeitete, um sein bescheidenes Vermögen beieinanderzuhalten, war der Gedanke an dieses junge Paar, das dort unten in Crockham Cottage – tief im Anger und Sumpf begraben und nahe den bleich leuchtenden Steilhängen der Downs – grub und sich liebte, wie ein Kapitel lebender Romantik. Und von ihm, dem alten Manne, bezogen sie die Nahrung für das Feuer ihrer Leidenschaft. Er nährte ihre Flamme. Im stillen triumphierte er bei diesem Gedanken. Immer noch war es ihr Vater, an den sich Winifred als an die einzige Quelle aller Sicherheit und allen Lebens und Halts wandte. Sie liebte Egbert leidenschaftlich. Aber ihr Rückhalt war die Kraft ihres Vaters. Und sie wandte sich an diese Kraft, wenn sie sich überhaupt an etwas wenden mußte. Es fiel ihr nie ein, sich an Egbert zu wenden, wenn sie Schwierigkeiten oder Zweifel hatte. Nein, in allen *ernsten* Dingen verließ sie sich auf ihren Vater.

Denn Egbert hatte keinerlei Absicht, das Leben wirklich anzupacken. Er hatte keinerlei Ehrgeiz. Er kam aus einer guten Familie, aus einem schönen Herrenhaus auf dem Lande, aus herrlicher Umgebung. Natürlich hätte er einen Beruf haben sollen. Er hätte Jura studieren oder irgendwie sich im Geschäftsleben betätigen sollen. Aber nein – die verhängnisvollen drei Pfund pro Woche würden auf Lebenszeit seinen Unterhalt bestreiten, und er wollte sich in keine Abhängigkeit begeben. Nicht, daß er faul war. Auf seine amateurhafte Art tat er immer irgend etwas. Aber er mochte sich nicht der Welt überantworten und noch weniger sich seinen Weg in der Welt erkämpfen. Nein, nein, das war die Welt nicht wert. Er wollte sie ignorieren und abseits seinen Weg gehen wie irgendein Pilger auf verlassenen Seitenpfaden. Er liebte seine Frau, sein Haus und seinen Garten. Dort wollte er sein Leben verbringen, eine Art epikureischer Einsiedler. Er liebte die Vergangenheit, alte Musik und alte Tänze und das Brauchtum des alten England. In ihrem Geist wollte er zu leben versuchen, nicht in dem der modernen Geschäftswelt.

Aber Winifreds Vater rief sie oft nach London: denn er liebte es, seine Kinder um sich zu haben.

Darum mußten Egbert und sie eine kleine Wohnung in der Stadt haben, und von Zeit zu Zeit mußte das junge Paar sich vom Lande in die Stadt begeben. In der Stadt hatte Egbert viele Freunde, die ebensowenig darstellten wie er und sich an den Künsten, an Literatur, Malen, Bildhauern und Musik versuchten. Er hatte nie Langeweile.

Drei Pfund in der Woche reichten aber für das alles nicht. Winifreds Vater bezahlte dafür. Er zahlte gern. Er gab ihr nur ein kleines Nadelgeld, aber oft gab er ihr zehn Pfund – oder er gab Egbert zehn Pfund. So sahen sie beide in ihm ihren Hauptversorger. Egbert hatte nichts dagegen, begönnert und versorgt zu werden. Nur wenn er den Eindruck hatte, daß die Familie sich – des Geldes wegen – etwas zu herablassend gab, verdarb es ihm die Laune.

Dann kamen natürlich Kinder: ein reizendes, blondes Töchterchen mit distelflaumigem Schopf. Jedermann vergötterte das Kind. Zum erstenmal war so etwas zauberhaft Blondes in die Familie gekommen, ein winziges Ding mit den weißen, schlanken, schönen Gliedmaßen des Vaters, und es wuchs heran wie ein zierliches Gänseblumenelflein. Kein Wunder, daß alle Marshalls das Kind liebten: sie nannten es Joyce. Sie selber hatten ihre eigene Art von Grazie, aber die war langsam und ziemlich schwerfällig. Jeder einzelne von ihnen hatte starke, schwere Gliedmaßen und dunkle Haut, und ihr Wuchs war untersetzt. Und jetzt war dieses zarte kleine Schlüsselblumenkind eins der ihren. Es war wie ein lebendig gewordenes kleines Gedicht.

Aber dennoch brachte es neue Schwierigkeiten mit sich. Winifred brauchte eine Kinderschwester für das Kind. Ja, unbedingt brauchte sie eine Kinderschwester. Das war Familienbeschluß. Wer sollte das bezahlen? Der Großvater – da der Vater selbst kein Geld verdiente. Ja, der Großvater würde bezahlen, wie er auch alle Kosten des Wochenbetts bezahlt hatte. Irgendwie schien das Geld etwas knapp zu sein. Egbert lebte auf Kosten seines Schwiegervaters.

Nach der Geburt des Kindes war es nie mehr ganz so wie vorher zwischen ihm und Winifred. Zuerst war es ein kaum merklicher Unterschied. Aber er war vorhanden. Zunächst einmal hatte Winifred ein ganz neues Interessengebiet. Nicht, daß sie ihr Kind jemals vergöttern würde. Aber sie empfand, was Mütter heutzutage so oft empfinden statt spontaner Liebe: ein tiefes Pflichtgefühl dem Kinde gegenüber. Das süße kleine Mädchen war Winifred sehr wichtig, und sie fühlte sich außerordentlich verantwortlich. Sonderbar, daß dieses Verantwortungsgefühl ihr tiefer ging als die Liebe zu ihrem Mann. Aber es war so. Und es ist oft so. Die Verantwortung ihrer Mutterschaft war die überwiegende Verantwortung ihres

Herzens; die eheliche Verantwortung kam erst lange darnach.

Das Kind schien sie wieder in den Kreis ihrer eigenen Familie einzuschließen. Ihr Vater und ihre Mutter, sie selbst und ihr Kind, das war ihre menschliche Dreieinigkeit. Ihr Mann? Ja, sie liebte ihn immer noch. Aber das war dagegen wie eine Spielerei. Sie hatte ein fast barbarisches Pflicht- und Familiengefühl. Bis sie geheiratet hatte, war das Pflichtgefühl ihrem Vater gegenüber die Hauptsache gewesen: er war der Pfeiler, der Ursprung des Lebens, der immerwährende Halt. Jetzt war dieser Pflichtkette ein weiteres Glied hinzugefügt worden: ihr Vater, sie selbst und das Kind.

Egbert gehörte nicht dazu. Ohne daß irgend etwas Besonderes geschehen war, wurde er allmählich und unterbewußt aus dem Kreise ausgeschlossen. Seine Frau liebte ihn, rein körperlich, immer noch. Aber, aber – *fast* war er in dieser ganzen Angelegenheit entbehrlich. Er konnte sich nicht über Winifred beklagen. Sie erfüllte immer noch ihre Pflicht gegen ihn. Sie hatte immer noch eine physische Leidenschaft für ihn, die Leidenschaft, auf die er sich mit Leib und Seele verlassen hatte. Aber – aber –

Lange Zeit war es dieses immer wiederkehrende *aber*. Und dann, nach dem zweiten Kinde, das wieder ein blondes, süßes, rührendes kleines Ding war, nicht so stolz und feurig wie Joyce – nachdem Annabel erschienen war, fing Egbert langsam an zu begreifen, wie die Dinge standen. Seine Frau liebte ihn immer noch. Aber – und jetzt war dies Aber ungeheuerlich gewachsen – ihre körperliche Liebe zu ihm war bei ihr an die zweite Stelle gerückt. Sie wurde immer weniger wichtig. Schließlich hatte sie diese Leidenschaft schon zwei Jahre lang gehabt. Und das war es doch nicht, wovon man lebte. Nein, nein – es gab etwas Ernsteres, Wirklicheres.

Allmählich begann sie, sich ihre eigene Leidenschaft für Egbert übelzunehmen – allmählich kam sie ihr ein klein wenig verächtlich vor. Denn schließlich war er da, er war bezaubernd, er war liebenswert, er war schrecklich begehrenswert. Aber – aber – ach, die furchtbare, drohende Wolke dieses *Aber!* – er stand nicht fest in der Landschaft ihres Lebens wie ein starker Turm, wie ein großer Pfeiler von Bedeutung. Nein, er war wie eine Katze, die man im Hause hat, aber eines Tages verschwindet sie spurlos. Er war wie eine Blume im Garten, im Winde des Lebens bebend, und dann auf einmal fort, und man hatte nichts vorzuweisen. Als ein Nebenumstand, als eine Zutat war er vollkommen. Viele Frauen hätten ihn fürs Leben gern ihr Leben lang um sich gehabt als ihren schönsten und begehrenswertesten Besitz. Aber Winifred war von anderer Art.

Die Jahre gingen hin, und anstatt das Leben kräftiger anzupacken, gab er immer mehr nach. Er war von zarter, empfindsamer, leidenschaftlicher Natur. Aber er *wollte* sich einfach nicht dem überantworten, was Winifred Leben nannte: *der Arbeit*. Nein, er wollte nicht in die Welt hinausgehen und für Geld arbeiten. Nein, das wollte er einfach nicht. Wenn Winifred über ihre beschränkten Mittel hinaus leben wollte – dann war das ihre Angelegenheit.

Und Winifred wollte auch eigentlich gar nicht, daß er in die Welt hinausging und für Geld arbeitete. Das Wort Geld wurde, leider, zum Zündfunken zwischen ihnen, wütend explodierten sie beide. Aber das ist nur symbolisch zu verstehen. Winifred lag im Grunde nichts an Geld. Es war ihr gleichgültig, ob er etwas verdiente oder nicht. Sie wußte nur, daß sie für drei Viertel des Geldes, das sie für sich und ihre Kinder ausgab, von ihrem Vater abhängig war, und sie ließ das zum *casus belli* werden, zur gezückten Waffe zwischen sich und Egbert.

Was wollte sie denn eigentlich – was wollte sie? Ihre Mutter sagte einmal zu ihr mit der für sie charakteristischen leichten Ironie: »Nun ja, Kind, wenn das dein Schicksal ist, die Lilien auf dem Felde anzusehen, sie arbeiten nicht, noch spinnen sie, so ist das ein Schicksal wie viele andere und vielleicht nicht so schlimm wie die meisten. Warum nimmst du's denn so schwer, mein Kind?«

Die Mutter war scharfsinniger als ihre Kinder, sehr selten konnten sie ihr herausgeben. Also war Winifred nur noch mehr verwirrt. Es ging ja gar nicht um Lilien. Oder, wenn es schon um Lilien ging, dann waren ihre Kinder die kleinen Blumen. Die *wuchsen* wenigstens. Hat Jesus nicht gesagt: »Sieh die Lilien an, *wie sie wachsen*.« Was aber die andere hochgewachsene, schöne Blume betraf, den Vater der Kinder, der war doch schon ausgewachsen, und sie wollte ihr Leben nicht damit hinbringen, ihn in der Blüte seiner Tage immer nur anzusehen.

Nein, daran lag es nicht, daß er kein Geld verdiente. Es lag nicht an seinem Müßiggang. Er war *nicht* müßig. Immer tat er irgend etwas, arbeitete an etwas, unten in Crockham, an diesem oder jenem. Aber, liebe Zeit, diese kleinen Dinge – die Gartenwege – die herrlichen Blumen – die Stuhlreparaturen, alle alten Stühle zu reparieren!

Es lag daran, daß er nichts vorstellte. Wenn er wenigstens etwas Erfolgloses unternommen und sein bißchen Geld dabei *verloren* hätte! Wenn er sich um irgend etwas Mühe gegeben hätte! Nein, wirklich, selbst wenn er schlecht gewesen wäre, ein Verschwender, hätte sie sich freier gefühlt. Dann wäre doch etwas dagewesen, dem sie widerstehen konnte. Ein Verschwender ist doch wenigstens jemand. Er sagt: »Nein, ich will der Gesellschaft nicht helfen und sie

nicht begünstigen in ihrem Geschäft des Sichver-
mehrens und Zusammenhaltens, ich will nach besten
Kräften den Karren umschmeißen, auf meine be-
scheidene Weise.« Oder er sagt: »Nein, ich *will* mich
nicht nach den anderen richten. Wenn ich nach meinen Gelüsten lebe, so sind es meine eigenen, und sie
sind mir lieber als die Tugenden anderer Leute.« Also
nimmt doch ein Verschwender, ein Taugenichts wenigstens irgendeinen Standpunkt ein. Er setzt sich
dem Widerspruch und schließlich der Zuchtrute aus:
wenigstens in Romanen.

Aber Egbert! Was soll man mit einem Mann wie
Egbert anfangen? Er hatte keine Laster. Er war wirklich gutherzig, sogar großzügig. Und er war nicht
schwach. Wäre er schwach gewesen, so hätte Winifred wenigstens gut zu ihm sein können. Aber er gab
ihr nicht einmal diese Genugtuung. Er war nicht
schwach, und er wollte von ihr weder Trost noch
Güte. Nein, vielen Dank. Er hatte ein edles, leidenschaftliches Temperament und war aus besserem
Stahl als sie. Er wußte es, und sie wußte es auch. Es
verwirrte und irritierte sie nur noch mehr, das arme
Ding. Er, der Höherstehende, Edlere, auf seine Art
Stärkere, spielte mit seinem Garten herum und mit
seinen alten Volksliedern und Morris-Tänzen, und er
überließ es ihr, die Pfeiler der Zukunft mit ihrem eigenen Herzen zu stützen.

Und er fing an, bitter zu werden, und allmählich kam ein böser Zug in sein Gesicht. Er gab ihr nicht nach; er nicht. Sieben Teufel hausten in seinem langen, schmalen, weißen Leibe. Er war gesund und voll beherrschter Lebenskraft. Ja, auch er mußte seine eigene Lebensglut in sich verschließen, da sie sie ihm jetzt nicht mehr abnahm. Oder vielmehr, da sie sie ihm jetzt nur noch gelegentlich abnahm. Denn manchmal mußte sie nachgeben. Sie liebte ihn so sehr, sie begehrte ihn so sehr, er war ihr so köstlich, dies edle Geschöpf, soviel edler als sie selbst. Ja, aufstöhnend mußte sie ihrer eigenen, nie gestillten Leidenschaft für ihn nachgeben. Und dann kam er zu ihr – ah, furchtbar, ah, herrlich –, manchmal staunte sie, daß sie beide noch weiterleben konnten nach dem Sturm von Leidenschaft, der sie geschüttelt hatte. Es war ihr, als schlüge Blitz nach Blitz in jede Faser ihres Wesens ein, bis sie verlosch.

Aber es ist das Schicksal der Menschen, daß sie weiterleben. Und es ist das Schicksal der Wolken, die anscheinend nur ein bißchen Wasserdampf sind, daß sie sich anhäufen und immer mehr anhäufen und den Himmel anfüllen und die Sonne ganz auslöschen.

So war es. Die Liebe kam zurück, der Blitz der Leidenschaft zündete zwischen ihnen mit ungeheurer Gewalt. Und darnach kam für eine Weile blauer Himmel und Herrlichkeit. Und dann, genauso unvermeidlich, ganz unvermeidlich und langsam tauchten die Wolken wieder am Horizont auf und krochen lauernd übers Himmelsrund, manchmal warfen sie einen kalten, gehässigen Schatten: langsam, langsam sammelten sie sich und füllten den ganzen Himmelsraum.

Und wie die Jahre vergingen, klärte der Blitz den Himmel immer seltener, und immer seltener zeigte sich das Blau. Allmählich senkte sich der graue Deckel auf sie nieder, als sei es für immer.

Warum tat denn Egbert nichts? Warum packte er das Leben nicht an? Warum war er nicht, wie Winifreds Vater, eine Stütze der Gesellschaft, wenn auch nur eine schlanke, edle Säule? Warum ließ er sich nicht auf irgendeine Art einschirren? Warum schlug er nicht irgendeine Richtung ein?

Ja, man kann einen Esel ans Wasser führen, aber man kann ihn nicht zum Trinken zwingen. Die Welt war das Wasser, und Egbert war der Esel. Und er wollte kein Wasser. Er konnte nicht: er konnte einfach nicht. Da er nicht gezwungen war, sich sein Brot durch Arbeit zu verdienen, wollte er nicht um der Arbeit willen arbeiten. Man kann nicht die Akeleiblüten im Januar tanzen machen oder den Kuckuck in England zu Weihnachten rufen lassen. Warum? Es ist nicht seine Zeit. Er mag nicht. Er *kann* nicht einmal mögen.

Und genau so war es mit Egbert. Er fand sich nicht in die Arbeit der Welt hinein, weil er dazu keinen inneren Drang verspürte. Im Gegenteil: tief innerlich hatte er einen viel stärkeren Drang: sich abseits zu halten. Abseits zu bleiben. Niemandem irgendwelchen Schaden anzutun. Aber sich abseits zu halten. Es war nicht seine Zeit.

Vielleicht hätte er nicht heiraten und Kinder haben sollen. Aber Wasser läßt sich nicht aufhalten.

Und dasselbe galt für Winifred. Sie war nicht dazu gemacht, abseits auszuhalten. Der Stammbaum ihrer Familie war ein robustes Gewächs, er mußte sich regen und an etwas glauben. In einer oder der anderen Richtung *mußte* ihr Leben gehen. Bei sich zu Hause hatte sie nichts von dieser scheuen Zurückhaltung gekannt, die sie bei Egbert fand und nicht verstehen konnte und die sie zur Verzweiflung brachte. Was sollte sie denn tun angesichts dieser schrecklichen Scheu?

Zu Hause war alles so anders. Ihr Vater hatte wohl auch seine Schwierigkeiten, aber er behielt sie für sich. Vielleicht hatte er kein allzu großes Zutrauen zu dieser unserer Welt, dieser Gesellschaftsordnung, die wir mit soviel Mühe kunstvoll aufgebaut haben, um schließlich festzustellen, daß wir uns damit zu Tode gebaut haben. Aber Godfrey Marshall war aus zähem, rauhem Stoff und nicht ohne einen Schuß gesunder

Bauernschläue. Ihm kam es aufs Durchkommen an, und das Übrige überließ er dem Himmel. Nicht viele Illusionen zierten ihn, aber an den Himmel glaubte er fest. Auf eine dunkle, keinem Zweifel zugängliche Art besaß er eine gewisse Gläubigkeit: eine ätzende Zuversicht, dem Saft eines unausrottbaren Baumes vergleichbar. Einfach eine blinde, ätzende Zuversicht, wie der Saft eines Baumes blind und ätzend ist, und trotzdem gedeiht er in Wachstum und Zuversicht. Vielleicht war er skrupellos, aber nur wie ein wachsender Baum skrupellos ist, der sich seinen eigenen Weg in einem Dschungel anderer Bäume erkämpft.

Schließlich ist es nur diese robuste, dem Saft des Baumes vergleichbare Zuversicht, die den Menschen in Gang hält. Viele Generationen lang mag er im Schutze der sozialen Ordnung leben, die er sich errichtet hat, wie Spalierbirnen und Johannisbeerbüsche noch viele Jahre lang in einem von Mauern umgebenen Garten Frucht tragen würden, selbst wenn das Menschengeschlecht plötzlich vernichtet würde. Aber ganz allmählich würden die Spalierbäume die Mauern niederbrechen, die sie gestützt haben. Ganz allmählich fällt alles zusammen, was aufgebaut worden ist, wenn es nicht von lebendigen Händen immerfort erneuert und instandgehalten wird.

Egbert konnte sich nicht dazu bringen, solche Arbeit der Erneuerung und Instandhaltung zu leisten. Er war dessen nicht gewahr: aber Gewahrsein hilft sowieso nicht viel. Er konnte es einfach nicht. Er hatte die stoische und epikureische Art seines alten, edlen Geschlechts. Aber sein Schwiegervater – obwohl er kein bißchen weniger gescheit war als Egbert – begriff, daß wir, da es uns nun einmal gibt, geradesogut am Leben bleiben können. Und so kümmerte er sich um seinen eigenen winzigen Bruchteil an sozialer Arbeit und sorgte für seine Familie, so gut er konnte, und den Rest überließ er dem Ratschluß des Himmels. Eine gewisse Widerstandsfähigkeit seines Blutes ermöglichte es ihm, weiterzumachen. Aber manchmal verspritzte er auch plötzlich bittere Galle gegen die Welt und ihre Beschaffenheit. Und trotzdem – er hatte seinen eigenen Erfolgswillen, und der trug ihn. Er lehnte es ab, sich zu fragen, woraus der Erfolg denn bestehen würde. Er bestand aus dem Gut unten in Hampshire und daraus, daß seine Kinder nichts entbehrten und daß er selbst in der Welt eine gewisse Geltung hatte: und damit *basta!* Basta! Basta!

Jedoch muß man sich ihn nicht als einen gewöhnlichen Emporkömmling vorstellen. Das war er nicht. Er wußte so gut wie Egbert, was Ernüchterung bedeutet. Vielleicht schätzte er in seiner Seele den Erfolg nicht anders ein. Aber er hatte eine Art von ätzend-scharfem Mut und einen gewissen Machtwillen. In seinem eigenen kleinen Bereich strahlte er Macht aus, die einsame Macht seines eigenen blinden Selbst. So sehr er seine Kinder verwöhnte, war er doch ein Vater der alten, englischen Art. Er war zu weise, Gesetze festzulegen und abstrakt zu herrschen. Aber er hatte – und alle Achtung davor! – eine gewisse primitive Herrschaft über seine Kinder behalten, den alten, fast magischen Nimbus der Vaterschaft. Sie war da, sie brannte noch in ihm, die alte, qualmende Fackel der väterlichen Gottheit.

Und im heiligen Glanz dieser Fackel waren seine Kinder aufgezogen worden. Er hatte schließlich den Töchtern alle Freiheit gelassen. Aber er hatte sie nie wirklich aus seinem Machtbereich entlassen. Und sie, als sie sich ins harte, weiße Licht unserer vaterlosen Welt hinauswagten, lernten, mit den Augen der Welt zu sehen. Sie lernten ihren Vater kritisieren, lernten im strahlenden, weltlichweißen Licht sogar, ihn geringzuachten. Aber alles das ging nur in ihren Köpfen vor sich. Sobald sie ihre kritischen Tricks vergaßen, kam die alte, rote Glut seiner Autorität wieder über sie. Man konnte ihn nicht auslöschen.

Laßt die Psychoanalytiker über Vaterkomplexe reden. Das ist nur ein erfundenes Wort. Hier war ein Mann, der das alte, rote Feuer der Vaterschaft in Gang gehalten hatte, einer Vaterschaft, die sogar das

Recht hatte, ein Kind Gott zu opfern – wie den Isaak. Einer Vaterschaft, die über Leben und Tod der Kinder entscheiden konnte: eine große Naturgewalt. Und bis seine Kinder, als Mädchen, unter eine andere große Autorität gestellt wurden; oder, als Knaben, zu Männern heranreiften und selbst Mittelpunkt derselben Macht wurden und dasselbe männliche Mysterium fortsetzten – bis dahin, ob er wollte oder nicht, behielt Godfrey Marshall seine Kinder.

Es hatte den Anschein gehabt, als könne er Winifred verlieren. Winifred hatte ihren Mann *vergöttert* und zu ihm aufgeblickt wie zu einem Wunder. Vielleicht hatte sie in ihm eine andere große Autorität zu finden erwartet, eine männliche Autorität, die größer und edler war als die ihres Vaters. Denn da sie einmal die warme Glut männlicher Macht gekannt hatte, würde sie sich dem kalten, weißen Licht weiblicher Unabhängigkeit nicht leicht zuwenden. Sie würde hungrig sein, ihr Leben lang hungrig nach der Wärme und dem Schutz wahrhaft männlicher Kraft.

Und hungrig mochte sie wohl sein, denn Egberts Kraft war die Absage an die Macht. Er selbst war das lebendige Gegenteil von Macht. Sogar von Verantwortlichkeit. Denn Macht ablehnen heißt im Grunde: Verantwortung ablehnen. Was diese Dinge betraf, so beschränkte er sich ganz auf sich selbst. Er beschränkte sogar oftmals seinen *Einfluß* auf sich selbst. So weit es nur möglich war, versuchte er zu vermeiden, seine Kinder dadurch zu beeinflussen, daß er Verantwortung für sie übernahm. »Ein kleines Kind wird sie führen...« Sein Kind sollte also führen. Er versuchte, es nicht in irgendeine Richtung zu lenken. Er enthielt sich jeder Einflußnahme. Freiheit! –

Die arme Winifred fühlte sich in dieser Freiheit wie ein Fisch auf dem Trockenen, sie schnappte nach dem dichteren Element, das sie tragen sollte. Bis ihr Kind kam. Und da wußte sie, daß sie für das Kind verantwortlich sein, daß sie die Autorität sein mußte.

Aber hier trat Egbert dazwischen, schweigend und auf seine negative Art. Er sagte nichts, er tat nichts, aber mit tödlicher Sicherheit machte er ihre Autorität den Kindern gegenüber unwirksam.

Eine dritte kleine Tochter wurde geboren. Und danach wollte Winifred keine Kinder mehr. Ihre Seele verwandelte sich in Salz.

So waren die Kinder ihre Aufgabe, ihre Verantwortung. Das Geld für sie war von ihrem Vater gekommen. Sie wollte ihr Allerbestes für sie tun, und ihr Leben und Tod sollten ihrer Macht anheimgestellt sein. Aber nein! Egbert wollte zwar die Verantwortung nicht übernehmen. Er wollte nicht einmal das Geld beschaffen. Aber er ließ sie nicht gewähren. Er ließ ihre geheime, schweigende, leidenschaftliche Autorität nicht zu. Es war ein Kampf zwischen ihnen:

der Kampf zwischen Freiheit und der alten Macht des Blutes. Und natürlich siegte er. Die kleinen Mädchen liebten ihn und vergötterten ihn. »Vati! Vati!« Sie konnten mit ihm machen, was sie wollten. Die Mutter hätte sie regiert. Sie hätte sie mit liebender Leidenschaft regiert, mit Nachsicht, mit der alten, dunklen Magie elterlicher Autorität, mit etwas Hintergründigem, nicht Anzuzweifelndem, im Grunde Göttlichem: falls man an göttliche Autorität glaubt. Die Marshalls taten es, sie waren katholisch.

Und Egbert, der machte aus ihrer alten, dunklen, katholischen Familienautorität eine Art von Tyrannei. Er ließ ihr die Kinder nicht. Er stahl sie ihr, und doch übernahm er nicht die Verantwortung für sie. Er stahl sie ihr, ihre Gefühle, ihre Seelen, und überließ es ihr nur, ihr Benehmen zu kommandieren. Und ihre Kinder vergötterten ihn, vergötterten ihn und hatten keine Ahnung von der leeren Bitterkeit, die sie für sich selbst schufen für die Zeit, wenn sie auch heranwachsen und Männer haben würden: Männer wie Egbert, anbetungswürdig und nichtig.

Joyce, die Älteste, war immer noch sein Liebling. Sie war jetzt ein quecksilbriges kleines Ding von sechs Jahren. Barbara, die Jüngste, ein Kleinkind von zwei. Die meiste Zeit verbrachten sie unten in Crockham, weil er dort sein wollte. Und auch Winifred liebte Crockham wirklich. Aber jetzt, enttäuscht und blind wie sie war, schien ihr der Ort voller Gefahren für ihre Kinder. Die Schlangen, die giftigen Beeren, der Bach, der Sumpf, das Wasser, das nicht trinkbar sein mochte – und dies und jenes und noch mehr. Es war ein Kleinkrieg von Befehlen seitens der Mutter und des Kinderfräuleins und vergnügten, quecksilbrigen Ungehorsams seitens der drei blonden, lebhaften kleinen Mädchen. Hinter den Kindern stand der Vater, gegen Mutter und Kinderfräulein. Und so war es.

»Wenn Sie nicht sofort kommen, Fräulein, laufe ich dort hinaus, wo die Schlangen sind.«

»Joyce, du *mußt* dich gedulden. Ich ziehe eben Annabel um.«

Schon wieder. Das war's: immer dasselbe. Während er auf dem Anger überm Bach drüben arbeitete, hörte er es. Aber er arbeitete weiter.

Plötzlich hörte er einen Aufschrei, warf den Spaten hin und rannte zur Brücke, er blickte zum Garten hinauf wie ein erschrecktes Wild. Ah, da war schon Winifred – Joyce hatte sich wehgetan. Er ging hinauf.

»Was ist los?«

Das Kind schrie immer noch – jetzt hieß es: »Vati! Vati! Oh – oh, Vati!« Und die Mutter sagte:

»Hab keine Angst, Liebling. Laß Mutter mal sehen.«

Aber das Kind schrie nur:

»Oh, Vati, Vati, Vati!«

Es war zu Tode erschrocken über das Blut, das von seinem Knie herunterlief. Winifred hockte sich hin, das sechsjährige Kind im Schoß, um das Knie zu untersuchen. Egbert beugte sich auch darüber.

»Schrei nicht so, Joyce«, sagte er gereizt. »Wie hat sie das angestellt?«

»Sie ist auf die Sichel da gefallen, die du hast herumliegen lassen, als du das Gras geschnitten hast«, sagte Winifred und sah ihm mit bitterer Anklage ins Gesicht, als er sich hinunterbeugte.

Er hatte sein Taschentuch genommen und es um das Knie gebunden. Dann hob er das immer noch schluchzende Kind auf die Arme und trug es ins Haus und nach oben in sein Bettchen. In seinen Armen wurde es ruhig. Aber sein Herz brannte vor Schmerz und Schuldgefühl. Er hatte die Sichel da am Rande des Rasens liegen lassen, und darum war sein erstgeborenes Kind, das er so sehr liebte, zu Schaden gekommen. Aber schließlich war es ein Unfall – einfach ein Unfall. Warum sollte er sich schuldig fühlen? Wahrscheinlich war es nicht schlimm, würde in zwei, drei Tagen wieder gut sein. Warum es also so schwer nehmen, warum sich Sorgen machen? Er schüttelte es ab.

Die Kleine lag in ihrem Sommerkleidchen auf dem Bett, ihr Gesicht war jetzt sehr weiß nach dem

Schrecken. Das Fräulein war mit dem jüngsten Kind auf dem Arm gekommen, und die kleine Annabel stand und hielt ihr Röckchen gespreizt. Winifred – furchtbar ernst und wie aus Holz geschnitzt – beugte sich über das Knie, von dem sie das blutgetränkte Taschentuch abgenommen hatte. Egbert beugte sich auch darüber, mehr Kaltblütigkeit im Gesicht als im Herzen. Winifred war solch ein Klumpen von Schwernehmen – da mußte er etwas in Reserve behalten. Das Kind stöhnte und wimmerte.

Das Knie blutete noch stark – es war eine tiefe Schnittwunde mitten im Gelenk.

»Hole lieber den Arzt, Egbert«, sagte Winifred bitter.

»O nein! O nein!« schrie Joyce in panischer Angst.

»Joyce, mein Liebling, weine doch nicht!« sagte Winifred – plötzlich preßte sie das Kind an die Brust mit seltsam tragisch-angstvoller Geste, eine Mater Dolorosa. Sogar das Kind war still vor Schreck. Egbert sah die tragische Figur an, seine Frau mit dem Kind an der Brust, und wandte sich ab. Nur Annabel fing plötzlich an zu weinen: »Joycey, Joycey, dein Bein soll nicht bluten!«

Egbert radelte die vier Meilen zum Dorf, zum Arzt. Er konnte sich des Eindrucks nicht erwehren, daß Winifred ziemlich übertrieb. Bestimmt war das Knie selbst nicht verletzt! Bestimmt nicht. Es war nur eine oberflächliche Schnittwunde.

Der Arzt war nicht zu Hause. Egbert ließ ihm seine Botschaft ausrichten und radelte schnell nach Hause, im Herzen nagende Sorge. Schweißnaß sprang er vom Rad und ging ins Haus, ganz klein, als habe er etwas verbrochen. Winifred saß oben bei Joyce, die blaß und wichtig aussah in ihrem Bett und ein wenig Sagopudding aß. Das blasse, kleine, ängstliche Gesicht seines Kindes schnitt Egbert ins Herz.

»Doktor Wing war aus. Er wird etwa um halb drei hier sein«, sagte Egbert.

»Ich will nicht, daß er kommt«, wimmerte Joyce.

»Joyce, Liebling, du mußt Geduld haben und still sein«, sagte Winifred. »Er tut dir nicht weh. Aber er sagt uns, was wir tun müssen, damit dein Knie schnell wieder gut wird. Darum muß er kommen.«

Winifred erklärte ihren kleinen Töchtern immer alles sehr sorgfältig: und das verschlug ihnen im Augenblick immer die Rede.

»Blutet es noch?« fragte Egbert.

Winifred schob vorsichtig das Bettuch beiseite.

»Ich glaube nicht«, sagte sie.

Egbert bückte sich auch, um nachzusehen.

»Nein, nicht mehr«, sagte er. Dann richtete er sich auf und sah erleichtert aus. Er wandte sich an das Kind.

»Iß du nur deinen Pudding, Joyce«, sagte er. »Das ist gar nicht schlimm. Du mußt nur das Knie ein paar Tage ruhighalten.«

»Du hast noch kein Mittagessen gehabt, Vati, nicht?«

»Noch nicht.«

»Das Fräulein wird es dir auftragen«, sagte Winifred.

»Du bist bald wieder gesund, Joyce«, sagte er, lächelte dem Kinde zu und strich ihm das blonde Haar aus der Stirn zur Seite. Es lächelte zärtlich zurück.

Er ging hinunter und aß seine Mahlzeit allein. Das Fräulein bediente ihn. Sie tat das gern. Alle Frauen hatten ihn gern und taten ihm gern etwas zuliebe.

Der Arzt kam – ein dicker Landarzt, nett und freundlich.

»Was, Mädelchen, bist hingefallen, ja? Na sowas, so ein fixes kleines Fräulein wie du! Was! Und hast dir das Knie aufgeschlagen! Ts – ts – ts! Das war gar nicht schlau von dir, nicht wahr? Schadet nichts, schadet nichts, ist bald wieder gut. Laß mal sehen. Tut nicht weh. Nicht ein bißchen. Bringen Sie eine Schüssel mit warmem Wasser, Fräulein. Das werden wir schon hinkriegen, das haben wir bald wieder.«

Joyce lächelte ihn an, mit einem schwachen, leicht überlegenen Lächeln. Das war *nicht* die Art, wie man gewöhnlich mit ihr sprach.

Er bückte sich und betrachtete sorgfältig das kleine, schmale, verwundete Knie des Kindes. Egbert beugte sich über ihn.

»Liebe Zeit, liebe Zeit! Ganz hübsch tief, der kleine Schnitt. Böser kleiner Schnitt. Böser kleiner Schnitt. Aber macht nichts. Macht nichts, kleines Fräulein. Ist bald wieder gut, kleines Fräulein. Wie heißt du?«

»Ich heiße Joyce«, sagte das Kind sehr deutlich.

»Tatsächlich!« antwortete er. »Tatsächlich! Na, das ist ja ein schöner Name, finde ich. Joyce, soso. Und wie alt ist wohl Fräulein Joyce? Kann sie mir das sagen?«

»Ich bin sechs«, sagte das Kind, leicht belustigt und sehr herablassend.

»Sechs! Sieh mal an. Kannst schon bis sechs zählen, kannst du? Was für ein kluges Kind, ein kluges Kind. Und wenn sie einen Löffel Medizin schlucken muß, dann wird sie gar nicht protestieren, sicher nicht. Nicht wie andere kleine Mädchen. Nicht wahr? Was?«

»Ich nehme sie, wenn Mutter es will«, sagte Joyce.

»Ah, sieh mal an! Das lob' ich mir! Das höre ich gern von einem kleinen Fräulein, das im Bett liegt, weil es sich das Knie aufgeschlagen hat. So ist's recht –«

Der gemütliche und wortreiche Doktor verband und bandagierte das Knie und empfahl Bettruhe und eine leichte Diät für das kleine Fräulein. Er meinte, eine Woche oder vierzehn Tage würden zur Heilung genügen. Weder Knochen noch Sehnen waren verletzt, glücklicherweise. Nur eine Fleischwunde. In ein bis zwei Tagen würde er wiederkommen.

Also war Joyce beruhigt und blieb im Bett und hatte alle ihre Spielsachen um sich. Der Vater spielte oft mit ihr. Der Arzt kam am dritten Tage. Er war ziemlich zufrieden mit dem Knie. Es heilte schon, es heilte, ja, ja, – das Kind solle im Bett bleiben. Nach ein oder zwei Tagen kam er wieder. Winifred war ein wenig besorgt. Die Wunde schien obenauf zu heilen, aber sie machte dem Kind zuviel Schmerzen. Es sah ihr aus, als sei etwas nicht ganz in Ordnung. Sie sagte es Egbert.

»Egbert, ich bin sicher, daß Joyces Knie nicht richtig heilt.«

»Ich glaube doch«, sagte er. »Ich glaube, es heilt gut.«

»Ich möchte lieber, daß Doktor Wing noch einmal kommt – ich bin unruhig.«

»Versuchst du nicht vielleicht, dir einzubilden, daß es schlimmer ist, als es wirklich ist?«

»Natürlich, das mußt du ja sagen. Aber ich schreibe jetzt eine Postkarte an Doktor Wing.«

Der Arzt kam am nächsten Tage. Er untersuchte das Knie. Ja, es war entzündet. Ja, *vielleicht* war es eine kleine Blutvergiftung. Vielleicht. Ganz vielleicht. Hatte das Kind manchmal Fieber?

So vergingen zwei Wochen, und das Kind *hatte* Fieber, und das Knie war noch mehr entzündet und wurde schlimmer und tat weh, arg weh. Die Kleine weinte nachts, und die Mutter mußte bei ihr sitzen. Egbert behauptete immer noch, es sei eigentlich nichts, es werde vorbeigehen. Aber innerlich hatte er Angst.

Winifred schrieb wieder an ihren Vater. Am Samstag kam der alte Herr. Und sobald Winifred die untersetzte, ziemlich kleine Gestalt in dem grauen Anzug sah, überkam sie ein großes Sehnen.

»Vater, ich bin so unruhig wegen Joyce. Ich bin nicht zufrieden mit Doktor Wing.«

»Nun ja, Winnie, mein Kind, wenn du nicht zufrieden bist, müssen wir einfach noch jemanden zuziehen.«

Der stämmige, kräftige alte Herr ging nach oben, seine Stimme erklang ziemlich schrill durchs Haus, als zerschnitte sie die geladene Atmosphäre.

»Wie geht's dir, Joyce, mein Schatz?« sagte er zu dem Kind. »Tut dir das Knie weh? Tut's dir weh, mein Liebes?«

»Manchmal ja.« Das Kind hatte eine Scheu vor ihm und verhielt sich kühl.

»Ja, Kind, das tut mir aber leid. Ich hoffe, du bist tapfer und machst der Mutter nicht zuviel Mühe.«

Keine Antwort. Er sah sich das Knie an. Es war rot und steif.

»Natürlich«, sagte er, »ich meine, wir müssen noch einen anderen Arzt fragen. Und wenn das schon sein muß, dann lieber gleich. Egbert, kannst du wohl nach

Bingham hinüber radeln zu Doktor Wayne? Mit dem war ich *sehr* zufrieden, als er Winnies Mutter behandelt hat.«

»Ich kann schon, wenn du es für nötig hältst«, sagte Egbert.

»Ich halte es für unbedingt nötig. Selbst *wenn* nichts weiter ist, können wir doch beruhigt sein. Unbedingt halte ich es für nötig. Ich möchte, daß Doktor Wayne möglichst noch heute abend kommt.«

Also fuhr Egbert mit dem Fahrrad los gegen den Wind, wie ein Botenjunge, und ließ seinen Schwiegervater als Trost und Stütze für Winifred zurück.

Doktor Wayne kam und sah ernst aus. Ja, das Knie war bestimmt nicht in Ordnung. Das Kind könnte sein Leben lang hinken müssen.

Angst und Zorn loderten in jedem Herzen auf. Doktor Wayne kam am nächsten Tag zu einer gründlichen Untersuchung wieder. Und: ja, das Knie war wirklich sehr schlimm geworden. Es mußte durchleuchtet werden. Das war sehr wichtig.

Godfrey Marshall ging im Heckenweg mit dem Arzt auf und ab, neben dem wartenden Auto: auf und ab und auf und ab in einer der Beratungen, deren es in seinem Leben so viele gegeben hatte.

Das Ergebnis war, daß er zu Winifred hereinkam.

»Also, Winnie, mein Kind, am besten bringen wir Joyce nach London in eine Klinik, wo sie richtig behandelt werden kann. Natürlich ist das Knie verpfuscht worden. Und anscheinend besteht die Gefahr, daß das Kind sogar das Bein verliert. Was meinst du, mein Kind? Bist du einverstanden, daß wir sie in die Stadt bringen und ihr die beste Behandlung angedeihen lassen?«

»Oh, Vater, du weißt doch, ich würde alles nur Mögliche für sie tun.«

»Ich weiß, Winnie, mein Kind. Ein Jammer, daß es diese unglückselige Verzögerung gegeben hat. Ich kann Doktor Wing gar nicht verstehen. Anscheinend besteht Gefahr, daß das Kind das Bein verliert. Also, wenn du dann alles vorbereiten willst, dann wollen wir sie morgen früh in die Stadt bringen. Ich werde Denleys großen Wagen auf zehn Uhr bestellen. Egbert, willst du sofort ein Telegramm an Doktor Jackson aufgeben? Das ist eine kleine Klinik für Kinder und für chirurgische Fälle, nicht weit von der Baker Street. Ich bin sicher, daß Joyce dort gut aufgehoben ist.«

»O Vater, kann ich sie nicht selbst pflegen?«

»Liebes Kind, wenn sie richtig behandelt werden soll, ist sie am besten in der Klinik. Die Behandlung mit Röntgenstrahlen, die elektrische Behandlung und was sonst noch alles nötig ist.«

»Das wird eine Menge kosten –« sagte Winifred.

»An die Kosten dürfen wir nicht denken, wenn des Kindes Bein in Gefahr ist – oder vielleicht sogar sein

Leben. Da hat es keinen Sinn, von Kosten zu reden«, sagte der alte Mann ungeduldig.

Und so war es auch. Arme Joyce, da lag sie ausgestreckt auf einem Bett in dem großen, geschlossenen Wagen – die Mutter saß am Kopfende und der Großvater mit dem kurzen grauen Bart und dem steifen Hut am Fußende, solide und unerbittlich in seiner Verantwortlichkeit – langsam rollten sie von Crockham weg und von Egbert, der barhäuptig und etwas schmählich zurückgelassen dastand. Er sollte das Haus abschließen und den Rest der Familie morgen mit der Bahn zur Stadt zurückbringen.

Dann kam eine dunkle, bittere Zeit. Das arme Kind. Das arme, arme Kind, wie sie leiden mußte, Schmerzenslager und endlose Kreuzigung, in jener Klinik. Es waren bittere sechs Wochen, die Winifreds Seele auf immer veränderten. Während sie am Bett ihres armen, gequälten kleinen Mädchens saß, gequält von den heftigen Schmerzen im Knie und noch mehr durch diese teuflische, wenn auch vielleicht nötige moderne Behandlung, fühlte sie, wie ihr Herz umgebracht wurde und in ihrer Brust erkaltete. Ihre kleine Joyce, ihre zarte, tapfere, wunderbare kleine Joyce, zart und winzig und blaß wie eine weiße Blume! Und wie hatte sie, Winifred, nur so sündhaft schlecht sein können, so gottlos, so gedankenlos, so sinnlich.

»Laß mein Herz sterben! Laß mein fleischliches

Frauenherz sterben! Heiland, laß mein Herz sterben. Und rette mein Kind. Laß mein Herz der Welt und dem Fleisch absterben. Oh, zerstöre mein Herz, das so launisch ist. Laß mein stolzes Herz sterben. Laß mein Herz sterben.«

Sie betete am Bett ihres Kindes. Sie war die Mutter mit den sieben Schwertern in der Brust, langsam starb ihr das stolze, leidenschaftliche Herz in der Brust, es verblutete. Es starb langsam und blutete aus, und sie wandte sich der Kirche zu um Trost, zu Jesus, zur Gottesmutter, aber vor allem anderen zu jener großen, dauerhaften Einrichtung: der römisch-katholischen Kirche. Sie zog sich in den Schatten der Kirche zurück. Sie war eine Mutter mit drei Kindern. Aber in ihrer Seele starb sie, ihr stolzes, leidenschaftliches, lebensgieriges Herz blutete sich zu Tode, ihre Seele gehörte der Kirche, ihr Leib gehörte ihren Mutterpflichten.

Ihrer ehelichen Pflicht gab sie keinen Raum. Als Ehefrau hatte sie kein Pflichtgefühl: nur eine Art von Bitterkeit gegen den Mann, mit dem sie solche Sinnesfreuden, solche Pflichtvergessenheit erlebt hatte. Sie war nur noch die Mater Dolorosa. Dem Manne war sie verschlossen wie ein Grab.

Egbert kam und besuchte sein Kind. Aber immer schien Winifred dazusitzen wie das Grabmal seiner Mannbarkeit und Vaterschaft. Arme Winifred: sie war noch jung, stark und gesund und schön wie eine frische, urwüchsige Feldblume. Seltsam – ihr rosiges, gesundes Gesicht so düster, und ihr kräftiger, schwerer, vollblütiger Körper so regungslos. Sie – eine Nonne! Nie im Leben. Und doch waren die Tore ihres Herzens und ihrer Seele vor ihm zugeschlagen mit langhallendem Klirren, ihn auf immer ausschließend. Sie brauchte nicht in ein Kloster zu gehen. Ihr Wille hatte das zustande gebracht.

Und zwischen dieser jungen Mutter und diesem jungen Vater lag das verkrüppelte Kind, wie eine Flocke blasser, ungesponnener Seide mit einem kleinen, schmerzgelöschten Gesicht. Er konnte es nicht ertragen. Er konnte es einfach nicht ertragen. Er wandte sich ab und wandte sich hierhin und dorthin, planlos. Er war immer noch anziehend und begehrenswert. Aber eine kleine Falte stand zwischen den Brauen auf seiner Stirn, als sei sie mit einem Beil dort gespalten worden: für immer dort gespalten, und das war das Stigma.

Des Kindes Bein wurde gerettet: aber das Kniegelenk blieb steif. Jetzt bestand die Befürchtung, daß das Bein unterhalb des Knies schrumpfen werde oder aufhören zu wachsen. Lange Zeit mußten noch Massage und Behandlung fortdauern, tägliche Behandlung, selbst nachdem das Kind aus der Klinik entlassen war. Und der Großvater bezahlte alles.

Egbert hatte jetzt kein rechtes Heim. Winifred war mit den Kindern und dem Fräulein an die kleine Wohnung in London gebunden. Dort konnte er nicht leben: er hielt es dort nicht aus. Crockham Cottage war abgeschlossen – oder an Freunde ausgeliehen. Manchmal ging er hin, um im Garten zu arbeiten oder nach dem Rechten zu sehen. Und wenn er dann nachts das leere Haus um sich herum fühlte, alle die leeren Zimmer, fühlte er sein Herz böse werden. Enttäuschung, Vergeblichkeit biß sich wie eine träge, schlaffe Schlange in sein Herz hinein. Vergeblich, vergeblich, vergeblich –: das schreckliche Sumpfgift rann durch alle seine Adern und tötete ihn.

Wenn er in der Stille des Tages im Garten arbeitete, horchte er auf einen Laut. Kein Laut. Kein Laut von Winifred aus dem Dunkel des Hauses: kein Laut von Kinderstimmen in der Luft, vom Anger her, nirgendwo in seiner Nähe. Kein Laut, nichts als die alte, dunkle, sumpfvergiftete Luft ringsum. So arbeitete er krampfhaft während des Tages, und abends machte er ein Feuer und kochte sich allein etwas zu essen.

Er war allein. Er selber hielt das Haus sauber und machte sein Bett. Aber seine Kleider flickte er nicht. Seine Hemden waren bei der Arbeit an den Schultern aufgerissen, und man sah die weiße Haut durch die Risse. Er spürte Luft und Regentropfen auf der bloßen Haut. Immer wieder blickte er über den Anger hin, wo der dunkle, buschige Ginster verdorrte und Samen trug und hier und da Katzenheide in rosigen Büscheln aufblühte wie versprengtes Opferblut.

Sein Herz träumte sich zurück in die alte, heidnische Natur des Ortes: es war Sehnsucht nach den alten Göttern, nach alten, vergangenen Leidenschaften, nach der Leidenschaft der kalten, flinken Schlangen, die zischten und vor ihm davonschossen, nach dem Mysterium der Blutopfer, nach all dem verschollenen, heißblütigen Leben der Ureinwohner, deren Leidenschaften noch in der Luft siedeten von den uralten Tagen her, ehe die Römer kamen. Das Sieden einer vergangenen, dunklen Leidenschaft in der Luft. Die Gegenwart ungesehener Schlangen.

Ein sonderbarer, wirrer, halb bösartiger Ausdruck kam in sein Gesicht. Lange konnte er in Crockham nicht bleiben. Plötzlich mußte er sich aufs Rad schwingen und wegfahren – irgendwohin. Irgendwohin, nur weg. Er blieb wohl ein paar Tage bei seiner Mutter im alten Heim. Seine Mutter liebte ihn sehr und grämte sich, wie es eine Mutter tut. Aber das kleine, verwirrte, halb bösartige Lächeln spielte über sein Gesicht, und er kehrte sich von der Fürsorglichkeit seiner Mutter ab wie von allem anderen.

Immer unterwegs, von einem Ort zum anderen, von einem Freund zum anderen: und immer sich dem Mitgefühl entziehend. Sobald Mitgefühl sich wie eine weiche Hand ausstreckte, um ihn zu berühren, schwenkte er ab, instinktiv, wie eine harmlose Schlange abschwenkt und immer wieder abschwenkt von einer ausgestreckten Hand. Fort mußte er wieder. Und in gewissen Abständen kam er immer wieder zu Winifred.

Er war jetzt schrecklich für sie, wie eine Versuchung. Sie hatte sich ihren Kindern und ihrer Kirche geweiht. Joyce war wieder auf den Füßen, aber ach! – sie hinkte, mit Stützeisen am Bein und mit einer Krücke. Es war seltsam, wie sie gewachsen war: ein hochgeschossenes, bleiches, wildes Kind. Seltsam, daß der Schmerz sie nicht weich und fügsam gemacht, sondern ein wildes, fast mänadisches Temperament in diesem Kinde zum Vorschein gebracht hatte. Sie war sieben und lang und weiß und dünn, aber keineswegs bedrückt. Ihr blondes Haar wurde dunkler. Sie hatte noch eine lange Leidenszeit vor sich und, in ihrem eigenen kindlichen Bewußtsein, das Stigma des Hinkens zu ertragen.

Und sie ertrug es. Sie schien besessen von einem fast mänadischen Mut, als sei sie eine lange, dünne, junge Waffe des Lebens. Sie war dankbar für die Fürsorge ihrer Mutter. Sie würde immer zu ihrer Mutter halten. Aber etwas von ihres Vaters edler Verzweiflung brannte in ihr.

Als Egbert sah, wie schrecklich sein kleines Mädchen hinkte – nicht nur hinkte, sondern auf kindisch-krüppelhafte Art taumelte und schlingerte, wurde sein Herz noch einmal hart vor Gram wie Stahl, der zum zweiten Mal gehärtet wird. Zwischen ihm und seiner kleinen Tochter bestand ein schweigendes Einverständnis: Liebe konnte man es nicht nennen, aber eine Verwandtschaft wie zwischen Waffen. Er behandelte sie mit einer Spur von Ironie, in scharfem Gegensatz zu Winifreds schwerer, schierer Betulichkeit und Sorgsamkeit. Mit einem kleinen, wissenden, ironischen Lächeln flackerte das Kind ihm Antwort zu: eine Leichtfertigkeit, die Winifred nur noch düsterer und ernster stimmte.

Die Marshalls machten sich endlose Gedanken und Mühe um das Kind, sie erforschten alle Möglichkeiten, um ihm das Bein und die Bewegungsfreiheit zu erhalten. Sie sparten weder Mühe noch Geld, weder Kraft noch guten Willen. Mit all ihrer langsam arbeitenden, schweren Willenskraft wollten sie, daß Joyce sich ihre Beweglichkeit erhalten, ihre unbändige, freie Grazie zurückgewinnen sollte. Selbst wenn es lange dauern würde, sie wiederzugewinnen, sollte sie doch wiedergewonnen werden.

So war die Lage. Und Joyce unterzog sich Woche für Woche, Monat für Monat der Tyrannei und den Schmerzen der Behandlung. Sie erkannte die rührenden Bemühungen dankbar an. Aber sie hatte den feurigen, leichtfertigen Geist ihres Vaters. Er wirkte immer noch bestechend auf sie. Er und sie waren wie Mitglieder eines verbotenen Geheimbundes, die einander kennen, sich dies aber nicht anmerken lassen dürfen. Sie hatten ein gemeinsames Wissen, dasselbe Geheimnis des Lebens, der Vater und das Kind. Aber das Kind blieb ehrenhalber im Lager der Mutter, und der Vater wanderte draußen wie Ismael, nur manchmal kam er, um eine Stunde oder zwei, einen Abend oder zwei zu Hause am Lagerfeuer zu sitzen, wie Ismael, in sonderbarem Schweigen und angespannt, aus seinem Schweigen sprach die spottende Antwort der Wüste und machte die ganze Überlieferung des häuslichen Herdes zunichte.

Seine Gegenwart war für Winifred fast eine Qual. Sie betete, daß er nicht kommen möge. Der kleine Spalt zwischen seinen Brauen, das flackernde, böse kleine Lächeln, das über sein Gesicht geisterte, und vor allem: die triumphierende Einsamkeit, die Natur des Ismael. Und dann die stolze, aufrechte Haltung seines geschmeidigen Körpers, wie ein Symbol. Schon die Art, wie er dastand, ihrer niedergedrückten Seele gegenüber, war eine Qual für sie. Er war wie ein geschmeidiges, lebendiges Götzenbild, das sich vor ihren Augen bewegte, und wenn sie ihm zusah, fühlte sie sich verdammt.

Und er kam und machte sich's bequem in ihrem

engen Heim. Wenn er da war und sich auf die ihm eigene, leise Art umherbewegte, hatte sie ein Gefühl, als ob das ganze große Gesetz des Opfers, nach dem zu leben sie erkoren hatte, null und nichtig sei. Allein durch seine Gegenwart vernichtete er die Gesetze ihres Lebens. Und was gab er ihr dafür? Ah, gegen diese Frage versteifte sie sich in Abwehr.

Es war ihr schrecklich, ihn um sich zu haben – wie er in Hemdsärmeln umherging, mit seiner hohen, kehligen Stimme zu den Kindern sprach. Annabel betete ihn einfach an, und er neckte die Kleine. Die ganz Kleine, Barbara, wußte nicht recht, was sie von ihm halten sollte. Sie war ihm von Geburt an fremd gewesen. Aber sogar das Kinderfräulein, wenn es seine weiße Haut durch den Riß in seinem Hemd sah, dachte, es sei ein Jammer.

Winifred empfand dies als eine weitere Waffe, die er gegen sie richtete.

»Du hast doch noch mehr Hemden – warum trägst du dieses alte, das ganz zerrissen ist, Egbert?« sagte sie.

»Ich kann es geradesogut austragen«, meinte er hinterhältig.

Er wußte, daß sie ihm nicht anbieten würde, es zu flicken. Sie *konnte* einfach nicht. Und, nein, sie wollte auch nicht. Hatte sie nicht ihre eigenen Götter zu verehren? Und konnte sie sie verraten und sich seinem Baal und seiner Astarte unterwerfen? Schrecklich war sie ihr, seine entblößte Gegenwart, die sie und ihren Glauben zunichte zu machen schien wie eine neue Offenbarung. Wie ein schimmerndes Götzenbild, ihr zum Tort beschworen, ein glänzendes, lebendiges Götzenbild, das sehr wohl den Sieg davontragen könnte.

Er kam und er ging – und sie hielt stand. Und dann brach der große Krieg aus. Er war ein Mann, der nicht vor die Hunde gehen konnte. Er konnte sich nicht vergeuden. In seinem Englischsein stammte er aus einer ganz reinen Zucht, und selbst wenn er boshaft hätte sein wollen, hätte er es nicht gekonnt.

Als also der Krieg ausbrach, wehrte sich sein ganzer Instinkt dagegen: gegen den Krieg. Er hatte nicht den leisesten Wunsch, irgendwelche Ausländer zu besiegen oder zu ihrem Tode beizutragen. Das Imperium England war ihm kein Begriff, und ›Herrsche, Britannia‹ war für ihn ein Witz. Er war ein reinblütiger Engländer, vollkommen reinrassig, und wenn er wahrhaft er selbst blieb, konnte er wegen seines Englischseins so wenig aggressiv sein, wie etwa eine Rose nur deshalb aggressiv sein kann, weil sie eine Rose ist.

Nein, er hatte keinerlei Wunsch, Deutschland die Stirn zu bieten und England zu verherrlichen. Der Unterschied zwischen deutsch und englisch war für ihn nicht derselbe wie der zwischen gut und schlecht. Es war der Unterschied zwischen blauen Wasserblumen und roten oder weißen Blüten an einem Busch:

einfach ein Unterschied. Der Unterschied zwischen dem wilden Keiler und dem wilden Bären. Und ein Mann war seiner Natur nach gut oder schlecht, aber nicht seiner Nationalität nach.

Egbert kam aus einem guten Stall, und das war wesentlich dafür, wie er die Dinge sah. Es war für ihn einfach unnatürlich, ein Volk *en bloc* zu hassen. Gewisse einzelne Leute mochte er nicht, andere mochte er, und von der großen Masse wußte er nichts. Gewisse Handlungen gefielen ihm nicht, andere erschienen ihm natürlich, und über die meisten hatte er eigentlich keine Meinung.

Er hatte jedoch den einen, tief eingeborenen Instinkt: unvermeidlich wich er davor zurück, sich seine Gefühle von denen der Masse aufzwingen zu lassen. Seine Gefühle waren seine eigenen, sein Begreifen war sein eigenes, und freiwillig würde er beide niemals ändern. Soll etwa ein Mann von seiner eigenen echten Erkenntnis, von seinem Selbst abweichen, nur weil die Masse es von ihm erwartet?

Was Egbert feinfühlig und ohne jeden Zweifel empfand, das empfand sein Schwiegervater auf gröbere, aggressivere Art. So verschieden die beiden Männer waren, so waren doch beide echte Engländer, und ihre Instinkte waren fast die gleichen.

Und Godfrey Marshall mußte mit der Welt rechnen. Es gab die deutsche, militärische Eroberung und die englische, unmilitärische Idee der Freiheit und der ›friedlichen Eroberung‹ – die Industrialismus bedeutete. Und selbst wenn die Wahl zwischen Militarismus und Industrialismus eine Wahl zwischen zwei Übeln war, so verfocht doch der alte Herr, wenn man ihn dazu drängte, seine Entscheidung für den letzteren. Er, in dessen Seele der Machtinstinkt so lebendig war.

Egbert lehnte es einfach ab, mit der Welt zu rechnen. Er lehnte es sogar ab, sich zwischen dem deutschen Militarismus und dem britischen Industrialismus zu entscheiden. Er wählte keins von beiden. Was Greueltaten betraf, so verachtete er die Leute, die sie begingen, als untergeordnete, verbrecherische Individuen. Ein Verbrechen hatte keinerlei nationale Identität.

Und trotzdem, Krieg! Krieg! Einfach Krieg! Weder Recht noch Unrecht, sondern nur Krieg an sich. Sollte er sich melden? Sollte er sich dem Krieg ausliefern? Diese Frage trug er einige Wochen mit sich herum. Nicht, weil er glaubte, England sei im Recht und Deutschland im Unrecht. Wahrscheinlich war Deutschland im Unrecht, aber er lehnte es ab, eine Wahl zu treffen. Nicht, weil er begeistert war. Nein. Aber – es war eben Krieg.

Was ihn abschreckte, war, daß er sich dabei in die Gewalt anderer Menschen begeben mußte und in die

Macht der Massenseele einer demokratischen Armee. Sollte er sich dem ausliefern? Sollte er sein eigenes Leben und seinen Leib der Herrschaft von etwas ausliefern, wovon er *wußte*, daß es seinem eigenen Selbst geistig unterlegen war? Sollte er sich der Macht einer unter ihm stehenden Gewalt verpflichten? Sollte er? Sollte er sich selbst verraten?

Er würde sich der Gewalt der Minderwertigen anheimgeben, und er wußte es. Er würde sich unterjochen. Er würde von der kleinen *canaille* von Unteroffizieren – und selbst von Offizieren herumkommandiert werden. Er, der frei geboren und aufgewachsen war. Sollte er es tun?

Er ging zu seiner Frau, um mit ihr zu sprechen.

»Soll ich mich freiwillig melden, Winifred?«

Sie sagte nichts. Auch ihr Instinkt war unbedingt dagegen. Und doch brachte sie ein gewisser tiefsitzender Groll dazu, daß sie schließlich antwortete:

»Du hast für drei Kinder zu sorgen. Ich weiß nicht, ob du das bedacht hast.«

Man war erst im dritten Kriegsmonat, und die alten Vorkriegsbegriffe waren noch lebendig.

»Natürlich. Aber für sie wird es nicht viel Unterschied bedeuten. Wenigstens werde ich einen Schilling am Tag verdienen.«

»Du solltest lieber mit dem Vater darüber sprechen«, antwortete sie schwerfällig.

Egbert ging zu seinem Schwiegervater. Das Herz des alten Mannes war voller Groll.

»Ich würde meinen«, sagte er ziemlich mürrisch, »es ist das Beste, was du tun kannst.«

Egbert ging sofort und meldete sich freiwillig, als Gemeiner. Er wurde der Feldartillerie zugeteilt.

Jetzt hatte Winifred eine neue Pflicht ihm gegenüber: die Pflicht der Ehefrau gegen den Mann, der selber der Welt gegenüber seine Pflicht tut. Sie liebte ihn immer noch. Sie würde ihn immer lieben, was die irdische Liebe betraf. Aber sie lebte jetzt von der Pflicht. Als er in Khaki wieder zu ihr kam, als Soldat, unterwarf sie sich ihm als Ehefrau. Es war ihre Pflicht. Aber seiner Leidenschaft würde sie sich nie mehr ganz unterwerfen. Etwas hinderte sie auf immer daran: im Grunde war es sogar ihre eigene Wahl.

Er kehrte ins Lager zurück. Es stand ihm gar nicht zu Gesicht, ein moderner Soldat zu sein. Im dicken, rauhen, scheußlichen Khaki der Uniform war seine zarte Körperlichkeit so ausgelöscht, als sei er ermordet worden. Die häßliche Vertraulichkeit des Lebens im Lager entwürdigte seine hochgezüchtete Empfindsamkeit. Aber er hatte gewählt, also akzeptierte er. Ein kaum bemerkbarer, häßlicher Zug prägte sein Gesicht um in das Gesicht eines Mannes, der seine eigene Entwürdigung akzeptiert hat.

Als es Frühling wurde, ging Winifred nach Crockham hinunter, sie wollte dort sein, wenn die Schlüsselblumen blühten und die Kätzchen an den Haselbüschen hingen. Sie empfand etwas wie eine Versöhnung mit Egbert, jetzt, da er fast alle seine Tage als Gefangener im Lager verbrachte. Joyce war außer sich vor Entzücken, als sie den Garten und den Anger wiedersah nach den acht oder neun Monaten London und Elend. Sie hinkte noch. Sie hatte noch die Eisenschienen am Bein. Aber sie schlingerte mit wilder Krüppelgeschicklichkeit umher.

Egbert kam auf ein Wochenende in seiner rauhen, dicken Uniform aus Sandpapierkhaki mit den Gamaschen und dem scheußlichen Käppi. Nein, er sah furchtbar aus. Und sein Gesicht wirkte unsauber, er hatte einen kleinen Pickel an der Lippe, als habe er zuviel gegessen oder getrunken und als sei sein Blut unrein geworden. Er wirkte auf fast häßliche Art gesund infolge des Lebens im Lager. Es stand ihm nicht zu Gesicht.

Winifred erwartete ihn in einer leichten Erregung, die aus Pflicht- und Opferbereitschaft gemischt war, willig, dem Soldaten – wenn schon nicht dem Manne – zu dienen. Das aber bewirkte bei ihm nur, daß er sich innerlich noch etwas häßlicher vorkam. Das Wochenende wurde ihm zur Qual: die Erinnerung an das Lager, das Wissen von dem Leben, das er dort führte; sogar der Anblick seiner eigenen Beine in dem gräßlichen Khakituch. Er hatte das Gefühl, als ob der abscheuliche Stoff sich mit seinem Blut vermenge und es sandig und schmutzig mache. Und dann Winifred, so bereitwillig, dem *Soldaten* zu Gefallen zu sein, während sie den Mann ablehnte. Das machte das Knirschen des Sandes zwischen seinen Zähnen noch schlimmer. Und die Kinder liefen spielend umher, und ihre Stimme hatten den etwas affektierten Ton von Kindern, in deren Familien es Kinderfräuleins und Gouvernanten und literarische Interessen gibt. Und Joyce hinkte so sehr! Im Vergleich mit dem Lager kam ihm das alles so unwirklich vor. Es machte ihn tief innerlich nervös. Bei Tagesanbruch am Montag morgen brach er auf, er war froh, zu der groben Wirklichkeit und Vulgarität des Lagers zurückzukehren.

Winifred sah ihn darnach nie mehr in Crockham – nur in London, wo sie die Welt dicht um sich herum hatten. Aber manchmal kam er allein nach Crockham, etwa wenn Freunde dort wohnten. Und dann arbeitete er wohl eine Weile in seinem Garten. In diesem Sommer flammte der Garten noch einmal auf mit blauen Ochsenzungen und riesigem, rotem Mohn, die Königskerzen reckten ihre weichen, daunigen Stengel: er liebte die Königskerzen sehr; und das Jelängerjelieber verströmte seinen Duft wie eine Erinnerung, wenn der Uhu rief. Dann saß er mit den Freunden und mit Winifreds Schwestern am Feuer, und sie sangen die Volkslieder. Er trug leichte Zivilkleidung, und sein ganzer Charme, seine Schönheit und die geschmeidige Überlegenheit seines Körpers kamen noch einmal zum Glühen. Aber Winifred war nicht da.

Am Ende des Sommers wurde er bei den Kämpfen in Flandern eingesetzt. Damit schien er schon das Leben verlassen, die Grenzpfähle des Lebens hinter sich gelassen zu haben. Er erinnerte sich kaum noch an sein Leben, er war wie ein Mann, der aus großer Höhe hinabspringen muß und nur dorthin sieht, wo er landen muß.

Zweimal wurde er leicht verwundet, innerhalb von zwei Monaten. Aber nicht ernst genug, um ihn für mehr als einen oder zwei Tage vom Dienst zu befreien. Sie gingen wieder zurück, sie versuchten, den Feind aufzuhalten. Er war in der Nachhut – drei Feldgeschütze. Die Landschaft war wunderschön, der Krieg hatte sie noch nicht zertrampelt. Nur die Luft schien zerbrochen zu sein, und die Erde schien den Tod zu erwarten. Es war ein kleines, unwichtiges Rückzugsgefecht, an dem er teilnahm.

Die Feldgeschütze standen auf einem kleinen, buschigen Hügel, nahe am Ausgang eines Dorfes. Aber hin und wieder war es schwer zu sagen, aus welcher Richtung das scharfe Knattern des Gewehrfeuers und, dahinter, das weit entfernte Dröhnen der Kanonen kam. Der Nachmittag war winterlich und kalt.

Ein Leutnant stand auf einer kleinen eisernen Platt-
form oben an der Leiter, visierte und gab das Ziel an,
seine Stimme klang hoch, angespannt, mechanisch.
Wie vom Himmel kam der scharfe Ruf, der die Richtung angab, dann das Auszählen, dann: »Feuer!«
Der Schuß ging los, der Geschützkolben sprang zurück, es gab eine scharfe Explosion und einen sehr
dünnen Rauchschleier in der Luft. Dann feuerten die
anderen beiden Geschütze, und dann gab es eine
Pause. Der Offizier war sich nicht klar über die Stellung des Feindes. Die dichte Gruppe von Roßkasta-
nien unten stand unverändert. Nur weit entfernt
dauerte das Donnern schweren Feuers an, so weit entfernt, daß es sich friedlich anhörte.

Die Ginsterbüsche zu beiden Seiten waren dunkel,
aber ein paar Blütenfunken leuchteten gelb. Er nahm
sie fast unbewußt wahr, als er während der Pause
wartete. Er war in Hemdsärmeln, und die Luft strich
kalt an seine Arme. Wieder war sein Hemd auf den
Schultern zerrissen, und die Haut war zu sehen. Er
war schmutzig und ungepflegt, aber sein Gesicht war
ruhig. So viele Dinge verlieren sich aus dem Bewußtsein, ehe wir das Bewußtsein verlieren.

Vor ihm, drunten, war die Landstraße, zwischen
hohen, mit Gras und Ginster bewachsenen Böschun-
gen lief sie dahin. Er sah die weißlichen, schlammigen
Spuren und die tiefen Kerben auf der Straße, wo ein

Teil des Regiments auf dem Rückzug vorbeigekommen war. Jetzt war alles still. Alle Laute, die herandrangen, kamen von außen. Der Ort, wo er stand, war noch ganz still, kalt, friedlich: die weiße Kirche hinten zwischen den Bäumen schien nur wie hingedacht.

Blitzschnell und mechanisch reagierte er auf den scharfen Ruf des Offiziers von oben. Mechanismus, rein mechanische Gehorsamshandlung am Geschütz. Rein mechanische Handlung am Geschütz. Sie ließ die Seele unbelastet, die in dunkler Nacktheit brütete. Im Grunde ist die Seele allein, sie brütet über dem unerschaffenen Fließen des Seins, wie ein Vogel über dem dunklen Meer hängt.

Nichts war zu sehen als die Landstraße und ein halb umgestoßenes, schiefstehendes Kruzifix und die dunklen, herbstlichen Felder und Wälder. Auf einer kleinen Anhöhe erschienen sehr klein drei Reiter, an der Horizontlinie eines gepflügten Feldes. Es waren die eigenen Leute. Vom Feinde nichts zu sehen.

Die Gefechtspause dauerte an. Dann plötzlich kamen scharfe Befehle, eine neue Einstellung für die Geschütze und angestrengte, aufregende Aktivität. Doch in der inneren Mitte blieb die Seele unbeteiligt, allein.

Aber trotzdem war es die Seele, die den neuen Ton hörte: das neue, tiefe ›papp!‹ einer Kanone, das unmittelbar die Seele anging. Schwitzend und fieberhaft arbeitete er weiter am Geschütz. Aber in seiner Seele war das Echo des neuen, tiefen Tons, tiefer als das Leben selbst.

Und zur Bestätigung kam das schreckliche, schwache Pfeifen einer Granate, aus dem fast plötzlich ein durchdringendes, ohrenzerreißendes Kreischen wurde, das die Membrane des Lebens zerreißen würde. Er hörte es mit den Ohren, aber er hörte es auch mit der Seele, aufs äußerste angespannt. Dann Erleichterung, als das Ding vorbeigeflogen war und eingeschlagen hatte, irgendwo hinten. Er hörte die rauhe Explosion und die Stimme eines Soldaten, der den Pferden zurief. Aber er wandte sich nicht darnach um. Er bemerkte nur einen Stechpalmenzweig mit roten Beeren, der auf die Straße niederfiel wie ein Geschenk.

Diesmal nicht, diesmal nicht. Wo du hingehst, da will ich auch hingehen. Sagte er das zu der Granate, oder zu wem? Wo du hingehst, da will ich auch hingehen. Dann kam das schwache Pfeifen einer zweiten Granate auf, und sein Blut machte sich klein und still, um es zu empfangen. Es kam heran wie ein furchtbarer Windstoß; sein Blut verlor das Bewußtsein. Aber im Augenblick der äußersten Spannung sah er die schwere Granate zur Erde sausen in die Büsche und Felsen zur Rechten, und Erde und Steine stoben hoch in den Himmel hinauf. Es war, als höre er keinen Laut.

Erde und Steine und losgerissene Büsche fielen wieder zu Boden, und aufs neue herrschte unverstörter Frieden. Die Deutschen hatten sich eingeschossen.

Würden sie jetzt abziehen? Würden sie zurückgehen? Ja. Der Offizier gab eben die letzten, blitzschnellen Feuerbefehle vor dem Rückzug. In der überstürzten Aktivität blieb eine heranpfeifende Granate unbemerkt. Und dann, ins Schweigen hinein, in die Ungewißheit, in der die Seele brütete, krachten endgültig Lärm und Dunkelheit und ein Augenblick flammenden Schmerzes und Schreckens. Ah, er hatte den dunklen Vogel auf sich zufliegen sehen, diesmal ins Ziel. In einem einzigen Augenblick flammten Leben und Ewigkeit miteinander auf in einer Feuersbrunst von Qual, und dann schwere, lastende Dunkelheit.

Als ganz schwach etwas gegen die Dunkelheit anzukämpfen begann, ein Wissen von sich selbst, wurde er sich einer ungeheuren Last und eines laut schallenden Getöses bewußt. Den Augenblick des Todes erlebt zu haben! Und, ehe man starb, ihn genau erkennen zu müssen. Also Schicksal, noch im Tode.

Ein widerhallender Schmerz. Er schien von außerhalb seines Bewußtseins zu dröhnen: wie eine laute Glocke, die sehr nahe läutet. Und doch wußte er, daß er es selber war. Er mußte sich damit identifizieren. Nach einer Pause und mit erneuter Anstrengung fand er einen Schmerz in seinem Kopf, einen ungeheuren

Schmerz, der klirrte und widerhallte. Noch konnte er ihn als den eigenen erkennen. Dann sank er aus sich fort.

Nach einiger Zeit schien er wieder aufzuwachen und, wachend, zu wissen, daß er an der Front war und tödlich getroffen. Er öffnete die Augen nicht. Das Licht war noch nicht sein. Der hallende Schmerz in seinem Kopf läutete den Rest seines Bewußtseins aus. So sank er aus dem Bewußtsein ab, in unaussprechlich elendem Aufgeben des Lebens.

Ganz allmählich, wie die Verdammnis selbst, kam die Notwendigkeit, zu begreifen. Er war in den Kopf getroffen worden. Das war zuerst eine vage Annahme. Aber beim Schwingen des Schmerzpendels, das näher und näher schwang, ihn von der Qual des Bewußtseins in das Bewußtsein der Qual zu schaukeln, kam allmählich die Erkenntnis – er mußte am Kopf getroffen worden sein, über dem linken Auge; wenn das so war, würde Blut da sein – war Blut da? – konnte er Blut im linken Auge spüren? Dann schien der Schall die Haut seines Gehirns zu sprengen wie Todeswahnsinn.

War Blut auf seinem Gesicht? Lief da heißes Blut? Oder war es trockenes Blut, das auf seiner Wange zur Kruste wurde? Er brauchte Stunden, nur um die Frage zu stellen: die Zeit war nichts mehr als Qual im Dunkeln, ohne Maß und Einteilung.

Lange nachdem er die Augen geöffnet hatte, wurde ihm klar, daß er irgend etwas sah, – irgend etwas, irgend etwas, aber es war zu anstrengend, sich zu erinnern, was es war. Nein, nein; kein Erinnern!

Waren das die Sterne am dunklen Himmel? War das möglich, daß es die Sterne am dunklen Himmel waren? Sterne? Die Welt? Ah, nein, wie konnte er das wohl wissen! Die Sterne und die Welt waren für ihn vorbei, er schloß die Augen. Keine Sterne, kein Himmel, keine Welt. Nein, nein! Nur die dichte Dunkelheit des Blutes. Es sollte ein einziges, großes Hinsinken sein in die dichte Dunkelheit des Blutes in der Todesqual.

Tod, o Tod! Die Welt nur noch Blut, und das Blut im Tode verzuckend. Die Seele wie ein winziges Licht weit draußen auf einem dunklen Meer, dem Meer aus Blut. Und das Licht zischte, flackerte, pulste in einem Sturm ohne Wind, es wollte gerne verlöschen, aber es konnte nicht.

Es hatte das Leben gegeben. Es hatte Winifred und seine Kinder gegeben. Aber die schwachen Mühen der Todesqual um Strohhalme der Erinnerung, um Strohhalme des vergangenen Lebens, erregten zu großen Ekel. Nein, nein! Keine Winifred, keine Kinder! Keine Welt, keine Menschen! Lieber die Qual des Vergehens als die ekle Mühe um das Vergangene. Es war besser, daß die schreckliche Arbeit vom Fleck kam, die Auflösung ins schwarze Meer des Todes, ins äußerste Vergehen, als daß es noch ein Rückwärtstasten nach dem Leben geben sollte. Vergessen! Vergessen! Ganz und gar alles vergessen im ungeheuren Vergessen des Todes. Den innersten Kern, die Einheit des Lebens sprengen und sich auf die große Dunkelheit ausschütten. Nur das. Den Faden abreißen und sich mengen und ganz vermengen mit der einen Dunkelheit, ohne irgendein Nachher oder Vorher. Laß das schwarze Meer des Todes selbst das Rätsel des Zukünftigen lösen. Laß den Willen des Menschen brechen und aufgeben.

Was war das? Ein Licht! Ein schreckliches Licht! Waren es Gestalten? Waren es die Beine eines kolossalen Pferdes, das kolossal über ihm stand: ungeheuer, ungeheuer?

Die Deutschen hörten ein schwaches Geräusch und schraken zurück. Dann sahen sie beim Schein einer Leuchtkugel neben einem von der Granate aufgewühlten Erdhaufen das tote Gesicht.

DIE SCHEIDUNGSKANDIDATIN

VON MARY McCARTHY

Sie konnte und wollte ihrem Mann nicht weh tun. Sie machte diese Überzeugung dem Jungen Mann zu eigen, ihren Busenfreundinnen und schließlich auch ihrem Mann selbst. Der Gedanke, ihn aufzuklären, schneide ihr, sagte sie, ins Herz, jäh und schmerzhaft. Das stimmte, und doch wußte sie, daß der Stand einer Scheidungskandidatin ihr im Grunde ähnlichen Spaß machte, wie ihr der Brautstand Spaß gemacht hatte. In beiden Fällen war eine heimliche Bindung vorangegangen, deren Bedeutung unbedingt vor Außenstehenden verborgen werden mußte. Die Geheimhaltung der ersten, der vorehelichen Bindung, war jedoch nur eine abergläubische Geste und von kurzer Dauer gewesen. Mehr Geheimnistuerei ihrerseits zudem, keine Partnerschaft des Schweigens. Man brachte seine Familie und seine Freunde von der rechten Fährte ab, weil man noch immer fürchtete, die Sache könne schiefgehen, könne nicht in einer glatten, geraden Linie zum Altar führen. Hoffnungen laut werden lassen konnte am

Ende dazu führen, die eigene Schlappe publik zu machen. Sobald ein solides Übereinkommen erzielt war, folgte ein kurzes Zwischenspiel ritueller Verschämtheit, das beide Partner recht linkisch aufführten, und dann kam die ›Verkündigung‹.

Doch jetzt, bei der außerehelichen Bindung, war die Täuschung anhaltend, nicht kurzlebig wie früher, war Notwendigkeit, nicht mehr Getändel, Verschwörung, nicht mehr nur Privatsache. Sie war, kurzum, todernst, nicht mehr spielerisch. Daß Schuldgefühle sie begleiteten, jähe und echte Krisen, komplizierte und vertiefte nur die Wonnen dieser Bindung, weil es das Empfindungsvermögen schärfte und den Liebenden ein Gefühl des Verfemtseins und der gegenseitigen Abhängigkeit vermittelte. Vor allem jedoch gab ihr dieses Zwischenspiel der Täuschung, wie sie feststellte, eine in ihrem Leben noch nie dagewesene Gelegenheit, sich anderen überlegen zu fühlen. Ihrem Ehemann gegenüber empfand sie, wie sie glaubte, nur Sympathie und ein wenig Zerknirschung. Es mache ihr kein Vergnügen, sagte sie zu dem Jungen Mann, ihrem Liebling Hörner aufzusetzen, und nicht einen Augenblick, sagte sie, sehe sie ihn als die komische Figur eines betrogenen Gatten, wie er im Rollenbuch steht. (Der Junge Mann versicherte ihr, daß er ebenso feinfühlig sei wie sie, daß er für den hintergangenen Mann den tiefsten Respekt empfinde, plus einer Spur von Bedauern.) Es war, als hätte sie ihren Mann, allein durch den Verrat, den sie an ihm übte, weit überrundet; schadenfrohen Triumph hatte sie nicht nötig, und wenn überhaupt, so triumphierte sie wegen ihres edlen Verzichts auf jede Schadenfreude, wegen der Lauterkeit ihres moralischen Empfindens, die ihr gestattete, noch im Zustand der Sündigkeit sich einen ausgeprägten Sinn für Sünde und Schande zu bewahren. Das Gefühl offener Überlegenheit hob sie sich für ihre Freunde auf. Lunches und Tees, bis dato nur Zeitvertreib und Routinesache, wurden zu gefährlichen und dramatischen Abenteuern. Der Name des Jungen Mannes war ein glänzender, hochexplosiver Ball, den sie bei diesen Tête-à-têtes der Damen gelegentlich springen ließ. Sie sprach über ihn stets als einen Freund der Familie, stellte Vermutungen darüber an, welche Mädchen er wohl haben mochte, griff ihn an oder verteidigte ihn, sezierte ihn, ihr Blick blieb kühl und unpersönlich, ihre Stimme blieb frei von jeder besonderen Betonung, ihre ganze Art lächelnd unbeteiligt. *Während doch die ganze Zeit...!*

Dreimal in der Woche oder öfter, bei Lunches oder Tees, gestattete sie sich diese Schauer am äußersten Rand des Selbstbetrugs, verwickelte sie ihre Partner in ein waghalsiges Spiel, dessen Regeln und Risiken sie allein kannte. Gemeinsame Auftritte in der Öffentlichkeit waren noch befriedigender. Ihm ›scheinbar‹

zufällig im Haus einer Freundin begegnen, Überraschung mimen, bei Cocktail-Parties genau den rechten Ton mütterlicher Zuneigung anschlagen, ihn in Theaterpausen höchst förmlich als ›mein Beschützer‹ vorstellen – das war jedesmal ein Triumph ihrer Regie, weit heikler in der Durchführung, weit nervenaufreibender als die Lunches und Tees, weil *zwei* Akteure im Spiel waren. Sein allzu glühender Blick mußte schleunigst abgelenkt werden; seine allzu bemühte Auffassung seiner Rolle mußte auf das Schuldkonto im Hauptbuch ihrer Liebe eingetragen werden, zu späterer nachsichtiger Abrechnung unter vier Augen.

Die Schwächen seines Spiels fand sie durchaus liebenswert. Nicht, so dachte sie, weil sein Ungestüm, seine Unbeholfenheit ihr die Aufrichtigkeit seiner Leidenschaft bestätigten, auch nicht, weil sie ihn als Neuling in diesem Intrigenspiel auswiesen, nein, sie fand sie liebenswert, weil ihre eigene schauspielerische Perfektion sich großartig dagegen abhob. »Ich hätte zum Theater gehen sollen«, konnte sie gutgelaunt zu ihm sagen, »oder einen Diplomaten heiraten oder eine internationale Spionin werden«, worin er ihr bewundernd beipflichtete. In Wahrheit zweifelte sie, ob aus ihr jemals eine gute Schauspielerin geworden wäre, denn sie wußte, daß sie es weit amüsanter und weit befriedigender fand, sich selbst zu spielen, als eine Figur, die ein Dramatiker ersonnen hatte. Bei diesen Liebhaber-Aufführungen spielte sie ihre eigene, schillernde Persönlichkeit aus, und die Zuschauer, in diesem Fall leider auf zwei beschränkt, zollten ihren Beifall, sowohl ihrer Rollenbeherrschung wie ihrer Wandlungsfähigkeit. Zudem handelte es sich hier um ein Stück, dessen *donnée* das Leben selbst geschrieben hatte, und die Folgen eines verpaßten Einsatzes oder eines falschen Auftritts waren, zunächst wenigstens, gar nicht abzusehen.

Sie wußte, daß sie ihn liebte, weil er ein schlechter Schauspieler war, weil er sich so gelehrig ihren zärtlichen, gespielt-ungeduldigen Anweisungen fügte. Diese Überlegenheitsgefühle wurden nicht nur durch die Leichtgläubigkeit ihrer Freunde, sondern auch durch die Webfehler im Charakter ihres Liebsten und die Anfälligkeit seiner Position gespeist. Für ihren speziellen Schwarm war sie unbestritten die Bienenkönigin.

Das gemeinsame Auftreten in der Öffentlichkeit fand nicht immer im Duett statt. Manchmal nahm es die Form eines Trios an. Bei solchen Gelegenheiten diente die wohleinstudierte und wohlmeinende Behutsamkeit, mit der sie ihren Mann umgab, einem doppelten Zweck. Sie gab sich übertrieben anhänglich, voll liebevoller, ehefraulicher Sorge, streute ein »Liebling« um das andere in ihre Reden, durchsetzte sie mit Tätscheln und Turteln, bis ihr Mann sichtlich wuchs und ihr Liebster deutlich und peinlich schrumpfte. Der Junge Mann mußte sich Rachegefühle versagen. Diese ihre Zärtlichkeiten waren sanktioniert durch Gesetz, Brauch und Sitte; sie gehörten zu ihrer Rolle als Ehefrau, und ein junger Mann, der selbst unverheiratet war, konnte sie weder verurteilen noch hingehen und desgleichen tun. Es waren eindeutig Herausforderungen, aber man konnte sie nicht so nennen, und der Junge Mann zog es vor, nicht darüber zu sprechen. *Aber sie wußte es.* Obwohl sie sich der sadistischen Absicht dieser Demonstrationen bewußt war, schämte sie sich nicht so, wie sie sich manchmal wegen der Kränkung schämte, die sie in Kürze ihrem Mann zufügen würde. Zum Teil hatte sie das Gefühl, daß es sich dabei um Strafen handelte, die der Junge Mann redlich verdiente für all das ihrem Mann angetane Unrecht, und daß sie selbst, indem sie diese Strafen ausheckte, die Rollen von Richterin und Angeklagter elegant vereinte. Zum Teil hielt sie sich für berechtigt, das liebende Eheweib zu spielen, wie sehr auch das *ego* ihres Liebsten darunter leiden mochte, denn sie war in gewissem Sinne tatsächlich ein liebendes Eheweib. Sie *besaß* diese Gefühle, so behauptete sie hartnäckig, ob sie nun davon Gebrauch machte oder nicht.

Schließlich jedoch mußten ihre Hemmungen, den

Ehemann zu verwunden, und ihre Rücksicht auf seinen Stolz der Überzeugung weichen, daß ihre Liebesaffaire in das nächstfällige Stadium rücken müsse. Die Möglichkeiten der heimlichen Bindung waren erschöpft; es war Zeit für die ›Verkündigung‹. Sie und der Junge Mann versicherten einander jetzt in recht atemlosen und literarischen Wendungen, *daß die Situation unmöglich sei,* und *so könne es einfach nicht mehr weitergehen.* Der angebliche Sinn dieser wirren Klagen sollte sein, daß sie unter den augenblicklichen Bedingungen einander zu wenig sehen könnten, daß ihre gemeinsamen Stunden zu kurz seien und die Zeiten der Trennung zu lang, daß diese ganzen Täuschungsmanöver sie moralisch anekelten. Vielleicht glaubte der Junge Mann das alles wirklich; sie nicht. Zum erstenmal begriff sie, daß der Wert der Ehe als Institution in ihrem öffentlichen Charakter lag. Heimliches Beisammensein war auf die Dauer, so schloß sie, nur langweilig. Ungeachtet der Traulichkeit des Alleinseins zu zweit, des wonnigen Entzückens, ein Geheimnis zu haben, erreicht ein Liebesverhältnis schließlich den Punkt, wo es das Licht der Öffentlichkeit braucht, um für seine Helden wieder interessant zu werden. Daher also, dachte sie, die Verlobungsparties, die Brautgaben, die großen Trauungen in der Kirche, die Geschenke, die Empfänge. Das alles waren einfach gesellschaftlich sanktionierte Mittel, die das liebende Paar ins Gespräch brachten. Der Klatsch-wert einer Scheidung und zweiten Heirat war offen-sichtlich weit größer als der eines bloßen Verhältnis-ses, und sie war jetzt bereit, ja sie hungerte danach zu hören, *was die Leute sagen würden.*

Die Lunches, die Tees, das öffentliche Auftreten wurden allmählich ein bißchen öde. Schließlich ge-nügt es nicht, *eine Frau, die ein Geheimnis hat,* zu sein, wenn man den eigenen Freunden als eine Frau er-scheint, die *kein* Geheimnis hat. Kurzum, das Glück, ein Geheimnis zu haben, verlangt nach dem Akt der Enthüllung, und sie freute sich auf das vielstimmige »Meine-Liebe-ich-hatte-keine-Ahnung«, das »Ich-dachte-du-und-Tom-ihr-wäret-so-glücklich-miteinan-der«, das »Wie hast-du-das-so-lange-verheimlichen-können«, womit ihre Busenfreundinnen ihr Commu-niqué begrüßen würden. Das Zweimannpublikum genügte ihr nun nicht mehr; sie wollte eine größere Bühne. Zunächst probierte sie es, ein bißchen nervös noch, an zwei oder drei ihrer engsten Freundinnen aus und beschwor sie, Stillschweigen zu wahren. »Tom muß es von mir erfahren«, erklärte sie. »Es wäre für seinen Stolz zu schrecklich, wenn er später herausfinden würde, daß die ganze Stadt es schon vor ihm wußte. Ihr dürft ihm deshalb auch in Zukunft nicht erzählen, daß ich es euch heute gesagt habe. Aber ich habe einfach mit jemand darüber sprechen müssen.« Nach diesen Lunches eilte sie jedesmal zu einer Telefonzelle, um dem Jungen Mann die Essenz des Gesprächs mitzuteilen. »Sie war natürlich überrascht«, konnte sie immer mit einem kleinen Schuß Triumph sagen, »aber sie findet es großartig.« *Aber fanden sie das wirklich?* Sie konnte nicht sicher sein. War es möglich, daß sie bei dieser Tischrunde, bei ihren engsten Freundinnen, eine gewisse Zurückhaltung spürte, einen gewissen unausgesprochenen Tadel?

Es war ein Jammer, überlegte sie, daß sie für die Meinung der anderen so anfällig war. »Ich könnte einen Mann nicht wirklich lieben«, murmelte sie einmal, »den nicht alle Welt wundervoll findet.« Alle Welt schien natürlich den Jungen Mann gern zu haben. *Aber dennoch* – sie war schon auf dem besten Weg, die Nerven zu verlieren, dachte sie. Es war gewiß nur logisch, daß niemand von allen bewundert wurde. Und selbst wenn ein Mann allgemein verabscheut würde, läge nicht eine Art eigensinniger Seelengröße darin, ihn zu lieben, der ganzen Welt zum Trotz? Ja, ganz bestimmt, aber das war eine Sorte Heldentum, die sie wohl kaum zu praktizieren brauchte, denn der Junge Mann war beliebt, er wurde überall eingeladen, er tanzte gut, hatte gewinnende Manieren, machte gescheite Konversation. Aber war er nicht vielleicht *zu* liebenswürdig, *zu* gefällig? War das der Grund, warum ihre Freundinnen ihn stillschweigend zu mißbilligen schienen?

Um diese Zeit nahm ihr Ton gegenüber dem Jungen Mann eine Spur von Bitterkeit an. Ihre milden Ermahnungen wurden zusehends schärfer, und es fiel ihr immer schwerer, ihre gespielte Ungeduld nicht zu echter Ungeduld werden zu lassen. Ständig suchte sie nach dunklen Stellen in seinem Charakter und bohrte darin so hartnäckig wie ein Zahnarzt in einem hohlen Zahn. Sie war besessen von einer Belehrungswut, die sie nicht mehr abschütteln konnte; keine Binsenwahrheit, kein Klischee, keinen harmlosen Scherz ließ ihre strenge Zensur ihm durchgehen. Und sosehr sie sich auch bemühte, die Rolle der charmanten Lehrerin durchzuhalten, der Junge Mann, das sah sie, wurde unruhig. Sie argwöhnte, daß er sich, erschreckt und verwirrt, mit Fluchtgedanken trug. Sie ertappte sich, wie sie ihn mit unpersönlichem Interesse beobachtete, Spekulationen darüber anstellte, wie er sich weiter verhalten würde, und sie war erleichtert, aber auch leicht enttäuscht, als sich herausstellte, daß er ihre Gereiztheit der gespannten Situation zuschrieb und entschlossen war, es durchzustehen.

Für sie war jetzt der Augenblick gekommen, ihren Mann aufzuklären. Durch diesen einmaligen, reinigenden Akt würde sie sich, so glaubte sie, von den Zweifeln und Ängsten befreien, die sie bedrängten.

Sollte ihr Mann den Charakter des Jungen Mannes schlechtmachen wollen, so könnte sie seinen Beschuldigungen entgegentreten und sie zugleich als Ausgeburten der Eifersucht abtun. Von ihrem Mann wenigstens durfte sie den Gunstbeweis eines offenen Angriffs erwarten; ihm könnte sie mit der wohlvorbereiteten Abwehr begegnen, die sie insgeheim immer parat hielt. Zudem war sie brennend und kindlich neugierig, *wie ihr Mann es aufnehmen würde,* eine Neugier, die sie anstandshalber als berechtigte Besorgnis tarnte. Die vertraulichen Eröffnungen, die sie ihren Freundinnen bereits gemacht hatte, wirkten wie fade Kostümproben zur glanzvollen Premiere, die sie plante. Vielleicht hatte die ganze Geschichte nur diesen Augenblick zum Ziel gehabt, war die ganze Geschichte auf diesen Augenblick hin angelegt gewesen. Die Liebe ihres Mannes würde dabei eine Art Abschlußprüfung bestehen, ihren letzten, schlüssigen, reinsten Ausdruck finden müssen. Nie, solange man mit einem Mann lebt, dachte sie, bekam man die ganze Kraft seiner Liebe zu spüren. Sie wird in kleiner Münze zugeteilt, in ungeläuterter Form, versetzt mit allen übrigen Elementen des täglichen Lebens, so daß man sie beinah unbewußt hinnimmt. Sie konzentriert sich nie auf einen bestimmten Punkt; sie spannt sich in die Vergangenheit und in die Zukunft, bis sie nur noch als beinah unsichtbarer Film auf der Oberfläche des Lebens erscheint. Nur im Angesicht ihrer Vernichtung konnte diese Liebe sich ganz offenbaren – um nach dieser Offenbarung in die Kategorie der abgeschlossenen Erfahrungen zu fallen.

Sie wurde nicht enttäuscht. Sie sagte es ihm beim Frühstück in einem eleganten Restaurant, weil er, so dachte sie, in der Öffentlichkeit seine Gefühle besser unter Kontrolle hätte. Als er dann sofort die Rechnung verlangte, überkam sie jähe Furcht, er könne sie in einer Anwandlung von Brutalität oder Kummer hier allein sitzen lassen, vor aller Augen und gewissermaßen auf halber Strecke. Aber sie gingen gemeinsam aus dem Restaurant und durch die Straßen, Hand in Hand, Tränen strömten »unaufhaltsam«, so flüsterte sie sich selbst zu, über ihre Gesichter. Dann waren sie im Park, an einem künstlichen See, und schauten den herumschwimmenden Enten zu. Die Sonne schien sehr hell, und sie fand ein köstliches Pathos in der bemühten, doch belanglosen Aufmerksamkeit, die sie der ländlichen Szene widmeten. Dies war, das wußte sie, die tiefste, die subtilste, die idyllischste Erfahrung ihres Lebens. Endlich kamen alle Saiten ihrer Natur zum Schwingen. Sie war Täter und Opfer zugleich – sie fügte Schmerz zu und litt selbst mit. Und zugleich war sie Arzt, denn, wie sie das Messer war, das die Wunde schlug, so war sie auch der Balsam, der Heilung brachte. Sie allein kannte den

Schmerz, der ihn erfüllte, und von ihr erwartete er das Mitgefühl, das sie für ihn bereithielt. Und während sie ihm noch mit der einen Hand seine Entlassung entgegenhielt, winkte sie ihn mit der anderen näher heran. Sie zog ihn wieder ganz an sich, aber sie zog ihn in eine tiefere Bindung, als er sie bisher gekannt hatte, zwang ihn zur bedingungslosen Kapitulation. Sie forderte völliges Verständnis, sein Mitleid und seine Vergebung. Als er schließlich nach ihrem wiederholten und gequälten *Ich-liebe-dich* ihre Hand fester faßte und zärtlich sagte: »Ich weiß es«, da war ihr klar, daß sie gewonnen hatte. Sie hatte ihn in eine wahrhaft mystische Verbindung verstrickt. Ihre Ehe war vollständig.

Was danach kam, war prosaischer. Der Junge Mann mußte angerufen und zu einer Unterredung *à trois* gebeten werden, einer Unterredung, sagte sie, zwischen zivilisierten, intelligenten Leuten. Der Junge Mann war ein wenig befangen, vergoß sogar eine Träne oder zwei, was die beiden anderen verlegen machte, aber, so dachte sie, was konnte man schließlich erwarten? Er war in einer schwierigen Lage; er hatte die undankbare Rolle. Gegen ihren Mann, der sich so fabelhaft, ja vornehm benahm, mußte der Junge Mann ein klein wenig abfallen. Dem Jungen Mann wäre es natürlich lieber gewesen, wenn ihr Mann eine Szene gemacht, sie gequält oder bedroht hätte, so daß er selbst als der ritterliche Beschützer hätte auftreten können. Sie indessen kreidete ihrem Mann die heldenhafte Höflichkeit nicht an – in gewissem Sinn machte sie ja ihr selbst Ehre. Der Junge Mann hatte offensichtlich vor, *sie zu entführen,* aber das wollte sie nicht zulassen. »Es wäre zu herzlos«, flüsterte sie, als sie einen Augenblick allein waren. »Wir müssen alle zusammen irgendwohin gehn.«

Also gingen die drei auf einen Drink in ein Lokal, und sie beobachtete in einer Art Verzweiflung die wachsende Zerstreutheit, die zunehmend oberflächliche Aufmerksamkeit, die ihr Mann der von ihr so wacker aufrechterhaltenen Konversation schenkte. *Er langweilt sich,* dachte sie. *Er wird fortgehen.* Der Gedanke, mit dem Jungen Mann allein zu bleiben, erschien plötzlich unerträglich. Wenn ihr Mann jetzt gehen würde, so würde er damit die dritte Dimension fortnehmen, die der Affaire Tiefe verliehen hatte, und sie einer platten und vulgären Liebesszene aussetzen. Entsetzt fragte sie sich, ob sie das Drama nicht bereits über seine natürlichen Grenzen hinaus ausgespielt habe, ob nicht die Beichte im Restaurant und die Absolution im Park schon der künstlerische Höhepunkt gewesen seien, während das weitere, die Scheidung und neue Heirat, bereits wieder eine Antiklimax bedeutete. Schon spürte sie, wie ihr Mann, hinter seine guten Manieren verschanzt, eine ironische Haltung ihr gegenüber einnahm. Hatte er wirklich geglaubt, sie könnten aus dem Park nach Hause gehen und alles würde weitergehen wie zuvor? Möglich, daß ihre Liebesbeteuerungen irreführend gewesen waren, daß er ihr gegenüber eine so überwältigende Zärtlichkeit an den Tag legte, nicht weil er glaubte, sie aufgeben zu müssen, sondern weil er glaubte, sie wieder mitnehmen zu können – ohne viele Fragen zu stellen. In diesem Falle waren der Telefonanruf, die Unterredung und der Barbesuch in seinen Augen ungeheuerliche *gaffes* gewesen, Verstöße gegen Takt und guten Geschmack, die er ihr niemals vergeben würde. Sie errötete tief. Als sie ihn nochmals ansah, schien er sie mit einem Ausdruck anzusehen, der besagte, *ich habe dich durchschaut; jetzt weiß ich, wie du wirklich bist.* Zum erstenmal war er ihr unendlich ferngerückt.

Als er wegging, verspürte sie die befürchtete Enttäuschung, aber auch eine Art Erleichterung. Sie sagte sich, es sei gut, daß er selbst Schluß gemacht hatte – es erleichterte ihre Entscheidung. Sie hatte nun nichts weiter zu tun, als die Liebesaffaire auf ihren Abschluß hinzusteuern, wie immer er ausfallen mochte, wahrscheinlich war das von Anfang an ihr Wunsch gewesen. Hätte die herzzerreißende Intimität der Parkszene fortgedauert, so wäre sie vielleicht versucht gewesen, das Abenteuer abzubrechen, auf das sie sich eingelassen hatte, und in ihren Alltag zurückzukehren. Das aber war, nüchtern betrachtet, undenkbar; denn wenn das Abenteuer nach der Szene im Park auch ein wenig banal erschien, die Wiederaufnahme ihrer Ehe würde noch banaler wirken. Wenn dem Dreiecksdrama auch durch ihr Geständnis die Spannung genommen war, war doch vor ihrem Ehedrama der Schlußvorhang mit einem Knalleffekt gefallen.

Und wie sich herausstellte, das Dreiecksdrama war durch den äußerlichen Abbruch ihrer Ehe noch nicht ganz zu Ende. Obwohl sie die Wohnung ihres Mannes verlassen und bei einer lieben Bekannten Aufnahme gefunden hatte, war eine tägliche Begegnung mit ihm unvermeidlich. Da mußten Kleider eingepackt, Besitztümer geteilt, Liebesbriefe noch einmal gelesen werden. Über manche Erinnerungsstücke konnte man gemeinsam Tränen vergießen. Da gab es beiläufige, flüchtige Umarmungen; da gab es Zärtlichkeiten und Versprechen. Und obwohl die Ironie ihres Mannes anhielt, zeigte sie doch häufig verwundbare Stellen. Sie war nicht, wie sie anfänglich geglaubt hatte, eine Rüstung im Kampf gegen sie, sondern nur das Schwert aus *Tristan und Isolde*, das ständig zwischen ihnen lag und zur Mäßigung zwang.

Sie trafen sich auch oft bei Freunden, denn, wie sie sagte: »Was kann ich machen? Ich weiß, es ist nicht taktvoll, aber wir kennen die gleichen Leute. Man kann nicht von mir verlangen, daß ich meine Freunde aufgebe.« Dieses öffentliche Auftreten war um so interessanter, als das Publikum, im Gegensatz zu früher, jetzt quasi im Besitz von Textbüchern und über alle Verwicklungen der Intrige im Bilde war. Lieber als Cocktailparties, so fand sie, waren ihr die Abendeinladungen, denn dort konnte sie abwechselnd mit ihrem Mann und ihrem Liebhaber tanzen, zur Begleitmusik unterdrückten Getuschels von seiten der übrigen Anwesenden.

Dieses Zwischenspiel war festlich und herzbewegend zugleich; ihre einzigen öden Augenblicke waren die Abende, die sie allein mit dem Jungen Mann zubrachte. Unglücklicherweise war die Zeit nach der ›Verkündigung‹ ganz eindeutig nur ein Zwischenspiel und verlangte, in eben dieser Eigenschaft, nach etwas Neuem. Sie konnte ihren anomalen Status nicht beliebig ausdehnen. Es war nicht schicklich, und außerdem würde es die Leute langweilen. Recht und schön, ein Dreieck einzuladen, solange es den Reiz der Neuheit hatte; ihm als einem ständigen Problem zu begegnen, war eine andere Sache. Einmal hatten sie sich alle drei betrunken, es hatte eine Szene gegeben, und obwohl hinterher jedermann darüber redete, waren ihre Bekannten, fand sie, doch ein wenig kühler, ein wenig kritischer geworden. Seitdem erkundigten sich die Leute, wann sie denn nach Reno gehe.

Außerdem stellte sie fest, daß ihr Mann gegenüber dem Jungen Mann leicht an Beliebtheit gewonnen hatte. Es war ja nur natürlich, daß alle ihn bedauerten und besonders nett zu ihm waren. *Aber dennoch –*

Als sie von ihrem Mann erfuhr, daß ihm Aufmerksamkeiten aus ihrem eigenen Freundeskreis zuteil wurden, Einladungen an ihn ergingen, in die sie und der Junge Mann unerklärlicherweise nicht einbezogen waren, ging sie stracks zum Bahnhof und kaufte ihre Fahrkarte. Der Abschied von ihrem Mann, von ihr selbst für ihre letzten Stunden in der Stadt geplant, fand verfrüht statt, zwei Tage ehe sie abreiste. Er hatte es eilig, zu einem, wie sie fürchtete, fröhlichen Wochenende auf dem Lande wegzukommen; er hatte nur ein paar Minuten Zeit; er wünschte ihr eine angenehme Reise; und er werde schreiben, versteht sich. Sein Highball war ausgetrunken, während ihr Glas noch halbvoll dastand; er saß nervös auf der Stuhlkante; und sie wußte, daß sie den *Ancient Mariner* spielte, aber ihre Würde gestattete ihr nicht, zu hasten. Sie hoffte, er werde ihretwegen seinen Zug verpassen, aber das tat er nicht. Er ließ sie in der Bar sitzen, und an diesem Abend konnte der Junge Mann, wie er es ausdrückte, nichts mit ihr anfangen. Sie habe keine Lust, irgendwohin zu gehen, egal wohin, sagte sie leidenschaftlich, keine Lust, irgend jemanden zu sehen, irgend etwas zu tun. »Du brauchst einen

Drink«, sagte er mit der Miene eines Diagnostikers. »Einen Drink«, antwortete sie bitter. »Ich bin schon krank von all den Drinks. Gin, Whisky, Rum, was gibt es sonst noch?« Er führte sie in eine Bar, und sie weinte, aber er bestellte ihr eine Phantasiemischung, die sich Ramos Gin Fizz nannte, und das besänftigte sie ein wenig, denn sie hatte so etwas noch nie getrunken. Dann kamen Bekannte herein, und sie tranken alle zusammen noch einen zweiten Drink, und es ging ihr besser. »Na siehst du«, sagte der Junge Mann auf dem Heimweg, »weiß ich nicht, was dir guttut? Weiß ich nicht, wie man mit dir umgehen muß?« »Ja«, antwortete sie in ihren demütigsten und weiblichsten Tönen, aber sie wußte, daß die Konstellation sich verschoben hatte, daß sie nicht mehr die Attraktion einer Clique waren, sondern nur noch ein junges Paar unter vielen, mit einem Abend, den es hinzubringen galt, ein junges Paar unter vielen, das verzweifelt nach einem Zeitvertreib Ausschau hielt, sich fragte, ob es bei einem Ehepaar Besuch machen oder irgendwo auf einen Drink hingehen solle. Diesmal hatte das Rezept des Jungen Mannes seine Wirkung getan, aber es war reines Glück, daß sie zufällig jemanden getroffen hatten, den sie kannten. Beim zweiten oder dritten Mal würden sie vergebens die Gesichter der anderen Gäste mustern, würden einen zweiten Drink bestellen, verstohlen die Tür im Auge behalten und schließlich allein weggehen mit dem deutlich erkennbaren Air von Leuten, nach denen niemand fragt.

Als eineinhalb Tage später der Junge Mann sie verspätet abgeholt hatte und sie den Bahnsteig entlangrennen mußten, um den Zug noch zu erreichen, fand sie ihn auf einmal widerlich. Er wolle bis zur 125sten Straße mitfahren, erklärte er in einem Ausbruch von Ritterlichkeit, aber sie ärgerte sich den ganzen Weg über, weil sie fürchtete, es könnte Schwierigkeiten mit dem Schaffner geben. An der 125sten Straße stand er auf dem Bahnsteig und warf ihr Kußhände zu und rief etwas, was sie durch die Scheibe nicht hören konnte. Sie machte eine ablehnende Geste, aber als sie ihn zurückzucken sah, als sie ihn schwach und nett und hilflos dastehen sah, führte sie widerwillig die Hand an die Lippen und warf ihm auch einen Kuß zu. Sie merkte, daß die übrigen Reisenden sie beobachteten, und wenn die Blicke auch nur einfältig waren, nicht spöttisch, fühlte sie sich doch gedemütigt, ja erniedrigt. Als der Zug sich in Bewegung setzte und der Junge Mann den Bahnsteig entlang mitlief, noch immer abwechselnd Kußhände werfend und rufend, stand sie auf, wandte sich brüsk vom Fenster weg und ging nach hinten in den Aussichtswagen. Dort setzte sie sich und bestellte einen Whisky-Soda.

Im Wagen war eine Anzahl Männer, die gleichzeitig aufblickten, als sie ihre Bestellung aufgab, doch als sie sah, daß es sämtlich kleinere Geschäftsleute mittleren Alters waren, die zum Aussichtswagen so unvermeidlich ›gehörten‹ wie der weißbefrackte Kellner und die ledergebundene *Saturday Evening Post,* schenkte sie ihnen keine Beachtung. Plötzlich überkam sie ein Gefühl der Niedergeschlagenheit und Verlorenheit, ein ganz neues Gefühl: Es war weder dramatisch noch angenehm. In der letzten halben Stunde hatte sie klar erkannt, daß sie den Jungen Mann niemals heiraten würde, und sie sah sich auf dem Weg in eine dubiose Zukunft, ohne Hinweisschilder, die sie lotsen würden. ›Beinahe alle Frauen‹, dachte sie, ›haben als Mädchen geglaubt, sie würden nie heiraten. Die Angst, eine alte Jungfer zu werden, verfolgt jede von Jugend an. Selbst wenn sie allgemein beliebt sind, glauben sie nicht, daß ein wirklich interessanter Mann sich jemals hinreißen läßt, sie zu heiraten. Sogar wenn sie verlobt sind, fürchten sie, daß etwas schiefgehen, etwas dazwischenkommen könnte. Heiraten sie dann wirklich, so erscheint ihnen das als eine Art Wunder, und noch wenn sie eine Zeitlang verheiratet sind und in der Rückschau die ganze Entwicklung durchaus natürlich und zwangsläufig wirkt, bewahren sie einen gewissen unartikulierten Stolz auf das Wunder, das sie zustande brachten. Schließlich jedoch ist das alte Schreckgespenst so gründlich gebannt, daß sie vergessen, es jemals im Nacken gespürt zu haben, und genau in diesem Stadium erwägen sie die Scheidung. Wie habe ich es vergessen können?‹ sagte sie zu sich selbst, und zum erstenmal fragte sie sich, was sie tun werde.

Sie könnte sich eine Wohnung in Greenwich Village nehmen. Sie würde neue Menschen kennenlernen; würde viele Gäste haben. Aber, dachte sie, wenn ich Leute zum Cocktail dahabe, wird immer der Augenblick kommen, wo sie gehen müssen, und ich werde allein bleiben und muß vorgeben, noch eine Verabredung zu haben, um keine Verlegenheit aufkommen zu lassen. Lade ich sie zum Abendessen ein, ist es das gleiche, aber wenigstens brauche ich dann nicht so zu tun, als hätte ich noch eine Verabredung. Ich werde zum Abendessen einladen. Dann dachte sie: ›Ich werde auf Cocktailparties gehen, und wenn ich allein hingehe, werde ich immer ein bißchen länger bleiben in der Hoffnung, daß ein junger Mann oder sogar eine ganze Gesellschaft mich zum Abendessen bittet. Und wenn ich Pech habe, wenn niemand mich einlädt, werde ich die Schmach einstecken müssen und allein weggehen, versuchen, so auszusehen, als müßte ich noch irgendwohin. Und dann die Abende zu Hause mit einem guten Buch, wenn keinerlei Grund vorliegt, ins Bett zu gehen, und ich vielleicht die ganze Nacht aufbleiben werde. Und die Vormittage, wenn es keinen Sinn haben wird, aufzustehen, und ich vielleicht bis zur Essenszeit im Bett bleiben werde. Und die Abendmahlzeiten in Tea-Rooms mit anderen unverheirateten Frauen, in Tea-Rooms, weil alleinstehende Frauen in guten Restaurants auffällig und verloren wirken. Und dann‹, dachte sie, ›werde ich älter werden.‹

Sie hätte niemals, so überlegte sie, diesen Schritt getan, wenn sie das Gefühl gehabt hätte, alle Brücken hinter sich abzubrechen. Sie hätte nie den einen Mann verlassen, ohne einen anderen in petto zu haben. »Wenn der Mann«, murmelte sie, »nicht existiert, der Augenblick wird ihn erschaffen.« Doch der Junge Mann, das sah sie jetzt, war nur eine Art Fata Morgana, die sie dummerweise für eine Oase gehalten hatte. Genau das war ihr passiert. Sie hatte sich selbst zum Opfer eines Betruges gemacht. Aber, so argumentierte sie in einem Anflug von Heiterkeit, wenn das stimmte, wenn sie aus dem Wunsch nach einem zweiten Ehemann eine solche Gestalt heraufbeschworen hatte, so war sie möglicherweise von unbewußten Kräften getrieben worden, sich intelligenter zu verhalten, als der Schein glauben machte. Sie erfüllte vielleicht in einer Art hypnotischer Trance ein Ritual, dessen Sinn ihr noch nicht offenbart wurde, ein Ritual, das zuallererst verlangt, daß der Ehemann aus dem Rollenbuch gestrichen wird. Denkbar, daß sie für die Rolle der *femme fatale* ausersehen war, und für eine solche Figur waren Erwägungen wie Sicherheit, Vorsorge gegen Einsamkeit und Alter nicht nur spießig, sondern überflüssig. Vielleicht heiratete sie ein zweites, drittes und viertes Mal, vielleicht nie mehr. Aber wie dem auch sei, für die schäbige, bürgerliche Liebesversicherung mit ihren täglichen Beitragsraten an Geduld, Nachsicht und Resignation war sie als Mitglied nicht mehr tragbar. Sie würde, sagte sie sich voll Entzücken, ein allzu großes Risiko darstellen.

Sie war – oder würde es bald sein – eine junge, geschiedene Frau, und dieser Bezeichnung haftete immer ein gewisser Glanz an. Ihre Scheidungsurkunde würde ein Paß sein, der ihr den Status einer Weltbürgerin verlieh. Sie empfand Dankbarkeit für den Jungen Mann, weil er unwissentlich die Weichen für ihre Fahrt in ein neues Leben gestellt hatte. Sie sah sich die anderen Reisenden an. Später würde sie sich mit ihnen unterhalten. Sie würden sie natürlich nach ihrem Reiseziel fragen, das war die vorschriftsmäßige Eröffnung von Zuggesprächen. Aber die delikate Frage war: Wie sollte ihre Antwort lauten? Unumwunden *Reno* zu sagen, würde vulgär sein; es würde nach allzu billig gewährten Vertraulichkeiten riechen. Lügen allerdings, zum Beispiel *San Francisco* sagen, würde heißen, sich selbst betrügen, ihre Wichtigkeit herabsetzen, ihren Gesprächspartner fälschlich glauben machen, sie sei eine ganz gewöhnliche Reisende mit einem ganz banalen Ziel. Es mußte eine Zwischenantwort geben, die Auskunft erteilen würde, anscheinend ohne es zu tun, die eine *vie galante* andeuten und doch eine Schranke untadeliger Zurückhaltung aufrichten würde. Es wird wohl am besten sein, entschied sie, zuerst mit einem Air von Unverbindlichkeit und Zögern *Westen* zu sagen. Dann könnte man, auf Drängen, bis *Nevada* gehen. Aber weiter nicht.

FRISCHE LUFT

VON ANGUS WILSON

In der vergangenen Nacht hatte es stark geregnet, und in den Beeten lagen viele Blumen plattgedrückt am Boden. Der kopflastige Klatschmohn hatte am meisten gelitten; die rauhhaarigen Stiele waren geknickt und verdreht, überall verstreut die roten Blütenblätter wie weggeworfenes Material in einem Schneideratelier. Aber Mohnblumen hielten sich ohnehin nicht gut, dachte Frau Searle, Gewöhnliches und Protziges hatte keine Widerstandskraft. Trotzdem entnahm sie dem großen Korb, den sie hinter sich her zog, Stöcke und Bast, band die gebeugten Köpfe sorgfältig auf und schnitt die geknickten mit der Gartenschere ab. Es gehörte sowohl zur Schande als auch zu den Vorrechten des Gärtners, dachte sie, die gottähnliche Stellung des Richters einzunehmen, der zu entscheiden hatte, was leben und was ins letzte Dunkel verstoßen werden sollte, moralisches und ähnliches Recht zu sprechen. Nur durch vorsichtigen Ausgleich, durch das Walten der Gerechtigkeit – wie soeben bei der Erhaltung der Mohnblumen, die sie zuvor abfällig beurteilt hatte – konnte sie allzu große Anmaßung vermeiden. Mit sinnlichem Wohlbehagen befühlte sie die samtigen Blätter der Raden; es gab so wenige Blumen, die gerade diese üppigrote Farbe hatten, die sich herrlich von dem silbrigen Kraut abhob. Nächstes Jahr wollte sie mehr davon haben – aber weniger, entschied sie, von den scharlachroten Feuernelken; nichts war enttäuschender als ein hoher Stengel, an dem nur spärliche Blüten erschienen. Struppig, mager und unelegant waren sie trotz ihrer leuchtenden Farbe, wie die Frau des Vorstehers vom College St. Jude. Wie deprimierend, daß man immer noch an die bemühende kleine Frau denken mußte, wie sie da in ihrem lächerlichen roten Kleid saß und mit ihrem ländlichen Akzent redete.

»Ihre Unterschrift auf der Eingabe, Mrs. Searle, wäre eine solche Hilfe. Wenn wir Universitätsfrauen mit gutem Beispiel vorangehen... Ich meine, wir alle haben allzu leichtsinnig entschieden, daß Krieg unvermeidbar ist; nur dadurch, daß wir so denken, schaffen wir ihn, müssen Sie wissen.«

»Natürlich«, hatte sie mit leichtem Spott geantwortet, »wer kann das besser verstehen als ich? Sie erinnern sich nicht an den letzten Krieg, aber ich. Hunderte von Belgiern, alle ohne rechten Arm. Oh, es war schrecklich!« Die lächerliche kleine Frau hatte ein so verwirrtes Gesicht gemacht, daß sie dem Ausschmükken nicht hatte widerstehen können. »Kennen Sie Belgien nicht? Kein Mann hat dort einen rechten Arm und sehr wenige das rechte Auge. Allen wurde es mit glühendem Eisen vor dem deutschen Kaiser persönlich ausgestochen. Natürlich zum Vergnügen anderer.«

Die Frau war beleidigt gegangen. Ein dummes kleines Geschöpf, mit all ihren Gesuchen und Eingaben war sie ganz darauf versessen gewesen, sich eifrig einzusetzen, als der Krieg schließlich kam, obwohl sie wie jeder in Oxford gar keiner Gefahr ausgesetzt war. Wie hatten alle von den furchtbaren Luftangriffen geredet, und wie waren sie davor bewahrt geblieben! Wenigstens hatte sie sich ihre Ehrlichkeit erhalten. »Tausende sind gestern abend in London grausam umgekommen«, hatte sie zum Rektor gesagt, »und keinem von uns wurde ein Haar gekrümmt. Welche Gnade!« Natürlich wurde sie für verrückt gehalten, und das war sie auch nach der erbärmlichen Mittelstandsnorm. »Hiermit schwöre ich nochmals«, sagte sie laut, »keinen Kompromiß einzugehen, und von nun an verfluche ich sie ganz und gar. Möge keine Professorenfrau mehr fruchtbar sein, möge keine unerlaubte Beziehung unter Studenten mehr gesegnet werden.« Und boshaft fügte sie hinzu: »Möge der Sherry-Strom, den die gegenwärtige Regierung so töricht aus dem Ausland hereinfließen läßt, austrocknen, so daß keine ›kleine Sherry-Parties‹ mehr statt-finden können.« Es war ungeheuerlich, daß man solchen Leichtfertigkeiten wie Sherry-Parties frönte, wenn wichtige Dinge wie Spirituosen – auch wenn nicht ganz zu verstehen war, was dieses Wort eigentlich bedeutete – knapp waren.

Auf einmal hörte sie ihre innere Stimme langsam und deutlich sprechen, auf altbekannte Weise zählen – zwei Flaschen Gin in der Truhe auf dem Speicher, zwei im Gartenschuppen, eine im Sekretär, dazu hatte sie den Schlüssel, und noch eine unten in ihrem Kleiderschrank neben dem Schildpattkasten, der Flickzeug enthielt. Die Flasche im Sekretär war etwas gewagt, Henry benutzte ihn manchmal, aber da sie den Schlüssel in Gewahrsam hatte... im ganzen sechs Flaschen. ›Ich will Henry mit dem Mädchen vor dem Mittagessen ins Wirtshaus schicken, dort können sie etwas trinken‹, beschloß sie; ›und heute nachmittag werden sie einen Spaziergang machen.‹ Es hatte geschienen, als ob die Anwesenheit des jungen Mädchens Schwierigkeiten bewirken würde; Henry hatte sich von der Einladung offensichtlich einiges erhofft; aber es war gut gegangen, da sie sich immer frühzeitig zurückgezogen und die beiden ihrem Gespräch überlassen hatte...

Die innere Stimme verstummte, und Mrs. Searle widmete sich wieder uneingeschränkt den Blumen.

Die Lupinenbüsche waren zusammengeballt wie ein mit zu starken Farben gemalter Sonnenuntergang – Gelb, Orange und Rot gegen Himmelblau –, nur die Spitzen der Stengel waren gebeugt und hingen wie tropfende Kerzen. Auch die Traubengipfel des Rittersporns waren geknickt, und die hellblauen und dunkelblauen Blüten lagen herum wie verstreute Rosetten von Bootsrennen. Mrs. Searle schrak zurück, als sie die hohen Königskerzen besichtigte; die gelben Blüten waren bedeckt von Raupen, die der Regen größtenteils ertränkt oder zerdrückt hatte, so daß die Leiber in der heißen Sonne schwärzlich verdorrten. »Miss Eccles, Miss Eccles«, rief sie, »können Sie mit Raupen umgehen?«

Eine sehr große junge Frau erhob sich von einem Liegestuhl auf dem Rasen und schlurfte zu dem Beet; die weiße Leinenhose schien ihren schlaffen Gang und die unvorteilhafte Körpergröße noch zu betonen; das dünne blasse Gesicht wurde von der harten Linie ihres grellroten Lippenstifts scharf durchschnitten; das glatte grüngoldene Haar hing ihr bis auf die Schultern. »Ich will sehen, was ich tun kann, Mrs. Searle«, sagte sie und machte sich schnell daran, die Raupen abzulesen.

»Ja, Sie können wirklich mit Raupen umgehen«, sagte Miranda Searle. »Das ist natürlich eine Begabung wie der richtige Umgang mit Kindern. Ich gestehe gern, daß mir beide gleich widerlich sind. Finden Sie die Königskerzen nicht auch sehr schön? Ich liebe sie, aber das ist ganz natürlich. Ich bin ebenso stachlig.«

›Wenn du mit Raupen bedeckt wärst‹, dachte Elspeth Eccles, ›würde ich keinen Finger rühren, um sie abzulesen, sondern ich würde mich kranklachen.‹ Sie hatte immer geglaubt, daß unbedingte Aufrichtigkeit die einzig mögliche Grundlage für menschliche Beziehungen sei, und sie hegte die Überzeugung, daß ein paar Wahrheiten bei Mrs. Searles egozentrischer Gekünsteltheit Wunder wirken würden; doch irgendwie scheute sie das Experiment, ihrer Gastgeberin zu sagen, was sie von ihrer Stachligkeit in Wirklichkeit hielt; zweifellos war sie bei aller Unbedeutendheit und Selbstsucht ein wenig einschüchternd. Natürlich lag es am Altersunterschied und an der ungerechten Überlegenheit der Reichen; dennoch zog sie es vor, das Thema zu wechseln. »Wie heißen die roten und blauen Blumen mit den hellen Blättern?« fragte sie.

»Das ist Flachs«, antwortete Mrs. Searle. »Sie wissen ja, in der Bibel steht: ›Du sollst den brennenden Flachs nicht auslöschen und das zerstoßene Rohr nicht zerbrechen.‹ Ich glaube, es stimmt nicht ganz.«

»Jedenfalls klingt es ziemlich sinnlos«, bemerkte Elspeth.

»Oh, das will ich hoffen«, sagte Mrs. Searle. »Es ist

ja religiös gemeint. Sie werden doch von religiösen Gefühlen keinen Sinn verlangen. Dann wären sie nicht erbaulich. Ich bezweifle, ob es überhaupt schicklich wäre.«

In der Überzeugung ihres eigenen persönlichen Glaubens lächelte Elspeth vor sich hin.

»Nein, es ist der Ausdruck ›zerstoßenes Rohr‹, den ich nicht mag«, fuhr Mrs. Searle fort. »Er erinnert mich zu sehr an ›gebrochenes Schilf‹. Waren Sie jemals im Frauenhilfsdienst? O glückliche Generation! Na, ich war dabei. Henry veranlaßte mich, während des Krieges dem Oxforder Frauenhilfsdienst beizutreten, er sagte, es wäre meine Pflicht. Eine sonderbare Pflicht, ich tat nichts anderes, als Männern mit schlechten Zähnen süßes Spülwasser servieren. Aber was ich sagen wollte... mir fiel ein, was für abgedroschene Redensarten die Weiber den ganzen Tag benutzten; im Winter nannten sie sich ›frierende Sterbliche‹, und wenn sich jemand von einer besonders dummen Arbeit drückte, was ich oft tat, wurde er als ›gebrochenes Schilf‹ bezeichnet. Aber ich halte Sie von Ihrer Arbeit ab, Miss Eccles, und das wird mir Henry niemals verzeihen. Es muß für euch beide wunderbar sein, an so vielen gewöhnlichen Menschen ein gemeinsames Interesse zu haben. Obwohl es beim Shelley-Kreis, wie man, glaube ich, sagt... Sie arbeiten doch über Shelley, nicht wahr?« Diese Frage

stellte sie zum siebenten Male in fünf Tagen, ver-
merkte Elspeth im stillen. »Wie gesagt, beim Shelley-
Kreis stößt mich eher die dünkelhafte Affektiertheit
ab als das Gewöhnliche.«

»Vielleicht mögen Sie ihre grundlegende Ehrlichkeit nicht«, sagte Elspeth.

»Sehr wahrscheinlich«, gab Mrs. Searle zurück.
»Es war mir gar nicht klar, daß sie besonders ehrlich
sind. Aber wenn das stimmt, kann ich sie natürlich
nicht mögen. Wie angenehm muß es sein, alles zu
wissen, Miss Eccles, und immer so den Nagel auf den
Kopf zu treffen. Aber im Ernst, Sie dürfen sich durch
mich nicht von den Shelley-Leuten und ihrer Ehrlich-
keitsorgie abhalten lassen.« Auf Elspeths Beteuerung,
gern bei ihr bleiben zu wollen, schlug Mrs. Searle vor,
zusammen in den Obstgarten zu gehen und Stachelbeeren zu pflücken.

Elspeth blickte ihr nach, als sie zum Haus ging, um
eine Schüssel zu holen. Es war schwer zu glauben,
dachte sie, daß die Leute früher von ihr als der ›un-
vergleichlichen Miranda‹ gesprochen hatten. Allerdings deutete allein der Gebrauch derartiger Bezeich-
nungen auf eine überspitzte Galanterie hin, für die
man keine Zeit mehr hatte; aber abgesehen davon,
ließen die beinahe konzentrationslagerhafte Abge-
zehrtheit von Figur und Gesicht, die starren, wilden
Augen und die wuscheligen, widerspenstigen Haare

kaum an eine Frau denken, die Dichter inspiriert und junge Diplomaten in Versuchung gebracht hatte – eine Frau, deren Einfluß über die Universitätskreise hinaus bis zur literarischen Welt von London gereicht und die sogar Ottoline Morrell den Rang streitig gemacht hatte. Ein schwacher Ausdruck zerstörter Schönheit um die wilden Augen, mitunter eine Wendung des Kopfes auf dem Schwanenhals, das war alles, was an ihre berühmte Schönheit erinnern mochte, und selbst das erweckte eher Erinnerungen an die Porträts von Lavery. ›Nein, ganz entschieden nein‹, dachte sie, man konnte es allzu leicht mit einem von Mrs. Searles Lieblingswörtern beschreiben – ›grotesk‹. Auch von dem berühmten Charme blitzte nur selten einmal etwas auf, und wenn es dazu kam, war es wie eine Herablassung, ähnlich wie in einem überladenen Märchen der neunziger Jahre, wenn die Prinzessin in der vorbeifahrenden Kutsche dem armen Poeten einen einzigen Blick in den Himmel gewährt. Den damaligen Dichtern mochte so etwas gefallen haben, aber heute ging es nicht mehr. Konnten die kratzbürstigen Spöttereien, die bitteren Bosheiten und die sorgsam gezielten Abfertigungen untergebener und jüngerer Menschen der geistreiche Witz sein, der ihr Firbanks und Lytton Stracheys Freundschaft eingetragen hatte? Es schien unmöglich, daß die Menschen eine solche Anmaßung geduldet und sich mit derartiger Banalität zufriedengegeben hatten. Wahrscheinlich war es ungerecht, eine Galeone nach einem an den Strand geworfenen Wrack zu beurteilen. Es bestand kein Zweifel, daß Miranda Searle irgendwann einmal in die Irre gegangen war, daß sie entschieden verschroben war. Sogar ihre alten Freunde in Oxford hatten sie fallenlassen, weil sie die Verschrobenheit, die Egozentrik, die groben Bemerkungen unerträglich fanden. Aber nach Elspeths Ansicht dürfte ein solcher Abstieg nicht mit persönlichem Leid entschuldigt werden; auch andere Mütter hatten ihren einzigen Sohn durch einen Autounfall verloren und waren wieder aufgelebt; auch andere Frauen waren zu einem spießbürgerlichen Dasein verurteilt und bewahrten sich ihre Güte. Es war ungeheuerlich, daß ein Mann vom geistigen Format Henry Searles, ein Mann, dessen Werk solche Bedeutung zukam, an diesen lebenden Leichnam gefesselt sein sollte. Sie hatte schon allerlei von Mrs. Searles heimlichem Trinken gehört, und man hatte ihr einige der demütigenden Szenen geschildert, in die Henry durch seine Frau verwickelt worden war; aber erst seit sie hier in Somerset in dem Landhaus zu Besuch weilte, war ihr klargeworden, wie zermürbend die fortgesetzte Versklavung für ihn sein mußte. Schon am ersten Abend hatte sie nach dem Zubettgehen eine laute Stimme gehört, die sich in garstigen Worten und Jammergefasel erging. Sie hatte vermutet – und recht behalten –, daß dies eines der berühmten Trinkgelage gewesen war. Infolgedessen war ihr aufgegangen, woran es lag, daß sich Henry Searle allmählich vom Universitätsleben zurückzog, daß die Veröffentlichung des letzten Bandes von Peacocks Briefen Jahr für Jahr hinausgeschoben wurde und daß die geplante Lebensbeschreibung der Mary Shelley ein Traum blieb. Es war ihre Pflicht, hatte sie da entschieden, ihm bei der Bekämpfung des Inkubus beizustehen, ihre Pflicht der englischen Literatur gegenüber, ihr Entgelt für alle die Hilfe, die er ihr bei ihrer eigenen Arbeit geleistet hatte. Doch wie schwer war es, einem so bescheidenen und zurückhaltenden Menschen zu helfen, einem Menschen, der das Leben schon seit langer Zeit mied. Sie hatte endlich den Entschluß gefaßt, am anderen Ende anzufangen und mit Mrs. Searle offen zu sprechen. Wenn die Entschuldigungsgründe stimmten, die von ihren Verteidigern vorgebracht wurden, daß nämlich alles auf dem Schock durch den plötzlichen Tod ihres Sohnes beruhte, dann konnte man sie doch sicher zu der Einsicht bringen, daß der Lebende dem Toten nicht auf diese Weise geopfert werden durfte. Und doch, und doch, man scheute sich, zu sprechen; es war der letzte Tag ihres Besuches, und nichts war gesagt worden. »Jetzt oder nie, Elspeth«, sagte sie laut.

»Meine liebe Miss Eccles, wie mich das freut!« bemerkte ihre Gastgeberin mit schleppender Stimme. »Sie bei einem Selbstgespräch zu ertappen. Ich fühlte mich schon ganz eingeschüchtert. Da ist sie, dachte ich, die Vertreterin der ›ausgehungerten Generation‹ – freimütig, von Vernunft beherrscht, ohne Zeit für etwas anderes als fürs Wesentliche –, und sie wird mich ›niedertreten‹. ›Wie kann ich‹, dachte ich, ›mit meinem wirren Denken und meinen Hemmungen‹ – erst neulich hielt mir der neue junge Physiklehrer sie vor –, ›wie kann ich mich gegen sie behaupten?‹ Es kam mir fast unmenschlich vor! Und nun höre ich Sie mit sich selbst sprechen. Sehr gut, ich atme wieder. Der Riß in der Rüstung eines andern, der Splitter im Auge unseres Bruders, wie kostbar sind sie! Welche Bewahrer der christlichen Nächstenliebe!«

»Das klingt nicht nach einer gut angepaßten Lebensanschauung«, versetzte Elspeth, wie sie hoffte, in freundlichem und lustigem Tone.

»Nein?« sagte Miranda. »So viele Menschen sagen mir das, und sie haben sicher allesamt recht. Nur lösen die Worte bei mir keine Gedankenverbindung aus, und das finde ich so wichtig, ich meine, wenn es um die Entscheidung geht, ob man so oder so denken soll. Wenn ich die Worte nicht verbinde, erfasse ich den Gedanken eben nicht. Und ›gut angepaßt‹ verbindet sich bei mir niemals mit ›Leben‹, sondern nur mit ›Kleid‹.«

Mit ihrem breitkrempigen Strohhut, den flatternden Chiffonärmeln ihres Kleides und den fortwäh-
rend baumelnden langen Ohrringen sah Mrs. Searle
wie eine Gestalt beim Theater-Gartenfest aus. Sie
legte die Schachtel mit den billigen Zigaretten, die
ihre stete Begleiterin war, beiseite und begann schnell
die Stachelbeeren von den dornigen Sträuchern zu
pflücken.

»Tun Sie alle in die Schüssel dort, ja?« sagte sie,
während ihr eine Zigarette im Mundwinkel hing.
»Ich möchte, daß Mrs. Parry eine Stachelbeercreme
macht, darum brauchen wir sehr viele.«

»Warum brauchen Sie für eine Stachelbeercreme
besonders viele?« fragte Elspeth.

»Weil sie durchgedrückt werden«, antwortete Miranda kurz und verachtungsvoll.

Die beiden Frauen pflückten einige Minuten lang
schweigend. Elspeth schien es, daß sie einen weitaus
kleineren Beitrag leistete; sie faßte es kaum, daß Mrs.
Searle mit den lächerlichen flatternden Ärmeln und
dem ewigen Zigarettenrauch so mühelos pflücken
konnte. Ihre eigenen Finger wurden immerzu von den
Dornen gestochen, und ihre Hosenbeine verfingen
sich im Gesträuch.

»Arme Miss Eccles!« sagte Miranda. »Sie müssen
sofort aufhören, sonst zerreißen Sie sich Ihre hübsche
Hose. Es war unartig von mir, Sie eine so scheuß-

liche Arbeit in einer so schönen Bekleidung machen zu lassen.«

Elspeth kauerte gerade, um ein paar widerspenstige Beeren von einem sehr niedrigen Zweig abzuzupfen; doch sie richtete sich auf, blieb eine Weile ganz still stehen und sprach dann mit klarer, bedachtsamer Stimme: »Nein, Sie finden meine Kleidung gar nicht schön, Mrs. Searle. Wahrscheinlich sind Hosen bei Frauen für Sie der Gipfel des Häßlichen, jedenfalls lassen sie sich mit Ihrem entzückenden Kleid an Eleganz nicht vergleichen. Ich bin eben unbeholfen und ungeschickt in meinen Bewegungen, und Sie sind anmutig und leicht. Warum können Sie nicht offen sagen, was Sie von mir denken?«

Mrs. Searle beantwortete die Frage nicht, sondern starrte das junge Mädchen aus runden Augen an; dann warf sie ihre Zigarette auf den Boden und stampfte sie mit dem Absatz in die Erde.

»O Miss Eccles, wie entzückend Sie aussehen!« rief sie. »Jetzt verstehe ich, warum Henry Sie so sehr verehrt. Sie sehen so schön, so vornehm aus, wenn Sie ernst sind, genau wie Mary Wollstonecraft und Dorothy Wordsworth oder eine der andern bedeutenden Frauen, die Dichter und Philosophen inspirieren.«

»Wie können Sie das sagen, Mrs. Searle?« stieß Elspeth hervor. »Sie, die Sie so viele Schriftsteller gekannt und inspiriert haben!«

»O nein«, entgegnete Miranda. »Ich habe nie einen inspiriert, ich ergötze sie nur immer. Ich war viel zu sehr damit beschäftigt, das Leben zu genießen, als daß ich hätte *inspirieren* können.«

»Warum genießen Sie denn jetzt das Leben nicht weiter?«

»O Miss Eccles, wie reizend von Ihnen! Ich glaube wirklich, Sie machen mir ein Kompliment, indem Sie mit mir aufrichtig sind und mich behandeln, als ob ich Ihrer Generation angehörte. Sie vergessen aber, daß man einem alten Hund keine neuen Kunststücke beibringen kann. Da sehen Sie, was Sie angerichtet haben, Sie haben mich dazu gebracht, eine abscheuliche alte Redensart anzuwenden.«

»Ich glaube nicht, daß es eine Generationenfrage ist«, erwiderte Elspeth, »sondern es geht bloß darum, ob man die Dinge lieber gerade hat statt krumm. Wenn sich die Menschen, die in meinem Alter sind, ehrlicher und freimütiger geben, so liegt es lediglich daran, daß wir in einer Welt des Krieges und der wirtschaftlichen Not aufgewachsen sind, in der man nur fürs Wesentliche Zeit hat.«

Mrs. Searle sah sie erstaunt an. »Wenn es sich ums Wesentliche handelt«, sagte sie, »so finde ich Eleganz und Schönheit viel wesentlicher als Krieg.«

»Das sind sie natürlich auch«, versetzte Elspeth, »aber sie haben erst dann mit der Wirklichkeit zu tun, wenn Unordnung und Leid in der Welt geglättet sind.«

»In der Welt?« wiederholte Miranda. »Ich würde meinen, das eigene persönliche Leid genügt.«

»Arme Mrs. Searle«, sagte Elspeth, »es muß Sie arg getroffen haben. Hatten Sie ihn sehr lieb? Wurde Ihnen die Nachricht ungeschickt mitgeteilt? Wollen Sie nicht mit mir darüber sprechen?« Und während sie dies sagte, fragte sie sich, ob es nicht ein bißchen zu sehr so klänge, als spräche sie mit einem Kind; aber diese Frau war ja gemütsmäßig ein Kind, ein Kind, das dringend umerzogen werden mußte.

Miranda ließ das Beerenpflücken vorübergehend sein und richtete sich auf; als sie Elspeth anblickte, lachte sie.

»Oh, meine liebe Miss Eccles! Ich glaube gar, Sie wollen eine Aussprache herbeiführen! Ich ahnte gar nicht, daß Sie bei der Moralischen Aufrüstung sind.«

»Ich bin nicht bei der Moralischen Aufrüstung«, widersprach Elspeth. »Ich bin nicht einmal religiös, wie man es nennt, das heißt, ich glaube nicht an Gott«, fügte sie lahm hinzu.

Aber Miranda Searle hatte ihr nicht zugehört. »Oh, wie lustig!« rief sie. »Nun können Sie mir alles von den Zusammenkünften erzählen und von den schlimmen Bekenntnissen, die dabei abgelegt werden. Das hätte ich schon immer gern erfahren. Ich weiß noch, wie der Dekan vom College St. Mary einmal bekannte. Er stand vor allen Leuten auf und sagte, er hätte mit seiner Nichte geschlafen. Natürlich war das nicht wahr, denn ich weiß genau, daß er impotent ist. Immerhin war es sehr nett von ihm, denn sie ist ein fürchterlich häßliches Mädchen, und sie erhielt dadurch ein erotisches Cachet, das ihr wilde Erfolge einbrachte. Danach erfand ich die tollsten Dinge und erzählte in Oxford, man hätte sie mir bekannt, bis die gesamte theologische Fakultät mir mit einer Verleumdungsklage drohte.«

»Ach, es ist ganz unmöglich«, sagte Elspeth, und in ihrer Erregung warf sie die Schüssel mit den Stachelbeeren um. Sie war froh, ihr dunkelrotes Gesicht und ihre Zornestränen verbergen zu können, indem sie sich krampfhaft bemühte, die Beeren aufzulesen.

»Oh, bitte, bitte«, sagte Miranda, »es macht gar nichts.« In diesem Augenblick kam Mr. Searle in Tweed und Knickerbockers über den Gartenweg auf sie zu. »Henry!« rief seine Frau. »Henry, du hast mir nie erzählt, daß Miss Eccles bei der Moralischen Aufrüstung ist! Sie wollte mir gerade etwas bekennen, und es muß etwas sehr Aufregendes sein, denn vor lauter Eifer hat sie die Stachelbeeren ausgekippt. Geh doch mit ihr ins Wirtshaus. Das ist der richtige Ort für eine gute Aussprache von Mensch zu Mensch. Vielleicht kannst du die Kellnerin dazu bringen, dir zu sagen, was auf Hodges Acker los ist, oder Mr. Ratcliffe gesteht dir sogar die Geschichte von der armen Ziege. Was du auch herausfindest, du mußt es mir sofort berichten.«

Mr. Searle setzte sein Portweinglas hin, holte sein Taschentuch aus dem Ärmel hervor, in dem es stak, und wischte sich sorgsam seinen sauber gestutzten grauen Schnurrbart ab. Mit seinem abgetragenen Smoking und den alten Lackpumps sah er nicht wie ein Professor der englischen Literatur aus, sondern eher wie ein Offizier außer Dienst oder wie ein verarmter Landedelmann, und das entsprach ganz seinem Wunsch. Es war ein sehr warmer Abend gewesen, und die Verandatüren standen noch offen; eine kühle Nachtbrise drang nun ins Zimmer. Nachdem Mrs. Searle hinaufgegangen war, fühlte sich Elspeth ermächtigt, sich ihr blaues Wollmäntelchen um die Schultern zu legen. Sie hatte beschlossen, ein Abendkleid zu tragen, um der Förmlichkeit ihres Gastgebers entgegenzukommen; aber eigentlich hatte die Anwesenheit der Hausfrau mit ihrem langen Brokatkleid bewirkt, daß sie nach dem ersten Abend bei ihrem Entschluß geblieben war. Es betrübte sie, daß dies die letzte Gelegenheit zu ihren Gesprächen war – zu Gesprächen, die sie wegen der Eleganz des Raumes besonders genoß, auch wegen des Gläschens Kümmel, das er ihr jeden Abend aufmerksam einschenkte, obwohl sie fand, daß es in gewissem Sinne einer Kapitulation vor Mirandas Einfluß im Hause gleichkam, wenn sie einem solchen Genuß frönte. Doch nachdem sich ihre Gastgeberin zurückgezogen hatte, verging die Spannung, und sie konnte sich mit vollem Recht einem gewissen Hedonismus hingeben. Zweifellos stand ihm heute nacht noch dieselbe garstige Szene bevor, zweifellos hatte er derartige Anfälle immer wieder zu gewärtigen, bis die Frau starb. Ihr Vorhaben war ihr heute vormittag kläglich mißlungen, und sie hatte nichts erreicht. Doch wenigstens hatten ihn die Diskussionen von der Spannung befreit und ihm erlaubt, sich gehenzulassen. ›Ich will es noch einmal versuchen‹, dachte sie, ›will versuchen, die Rede darauf zu bringen, und ihm eindringlich vorhalten, daß seine Arbeit viel zu wichtig ist, daß er sie wegen eines selbstsüchtigen andern Menschen nicht vernachlässigen darf, sondern sich behaupten muß. Diesmal will ich zarter vorgehen, weniger direkt.‹

»Es besteht offenbar kein Zweifel«, sagte sie, »daß die neapolitanische Geburtsurkunde echt ist. Eine andere Frau als Mary hat Shelley ein Kind geschenkt, und diese Frau kann Claire Clairemont kaum gewesen sein, trotz Byrons häßlichem Klatsch. Es fragt sich nur – wer ist die Mutter?«

»Ja«, sagte Professor Searle. »Es ist ein Geheimnis, das wohl wie viele andere Geheimnisse in Shelleys

Leben nicht entschleiert werden wird. Ich bezweifle manchmal, ob wir überhaupt das Recht haben, den Schleier zu lüften. Oh, glauben Sie ja nicht, ich bestritte die Bedeutung des biographischen Elementes bei literarischen Würdigungen. Ich weiß recht gut, wie sehr die volle Kenntnis des Lebens, das ein Dichter geführt hat, ja vermutlich auch seines unbewußten Lebens, zur Deutung seines Werkes beiträgt, natürlich in besonderem Maße bei so grundlegend subjektiven Dichtern wie den Romantikern. Aber ich bin immer mehr dagegen, irgendwelche Skandalgeschichten auszugraben, die so sorgsam verborgen worden sind. Wahrscheinlich ergibt sich diese Zurückhaltung mit dem Alter«, fügte er hinzu.

»Mir scheint das ein anfechtbarer Standpunkt zu sein«, erwiderte Elspeth. »Bedenken Sie doch, wie wichtig Mary Shelleys Beziehungen zu Hogg und Peacock sind, wie sehr sie Shelleys eigene amoralische Ansicht über die eheliche Treue erklären! Oder auch, wie sehr Leigh Hunts Unbeständigkeit und Versagen auf die Belastung zurückzuführen sind, daß seine Frau heimlich trank.«

»Ja, wahrscheinlich«, sagte Professor Searle. »Aber wenn man das Werk eines Mannes tief verehrt, heißt das letztlich, daß man ihn und seine Wünsche achtet. Es geht weniger um die Enthüllung sorgfältig verborgener Tatsachen, sondern man könnte dem Toten

dadurch unrecht tun, daß sie von uns ganz falsch ausgelegt werden. Wir kreiden Mary ihre Untreue an
und Mrs. Hunt ihre Trunksucht, wer aber weiß, ob
nicht gerade das Shelley und Hunt am verhaßtesten
gewesen wäre? Wer weiß, ob sie sich die Schuld daran nicht selbst zuschrieben?«

Elspeth brachte ihre Frage ziemlich abrupt vor:
»Schreiben Sie sich die Schuld daran zu, daß Ihre
Frau trinkt?«

Professor Searle leerte bedächtig sein Glas Port-
wein, dann sagte er: »Das habe ich befürchtet. Ich
glaube, Sie haben einen Fehler gemacht, eine solche
Frage zu stellen. Oh, ich weiß, Sie werden sagen, ich
hätte Angst vor der Wahrheit; trotzdem denke ich,
daß es Dinge gibt, die besser ungesagt bleiben. Doch
da Sie mich gefragt haben, muß ich antworten – ja,
in hohem Maße, ja.«

»Wieso? Wieso?« fragte Elspeth ungeduldig.

»Miranda war eine sehr schöne Frau und sehr geist-
reich. Nicht geistig hervorragend von der Art, die zur
Welt der Gelehrten gehört, zur engen und oft präten-
tiösen Universitätswelt, sondern in umfassenderer
Weise, wie die Menschen, die sowohl handeln als auch
denken. Sie dürfen nicht meinen, daß ich die Mängel
dieser umfassenderen Welt übersehe – es ist eine anmaßende Gesellschaftsklasse, die viel zu großen Wert
auf das legt, was man unbestimmt als ›Erfahrung‹ be-

zeichnet, die allzu oft zur Tat schreitet, um ihr spärliches und dummes Denken zu bemänteln; als junger Mann heiratete ich eine Frau aus diesen Kreisen, deren Fehler mir klar vor Augen standen. Immerhin war das ihre Welt, mochte ich mir darin auch wie ein Fisch auf dem Trockenen vorkommen, und weil sie mich beängstigte, weil ich dort nicht glänzen konnte, schnitt ich Miranda davon ab, so daß ich ihr alles erschwerte und ihren Charakter verbog. Natürlich kamen noch andere Faktoren hinzu, der Tod unseres Sohnes tat ein übriges, und es gab auch noch andere Dinge«, fügte er hastig bei, »Dinge, die vielleicht noch mehr ins Gewicht fielen.«

»Nun, ich finde das alles Blödsinn«, sagte Elspeth. »Sie haben etwas Wichtiges zu geben, und Sie haben sich durch ihr selbstsüchtiges Leid so sehr lähmen lassen, daß es nun fraglich ist, ob Sie jemals wieder etwas schreiben werden.«

»Ich werde etwas Unverzeihliches tun«, antwortete Professor Searle. »Ich will Ihnen nämlich sagen, daß Sie noch sehr jung sind. Ich bezweifle, daß mich die Tragödie meiner Frau am Schreiben gehindert hat, obwohl ich meine Faulheit damit entschuldigen könnte. Was zwischen meiner Frau und mir vor sich geht, hat sich schon so oft ereignet, ist so abgedroschen und alltäglich, daß mein Gemüt und meine Empfindungen, so schrecklich es auch sein mag, durch das Einerlei abgestumpft sind. Ihnen muß es, selbst wenn Sie nur auf Vermutungen angewiesen sind, oder vielleicht gerade deswegen, viel schlimmer erscheinen. Ich hatte zwar gehofft, daß sich die Lage durch Ihren Besuch vielleicht bessern würde, und so erfreulich es auch war – unsere Diskussionen werde ich nie vergessen –, merkte ich doch bald, daß ich durch die Anwesenheit eines Dritten, durch die Möglichkeit, daß Sie Zuschauer wären, sehr belastet wurde.« Er zündete sich eine Zigarette an und lehnte sich schweigend zurück. ›Warum habe ich das gesagt?‹ dachte er. ›Ich hätte erst an Holz klopfen sollen. Bisher haben wir jede Szene im Beisein dieses jungen Mädchens vermieden, aber dadurch, daß ich die Möglichkeit erwähnte, habe ich die Vorsehung herausgefordert. Auch heute abend, wo die Gefahr fast vorüber und doch so nahe gewesen ist, hat Miranda offensichtlich schon vor dem Essen getrunken, und diese Szenen kommen immer so plötzlich.‹

»Nun ja, meine Liebe«, sagte er, »jetzt gehen wir am besten schlafen. Seien Sie unbesorgt, vielleicht schreibe ich die Arbeit über Peacocks Briefe in den langen Sommerferien fertig. Wer weiß? Und bitte, was ich auch gesagt habe, vergessen Sie nicht, daß Ihr Besuch hier für mich ein sehr schönes Erlebnis war.«

Aber er hatte seinen Entschluß zu spät gefaßt. In der Tür stand Miranda Searle; sie schwankte ein wenig, ihr Gesicht war gerötet, und sie hielt sich mit der Hand am Türrahmen fest, um sich zu stützen.

»Immer noch bei der Aussprache?« fragte sie mit belegter Stimme, dann fügte sie mit grober Vertraulichkeit hinzu: »Damit müßt ihr aber bald aufhören, sonst kommen wir nie zu Bett.«

Ihr Mann erhob sich. »Wir wollten gerade kommen«, sagte er ruhig.

Miranda Searle lehnte sich an die Tür und lachte; in ihren Augen schienen Lichtpünktchen zu tanzen, als die Bosheit hervorglimmte. »Liebling«, ihre schleppende Stimme hatte den heisersten Ton, »das ›wir‹ klingt ziemlich unanständig, oder soll die gegenseitige Anteilnahme auch fürs Bett gelten?«

Elspeth richtete sich zu ihrer vollen Höhe auf, stand verlegen da und betrachtete ihre Gastgeberin sekundenlang. »Das ist eine sehr billige und geschmacklose Bemerkung«, sagte sie. Henry Searle schien alles Leben verloren zu haben; er bückte sich und fühlte einen Riß in seinen Lackpumps.

Aber das bösartige Gefunkel in Mirandas Augen verging, und sie wurden kalt und hart. »Geschmacklos ist es, schmutzige Wäsche in der Öffentlichkeit zu waschen«, sagte sie, und während sie sprach, bekam sie einen schiefen Mund. »Allerdings gibt es nicht viel zu teilen. Sie können gern alles haben. Er ist nämlich ein Schlappschwanz.« Mit ihrem Ton gelang es ihr, das Wort obszön klingen zu lassen. »Ich holte ein Kind aus ihm heraus, aber damit war er als Mann erledigt.«

Professor Searle schien wieder lebendig zu werden; seine Hand streckte sich zum Protest aus. Doch seine Auferstehung vollzog sich zu langsam; bevor er das Zimmer durchqueren konnte, war Elspeth vorgeschossen. Sie überragte die andere, und sie versetzte ihr eine Ohrfeige; dann packte sie Miranda an den Schultern und schüttelte sie. »Sie sollten eingesperrt werden«, sagte sie, »sollten versorgt werden, wo Sie keinen Schaden mehr anrichten können.«

Miranda torkelte, um sich von dem Griff des jungen Mädchens zu befreien; mit den langen knochigen Händen wollte sie an Elspeths Armen zerren, aber dabei verfing sich ihr Absatz in dem rosa Brokatrock, und sie fiel lächerlich zu Boden. Der Verlust der Würde nahm ihr offenbar alle Wut; sie hockte als schlaffes Häuflein da, die Tränen strömten ihr aus den Augen. »Wenn ich meinen Sohn noch hätte, würde er für mich eintreten und das nicht zulassen«, sagte sie immer wieder. Ihr Mann half ihr auf die Füße, nahm ihren Arm und führte sie aus dem Zimmer. Elspeth hörte ihre stöhnende Stimme draußen im Flur. »Warum wurde er mir genommen? Was habe ich getan, daß ich so behandelt werde?« Und die Stimme des Professors – beschwichtigend, besänftigend, beruhigend.

Viele Wochen später kehrte Elspeth nach Oxford zurück. Den ersten Abend des neuen Semesters verbrachte sie mit Kenneth Orme, der in einem College Altnorwegisch las. Da auch er ein ehemaliger Schüler von Professor Searle war, fühlte sie sich imstande, ihm die ganze Geschichte jenes verhängnisvollen Abends anzuvertrauen.

»… Ich wartete am nächsten Morgen gar nicht erst, bis ich einen von ihnen sah«, schloß sie. »Ich packte einfach meinen Koffer und stahl mich fort. Sie wollte ich nie wiedersehen, und für ihn wäre es wohl nur peinlich gewesen. Es kann sogar sein, daß ich seine Freundschaft opfern mußte, um zu helfen.« Elspeth hoffte, daß ihre Stimme ruhig klang, daß Kenneth nicht ahnte, was diese Schlußfolgerung für sie bedeutete. »Was es auch gekostet haben mag, ich glaube, es hat sich gut ausgewirkt. So betrunken sie auch war, sie dürfte gemerkt haben, daß es immerhin Menschen gibt, denen sie nicht auf der Nase herumtanzen kann, die den Mut haben, ihr das zu geben, was sie verdient. Jedenfalls brachte es etwas frische Luft in eine sehr übelriechende Atmosphäre.«

Kenneth Orme sah sie mit sonderbarer Miene an. »Frische Luft kann recht gefährlich sein«, sagte er. »Manche Leute erkälten sich dadurch, und mitunter ist so eine Erkältung todbringend.«

»Oh, das ist bei Mrs. Searle nicht zu befürchten«,

sagte Elspeth. »Ich wünschte, es wäre so, aber sie ist viel zu zäh.«

»Mrs. Searle meinte ich nicht«, erwiderte Kenneth. »Ich meinte den Professor. Er wird nämlich in diesem Semester nicht herkommen. Er hat einen vollständigen Zusammenbruch erlitten.«

Die Tür des Schicksals

von W. Somerset Maugham

Sie fanden ein Coupé erster Klasse für sich allein. Das war angenehm, denn sie hatten eine Menge Handgepäck, Albans Coupékoffer und eine Reisetasche und Annes Reisenecessaire und eine Hutschachtel. Zwei weitere Koffer, die das Nötigste für die nächste Zukunft enthielten, waren im Gepäckwagen untergebracht, aber das ganze übrige Gepäck hatte Alban einem Spediteur übergeben, der es nach London bringen und so lange einlagern sollte, bis sie sich entschlossen hatten, was sie tun wollten. Sie besaßen eine Menge Bilder und Bücher, Kuriositäten, die Alban im Orient gesammelt hatte, seine Gewehre und Sättel. Sie hatten Sondurah für immer verlassen. Alban gab, wie es seine Gewohnheit war, dem Träger ein reichliches Trinkgeld und ging dann zum Bücherstand, um Zeitungen zu holen. Er kaufte den ›New Statesman‹ und die ›Nation‹, den ›Tatler‹ und den ›Sketch‹ und die letzte Nummer des ›London Mercury‹. Dann kehrte er ins Coupé zurück und warf alles auf einen Sitz.

»Wir fahren doch bloß eine Stunde«, sagte Anne.

»Ich weiß, aber ich hatte solche Lust, sie zu kaufen. Ich bin so ausgehungert. Ist es nicht wunderbar, daß wir morgen die morgige ›Times‹ und den ›Expreß‹ und die ›Mail‹ bekommen werden?«

Sie gab keine Antwort, und er drehte sich um, denn er sah zwei Personen durch den Gang kommen, ein Ehepaar, das von Singapore an mit ihnen gereist war.

»Gut durch den Zoll gekommen?« rief er ihnen munter entgegen.

Der Mann schien nicht zu hören, denn er schritt unentwegt weiter, aber die Frau antwortete.

»Ja, sie haben unsere Zigaretten nicht gefunden.«

Sie erblickte Anne, lächelte ihr freundlich zu und ging vorüber. Anne errötete.

»Ich fürchtete schon, sie würden hier hereinkommen«, sagte Alban. »Laß uns doch lieber allein bleiben, wenn es geht.«

Sie blickte ihn mit einem merkwürdigen Ausdruck an.

Er zündete sich eine Zigarette an und blieb in der Coupétür stehen. Auf seinem Gesicht lag ein glückliches Lächeln. Als sie das Rote Meer passiert hatten und im Kanal einen scharfen Wind antrafen, war Anne überrascht gewesen über die Veränderung, die mit den Leuten vorging, als sie wärmere Kleider anzogen. Männer, die in weißen Hosen durchaus präsentabel ausgesehen hatten, hatten nun schäbige Flanellhosen und abgetragene alte Golfröcke an, allzu sichtlich von der Stange gekauft, oder blaue Stoffanzüge, die den Provinzschneider verrieten. Die meisten Passagiere waren in Marseille an Land gegangen, aber ein Dutzend ungefähr waren – entweder weil sie dachten, daß ihnen die Fahrt durch die Bay nach dem langen Aufenthalt im Orient guttun würde, oder aus Sparsamkeit, wie sie selbst – nach Tilbury mitgefahren, und einige gingen nun auf dem Perron auf und ab. Sie trugen Tropenhelme oder doppelrandige Filzhüte und schwere Winterröcke, oder aber aus der Form geratene weiche oder steife Hüte, nicht sehr gut gebürstet, die zu klein für ihre Köpfe schienen. Es war ein deprimierender Anblick. Sie sahen vorstadtmäßig und eine Spur zweitrangig aus. Aber Alban wirkte bereits wie ein Londoner. Auf seinem eleganten Winterrock war nicht ein Stäubchen zu sehen, und sein schwarzer Hut schien funkelnagelneu. Man hätte nie erraten, daß er drei Jahre von England fortgewesen war. Sein Kragen paßte genau um seinen Hals, und seine Foulardkrawatte war hübsch gebunden. Anne mußte, während sie ihn betrachtete, unwillkürlich denken, wie gut er aussah. Er war nicht ganz sechs Fuß hoch und schlank, er verstand, seine Anzüge zu tragen, und seine Anzüge waren gut geschnitten. Er hatte helles, noch dichtes Haar, blaue

Augen und die schwach gelbliche Haut, die Menschen seines Typs eigen ist, wenn sie die rosige Frische der frühen Jugendjahre verloren haben. In seinen Wangen war keine Farbe. Es war ein feiner Kopf, gut aufgesetzt auf einem ziemlich langen Hals mit etwas vorstehendem Adamsapfel, aber sein Gesicht fiel mehr durch seine Vornehmheit als durch Schönheit auf. Mit seinen regelmäßigen Zügen, seiner geraden Nase und seiner breiten Stirn war er sehr gut zu photographieren, und nach den Bildern, die er gab, hätte man ihn für besonders schön halten können. Das war er nicht, vielleicht, weil seine Augenbrauen und seine Wimpern blaß und seine Lippen dünn waren, aber er sah sehr intellektuell aus. Aus seinen Zügen sprach eine Feinsinnigkeit, eine Geistigkeit, die seltsam rührend wirkte. So stellte man sich einen Dichter vor; und als Anne sich mit ihm verlobt hatte, erzählte sie ihren Freundinnen, wenn sie nach ihm fragten, er sehe aus wie Shelley. Er wandte sich ihr nun mit einem leisen Lächeln in seinen blauen Augen zu. Sein Lächeln war sehr anziehend.

»Was für ein wunderbarer Tag für unsere Ankunft in England!«

Es war Oktober. Sie waren unter einem grauen Himmel und auf einem grauen Meer durch den Kanal gedampft. Es regte sich kein Windhauch. Die Fischerboote schienen auf dem friedlichen Wasser zu ruhen, als hätten die Elemente ihre alte Feindschaft für immer begraben. Die Küste war unglaublich grün, aber von einem hellen, traulichen Grün, ganz ungleich dem üppigen, ungestümen Grün des tropischen Urwalds. Die roten Städte, an denen sie vorbeifuhren, waren behaglich und heimatlich. Sie schienen die Verbannten mit lächelnder Freundlichkeit willkommen zu heißen. Und als sie in das Mündungsgebiet der Themse einfuhren, sahen sie die fruchtbaren Ebenen von Essex und bald darauf Chalk Church auf dem Kenter Ufer, einsam inmitten sturmgeprüfter Bäume, und dahinter die Wälder von Cobham. Die Sonne, rot in einem schwachen Nebel, ging auf den Mooren unter, und die Nacht brach herein. Die Bogenlampen auf dem Bahnhof warfen ein Licht, das kalte, harte Flecke in die Dunkelheit streute. Es tat gut, die Träger in ihren saloppen Uniformen herumpoltern und den dicken wichtigen Stationsvorstand mit seiner steifen Mütze seines Amtes walten zu sehen. Der Stationsvorstand pfiff und hob den Arm. Alban stieg ein und ließ sich in der Ecke, Anne gegenüber, nieder. Der Zug setzte sich in Bewegung.

»Wir kommen um sechs Uhr zehn in London an«, sagte Alban. »Um sieben können wir in Jermyn Street sein. Da bleibt uns eine Stunde zum Baden und Umziehen, und um halb neun dinieren wir im Savoy. Eine Flasche Sekt heute abend, Kleines, und ein Festdinner!« Er lachte in sich hinein. »Die Strouds und die Maundys haben sich verabredet, im Trocadero Grill-Room zu essen.«

Er nahm die Zeitungen und fragte sie, ob sie auch welche haben wolle. Anne schüttelte den Kopf.

»Müde?« lächelte er.

»Nein.«

»Aufgeregt?«

Um nicht antworten zu müssen, lachte sie leicht auf. Er fing an, sich in die Zeitungen zu vertiefen, mit den Buchanzeigen beginnend, und Anne merkte, wie sehr es ihn beglückte, sich wieder näher an den Quellen der Dinge zu fühlen. Sie hatten die gleichen Zeitschriften auch in Sondurah bekommen, aber sechs Wochen verspätet, und obgleich sie sie auf dem laufenden hielten über das, was in ihrer Welt vorging, brachten sie ihnen ihre Verbannung doch nur noch deutlicher zum Bewußtsein. Aber diese Blätter kamen frisch aus der Presse. Sie rochen anders. Sie hatten eine Knusprigkeit, die beinahe wollüstig war. Er hätte sie am liebsten alle auf einmal gelesen. Anne schaute zum Fenster hinaus. Die Landschaft war dunkel, und sie konnte kaum etwas sehen außer den Lichtern ihres Abteils, die sich in den Fensterscheiben spiegelten; aber sehr bald tauchte die Stadt auf, und kleine armselige Häuser wurden sichtbar, Meilen um Meilen dieser Häuser, mit einem erleuchteten Fenster da und dort, und die Rauchfänge bildeten ein düsteres Muster gegen den Himmel. Sie fuhren durch Barking und East Ham und Bromley – es war dumm, wie ihr das Herz zitterte, als sie im Durchfahren die Namen auf den Stationsschildern las – und dann durch Stepney. Alban legte seine Zeitungen hin.

»In fünf Minuten sind wir da.«

Er setzte seinen Hut auf und holte die Sachen, die der Träger in die Gepäcknetze gelegt hatte, herunter. Er blickte Anne mit leuchtenden Augen an, und um seine Lippen zuckte es. Sie sah, daß es ihm nur mit Mühe gelang, seiner Bewegung Herr zu werden. Auch er schaute nun zum Fenster hinaus, und sie fuhren über hellerleuchtete Verkehrsstraßen, voll von Elektrischen, Autobussen und Lastwagen, und überall drängten sich die Menschen. Welche Menge! Die Läden waren alle erleuchtet. Sie sahen die Straßenhändler mit ihren Karren an den Wegrändern.

»London«, sagte er.

Er nahm ihre Hand und drückte sie sanft. Sein Lächeln war so bezaubernd, daß sie etwas sagen mußte. Sie versuchte zu scherzen.

»Hast du auch ein so komisches Gefühl im Magen?«

»Ich weiß nicht, ob ich weinen möchte oder ob mir schlecht ist.«

Fenchurch Street. Er ließ das Fenster herunter und winkte einen Träger heran. Mit knirschenden Brem-

sen blieb der Zug stehen. Ein Träger riß die Coupétür auf, und Alban reichte ihm ein Stück nach dem
andern hinunter. Dann sprang er aus dem Wagen und
hielt Anne in seiner höflichen Art die Hand hin, um
ihr beim Aussteigen behilflich zu sein. Der Träger
entfernte sich, um einen Schubkarren zu holen, und
sie blieben bei ihrem Gepäck stehen. Alban winkte
zwei Schiffspassagieren zu, die an ihnen vorbeikamen.
Der Mann nickte steif.

»Was für ein Trost, daß wir es nie mehr nötig haben
werden, zu diesen gräßlichen Leuten höflich zu sein«,
sagte Alban leichthin.

Anne warf ihm einen raschen Blick zu. Er war wirklich unverständlich. Der Träger kam mit seinem Karren zurück, das Gepäck wurde aufgeladen, und sie
folgten ihm, um auch noch ihre weiteren Koffer zu
holen. Alban nahm den Arm seiner Frau und drückte
ihn.

»Der Geruch von London! Himmel, ist das schön!«
Er war beseligt über das Getriebe, den Lärm, die
drängenden, stoßenden Menschenmassen ringsum-
her; das Strahlen der Bogenlampen und die schwarzen Schatten, die sie warfen, scharf aber voll und
warm im Ton, hatten etwas Erhebendes für ihn. Sie
traten auf die Straße, und der Träger ging, ein Taxi
zu besorgen. Albans Augen leuchteten, während er
die Autobusse betrachtete und die Polizisten, die

bemüht waren, das Durcheinander zu regeln. Sein vornehmes Gesicht hatte einen Ausdruck, der an Ekstase grenzte. Das Taxi kam. Ihr Gepäck wurde verstaut und neben dem Chauffeur aufgestapelt. Alban gab dem Träger zweieinhalb Schilling, und sie fuhren los. Sie bogen in die Gracechurch Street ein und wurden in der Cannon Street durch eine Verkehrsstokkung aufgehalten. Alban lachte laut auf.

»Was ist los?« fragte Anne.

»Ich bin so aufgeregt.«

Sie fuhren am Themsekai entlang. Dort war es verhältnismäßig ruhig. Taxis und andere Automobile fuhren an ihnen vorbei. Das Klingeln der Elektrischen war Musik für sein Ohr. An der Westminster Brücke überquerten sie den Parliament Square und fuhren dann durch die grüne Stille des St. James' Park. Sie hatten ein Zimmer in einem Hotel ganz nahe der Jermyn Street bestellt.

Der Empfangschef führte sie hinauf, und ein Diener brachte ihnen ihr Gepäck. Es war ein Zimmer mit Ehebetten und anschließendem Bad.

»Das sieht ja ganz ordentlich aus«, sagte Alban. »Es wird vollkommen ausreichen, bis wir eine kleine Wohnung oder sonst etwas gefunden haben.«

Er schaute auf die Uhr.

»Hör zu, Liebling, wir würden bloß übereinander stolpern, wenn wir gleichzeitig auspackten. Wir haben massenhaft Zeit, und du wirst länger brauchen als ich, um in Ordnung zu kommen und dich anzuziehen. Ich lasse dich eine Weile allein. Ich möchte in den Klub gehen und sehen, ob Post für mich da ist. Ich habe meinen Smoking im Handkoffer und brauche keine zwanzig Minuten, um zu baden und mich umzuziehen. Ist es dir recht?«

»Ja. Vollkommen.«

»In einer Stunde bin ich wieder da.«

»Schön.«

Er zog aus seiner Tasche den kleinen Kamm, den er immer bei sich hatte, und zog ihn durch sein langes, blondes Haar. Dann setzte er den Hut auf. Er warf einen Blick in den Spiegel.

»Soll ich dir das Bad einlassen?«

»Nein, bemühe dich nicht.«

»Auf Wiedersehen also.«

Er ging.

Als er draußen war, nahm Anne ihr Reisenecessaire und ihre Hutschachtel und stellte beides auf ihren Koffer. Dann klingelte sie. Sie nahm ihren Hut nicht ab. Sie setzte sich hin und zündete sich eine Zigarette an. Als ein Mädchen erschien, ließ sie den Hausdiener kommen. Sie zeigte auf ihr Gepäck.

»Bringen Sie diese Sachen hinunter, und lassen Sie sie vorläufig unten in der Halle stehen. Ich werde Ihnen später sagen, was mit ihnen zu geschehen hat.«

Sie gab dem Mann ein Zweischillingstück. Er schaffte den Koffer und die anderen Gepäckstücke hinaus und schloß die Tür hinter sich. Ein paar Tränen liefen Anne über die Wangen, aber sie rüttelte sich auf; sie trocknete sich die Augen und puderte sich das Gesicht. Sie brauchte ihre ganze Ruhe. Sie war froh, daß Alban auf die Idee gekommen war, in den Klub zu gehen. Es erleichterte ihr Vorhaben und ließ ihr ein wenig Zeit zum Überlegen.

Nun, da der Augenblick gekommen war, auszuführen, was sie seit Wochen beschlossen hatte, nun, da sie die furchtbaren Dinge aussprechen mußte, die sie zu sagen hatte, verließ sie der Mut. Ihr Herz sank. Sie wußte genau, was sie Alban sagen wollte, sie war sich seit langem darüber klar. Auf der langen Reise von Singapore hatte sie es sich hundertmal Wort für Wort vorgesagt, aber sie hatte Angst, sich zu verwirren. Sie verabscheute Streit. Der bloße Gedanke an eine Szene machte sie krank. Darum war es gut, daß sie nun eine Stunde Zeit hatte, sich zu sammeln. Er würde sagen, daß sie herzlos und grausam und unvernünftig sei. Sie konnte es nicht ändern.

»Nein, nein, nein«, rief sie laut.

Sie schauderte vor Entsetzen. Und mit einem Male sah sie sich wieder in dem Bungalow, so wie sie dagesessen hatte, als das Ganze anfing. Es war knapp vor dem Mittagessen, und in ein paar Minuten sollte

Alban vom Büro zurück sein. Es war eine Freude für sie, daß der Raum, der ihn erwartete, diese große Veranda, die ihr Wohnzimmer bildete, so hübsch war, und sie wußte, daß Alban nach achtzehn Monaten immer noch nicht abgestumpft war gegen das kleine Kunstwerk, das sie hier zustandegebracht hatte. Die Jalousien waren nun heruntergelassen, um die Mittagssonne abzuhalten, und das gemilderte Licht, das durch den Stoff hindurchdrang, rief den Eindruck kühler Stille hervor. Anne setzte ihren Stolz in eine hübsche Wohnung, und obgleich sie, wie der Dienst es mit sich brachte, von Distrikt zu Distrikt versetzt wurden und selten lange an ein und demselben Ort blieben, machte sie sich jedesmal mit neuem Enthusiasmus daran, ihr Haus reizend und behaglich einzurichten. Sie war sehr modern. Besucher wunderten sich, daß keine Nippsachen herumstanden. Sie waren befremdet über die kühnen Farben der Vorhänge und konnten nichts mit den farbigen Reproduktionen von Marie Laurencin und Gauguin anfangen, die in versilberten Rahmen an den Wänden verteilt waren. Sie war sich bewußt, daß ihr Geschmack nur von wenigen gebilligt wurde, und daß die guten Damen von Port Wallace und Pemberton derartige Neuheiten ausgefallen, affektiert und unangebracht fanden; aber sie ließ sich dadurch nicht beirren. Sie würden schon lernen. Es tat ihnen gut, ein bißchen aufgerüttelt zu werden. Und nun blickte sie sich in der langen, geräumigen Veranda um, mit dem befriedigten Aufseufzen des Künstlers, der sein Werk gutheißt. Der Raum war farbig. Er war kahl. Er verbreitete Ruhe. Er erfrischte den Geist und wirkte sanft belebend auf die Phantasie. Drei ungeheure Vasen mit gelben Kannas vervollständigten das Bild. Ihre Augen blieben einen Augenblick auf den mit Büchern gefüllten Regalen haften; das war auch etwas, was die Kolonie nicht verstehen konnte: diese vielen Bücher, die sie hatten, und merkwürdige Bücher, schwer fanden sie sie meistenteils; und Anne streifte sie mit einem liebevollen Blick, als wären es lebendige Wesen. Dann schaute sie zum Klavier hinüber. Ein Notenheft stand offen da, es war etwas von Debussy, und Alban hatte es gespielt, ehe er ins Büro gegangen war.

Ihre Freundinnen in der Kolonie hatten sie bemitleidet, als Alban zum Distriktsoffizier in Daktar ernannt worden war, denn es war der entlegenste Distrikt von Sondurah. Daktar war mit der Stadt, die das Hauptquartier der Regierung bildete, weder durch Telegraph noch durch Telephon verbunden. Aber Anne gefiel es. Sie waren nun schon eine ganze Weile da und hofften, bleiben zu können, bis Alban nach zwölf Monaten seinen Urlaub antreten und nach England fahren würde. Der Distrikt war so groß wie eine englische Grafschaft mit einer langen Küstenlinie, und das Meer war von kleinen Inseln übersät. Ein breiter, gewundener Fluß floß durch das Land, zwischen Hügelketten, die dicht mit Urwald bewachsen waren. Die Station, ein gutes Stück flußaufwärts gelegen, bestand aus einer Reihe chinesischer Läden und einem zwischen Kokospalmen eingebetteten Eingeborenendorf, dem Distriktsamt, dem Bungalow des Distriktsoffiziers, dem Haus des Sekretärs und einigen Baracken. Ihre einzigen Nachbarn waren der Leiter einer Gummiplantage, ein paar Meilen flußaufwärts, und zwei Holländer, Leiter und Assistent eines Holzwerkes an einem der Nebenflüsse des Flusses. Das Motorboot der Gummiplantage fuhr zweimal des Monats den Fluß hinauf und bildete die einzige regelmäßige Verbindung mit der übrigen Welt. Aber obgleich sie einsam waren, langweilten sie sich nicht. Ihre Tage waren ausgefüllt. Am frühen Morgen warteten ihre Pferde auf sie, und sie ritten, solange der Tag noch frisch war und in den Pfaden des Dschungels noch das Geheimnis der tropischen Nacht verweilte. Sie kamen zurück, badeten, zogen sich um und frühstückten, und Alban ging in sein Amt. Anne verbrachte den Vormittag mit Briefeschreiben und allerhand Arbeiten. Sie hatte sich in das Land verliebt und vom ersten Tag versucht, sich seine Umgangssprache zu eigen zu machen. Ihre Phantasie entzündete sich an den Geschichten von Liebe, Eifersucht und Tod, die sie hörte. Man erzählte ihr romantische Begebenheiten aus einer Zeit, die noch kaum vergangen war. Sie versuchte, sich in die Gedankenwelt dieses seltsamen Volkes zu versenken. Sowohl sie als Alban lasen viel. Sie hatten eine für diese Gegend ansehnliche Bibliothek, und neue Bücher kamen aus London fast mit jeder neuen Post. Wenig Beachtenswertes entging ihnen. Alban liebte es, Klavier zu spielen. Für einen Dilettanten spielte er sehr gut. Er hatte ziemlich ernsthaft studiert und hatte einen schönen Anschlag und ein gutes Gehör; er spielte mit Leichtigkeit vom Blatt, und es war immer ein Vergnügen für Anne, neben ihm zu sitzen und mitzulesen, wenn er etwas Neues probierte. Aber ihre größte Freude war, den Distrikt zu bereisen. Manchmal blieben sie volle vierzehn Tage aus. Sie fuhren in einer Prau den Fluß hinunter und segelten dann von einer kleinen Insel zur andern, badeten im Meer und fischten, oder aber sie ruderten stromaufwärts, bis der Lauf seicht wurde, und die Bäume an den Ufern einander so nahe kamen, daß man bloß einen schmalen Streifen Himmel zwischen ihnen sehen konnte. Hier mußte der Bootsmann das Boot mit der Stange vorwärtsstoßen, und sie verbrachten die Nacht in einem Eingeborenenhaus. Sie badeten in einem tiefen Flußtümpel, der so klar war, daß man den Sand silbern am Grund glitzern sah; und der Platz war so schön, so friedlich, so weltabgeschieden, daß man das Gefühl hatte, hier könnte man ewig bleiben. Manchmal wieder wanderten sie tagelang durch den Dschungel, unter Zelten schlafend, und trotz der Moskitos, die sie stachen, und der Blutegel, die ihr Blut saugten, genossen sie jeden Augenblick. Wer hatte je so gut auf einem Feldbett geschlafen? Und danach die Freude der Heimkehr, das Entzücken an der Behaglichkeit des wohlgeordneten Heims, die Post, die angekommen war, mit Briefen von zu Hause und den vielen Zeitungen, und das Klavier.

Alban setzte sich hin – in seinen Fingern zuckte es nach den Tasten –, und was er auch spielte, ob nun Strawinsky, Ravel oder Darius Milhaud – aus allem hörte sie etwas von ihm selbst heraus, die nächtlichen Geräusche des Dschungels, die Dämmerung über der Flußmündung, die sternhellen Nächte und die kristallene Klarheit der Waldgewässer.

Manchmal fiel der Regen tagelang in Strömen herab.

Dann beschäftigte sich Alban mit Chinesisch. Er lernte es, um sich mit den im Lande ansässigen Chinesen in ihrer Muttersprache verständigen zu können, und Anne erledigte etwas von den tausend Dingen, für die sie sonst keine Zeit fand. Diese Tage brachten sie einander noch näher; sie hatten immer viel miteinander zu sprechen, und wenn jedes mit seinen eigenen Angelegenheiten beschäftigt war, tat es doch wohl, die Gegenwart des andern zu spüren. Sie waren wunderbar verbunden. Die Regentage, die sie in die Wände des Bungalows einschlossen, gaben ihnen das Gefühl, eins zu sein, ein Leib und eine Seele, der ganzen übrigen Welt gegenüber.

Gelegentlich fuhren sie nach Port Wallace. Es war eine Abwechslung, aber Anne war froh, wenn sie wieder nach Hause kam. Sie fühlte sich nie ganz wohl dort. Sie merkte, daß die Leute, mit denen sie zusammentrafen, Alban nicht mochten. Es waren sehr gewöhnliche Leute, bürgerlich, provinzlerisch und stumpf, ohne eine Spur der geistigen Interessen, durch die das Leben für sie und Alban so erfüllt und abwechslungsreich wurde; und viele von ihnen waren beschränkt und bösartig; aber da sie den größten Teil des Lebens mit ihnen in Verbindung würden bleiben müssen, war es bedauerlich, daß sie Alban so wenig Sympathie entgegenbrachten. Sie behaupteten, er wäre eingebildet. Er benahm sich immer sehr nett zu ihnen, aber sie fühlte, daß sie ihm seine Freundlichkeit übelnahmen. Wenn er sich bemühte, jovial zu sein, behaupteten sie, er spiele sich auf, und wenn er sie neckte, fanden sie, er prahle auf ihre Kosten mit seinem Witz.

Einmal waren sie im Hause des Gouverneurs zu Gast, und Mrs. Hannay, seine Frau, die Anne gern hatte, fing mit ihr darüber zu sprechen an. Vielleicht geschah es auf Veranlassung des Gouverneurs.

»Es ist so schade, meine Liebe, daß Ihr Mann sich nicht bemüht, ein bißchen kameradschaftlicher mit den Leuten zu sein. Er ist sehr intelligent; glauben Sie nicht, es wäre besser, wenn er die andern nicht so ganz deutlich merken ließe, daß er das weiß? Mein Mann hat erst gestern zu mir gesagt: ›Es ist mir vollkommen klar, daß Alban Torel der klügste unter den jungen Leuten hier draußen ist, aber er hat etwas an sich, was mich reizt. Wenn er mit mir spricht, habe ich den Eindruck, daß er mich in seinem Innern einen Esel nennt.‹«

Das Schlimme daran war, daß Anne wußte, daß Alban tatsächlich eine sehr geringe Meinung von den Fähigkeiten des Gouverneurs hatte.

»Er meint es nicht so«, antwortete sie lächelnd. »Und er ist wirklich nicht im mindesten eingebildet. Er sieht bloß so aus, weil er eine gerade Nase und hohe Backenknochen hat.«

»Sehen Sie, man hat ihn im Klub nicht gern. Man nennt ihn den Puderquasten-Percy.«

Anne errötete. Sie hatte das schon früher einmal gehört, und es machte sie böse. Ihre Augen füllten sich mit Tränen.

»Ich finde das furchtbar unfair.«

Mrs. Hannay nahm ihre Hand und drückte sie liebevoll.

»Meine Liebe, Sie wissen, daß ich Ihnen nicht weh

tun will. Ihr Mann wird es ganz bestimmt sehr weit bringen im Dienst. Er könnte sich seine Stellung um vieles erleichtern, wenn er ein bißchen menschlicher wäre. Warum spielt er nicht Fußball?«

»Es liegt ihm nicht. Aber er ist immer mit Freuden bereit, Tennis zu spielen.«

»Das glaubt man ihm bloß nicht. Er setzt eine Miene auf, als dächte er sich, daß niemand da sei, mit dem es sich lohne, zu spielen.«

»Gott, das stimmt ja eigentlich auch«, entgegnete Anne verletzt.

Alban war ein ausgezeichneter Tennisspieler. Er hatte in England viele Turniere gespielt, und Anne wußte, daß es ihm ein boshaftes Vergnügen bereitete, die fleischigen, biederen Männer hier auf dem Platze herumzujagen. Der beste von ihnen wirkte dann lächerlich. Alban konnte verheerend sein, auf dem Tennisplatz.

»Er spielt für die Galerie, finden Sie nicht?« fragte Mrs. Hannay.

»Nein, bestimmt nicht. Glauben Sie mir, Alban hat keine Ahnung, daß er unbeliebt ist. Soweit ich es beurteilen kann, ist er immer nett und freundlich zu allen.«

»Ja, aber gerade dann ist er am beleidigendsten«, meinte Mrs. Hannay trocken.

»Ich weiß, daß wir nicht sehr beliebt sind«, sagte Anne mit einem schwachen Lächeln. »Das tut mir sehr leid, aber ich wüßte wirklich nicht, was wir dagegen tun können.«

»Von Ihnen ist nicht die Rede, meine Liebe«, rief Mrs. Hannay. »Sie werden von allen geliebt. Deshalb finden sie sich ja auch mit Ihrem Gatten ab. Wer sollte Sie nicht gern haben, Kind?«

»Ich weiß nicht, warum ich Gnade vor ihren Augen finde«, sagte Anne.

Aber sie war nicht ganz aufrichtig. Sie spielte bewußt die Rolle der reizenden, kleinen Frau und unterhielt sich königlich dabei. Sie lehnten Alban ab, weil er etwas so Vornehmes hatte und sich für Kunst und Literatur interessierte; sie verstanden nichts von diesen Dingen und hielten sie darum für unmännlich; und sie lehnten ihn ab, weil seine Fähigkeiten größer waren als die ihren. Sie lehnten ihn ab, weil er besser erzogen war als sie. Sie fanden ihn überlegen; nun, er war überlegen, aber nicht in dem Sinn, wie sie meinten. Sie verziehen ihr, weil sie ein häßliches kleines Ding war. So nannte sie sich wenigstens, aber es stimmte nicht, oder wenn es stimmte, so war ihre Häßlichkeit außerordentlich anziehend. Sie war wie ein kleiner Affe, aber ein süßer kleiner Affe und sehr menschlich. Sie hatte eine nette Figur. Das war das Beste an ihr. Das und ihre Augen. Sie waren sehr groß, von einem tiefen Braun, feucht und glänzend; sie waren voll Schelmerei, aber sie konnten auch weich werden, voll zarter innerer Anteilnahme. Sie war brünett, ihr krauses Haar wirkte beinahe schwarz, und ihre Haut war dunkel; sie hatte eine kleine fleischige Nase mit großen Nasenlöchern und einen viel zu großen Mund. Aber sie war munter und lebhaft. Sie konnte mit einem Schein von wirklichem Interesse mit den Damen der Kolonie über ihre Gatten, ihre Dienstboten und ihre Kinder in England sprechen, und sie konnte verständnisvoll den Männern zuhören, wenn sie ihr Geschichten erzählten, die sie längst kannte. Die Leute fanden sie nett und sympathisch. Sie wußten nicht, wie sie sich im geheimen über sie lustig machte. Es wäre ihnen niemals in den Sinn gekommen, daß sie sie für beschränkt, grob und anmaßend hielt. Sie konnten den Tropen keinen Reiz abgewinnen, weil sie ihre Umgebung mit banalen, nüchternen Augen betrachteten. Sie trieben die Romantik von ihrer Schwelle fort wie einen lästigen Bettler. Sie fühlte sich weit von ihnen entfernt. Sie sagte sich die Zeile von Landor vor:

»Ich liebe die Natur und nächst der Natur die Kunst.«

Sie dachte über ihr Gespräch mit Mrs. Hannay nach, aber im großen und ganzen ließ es sie unberührt. Sie überlegte, ob sie Alban etwas davon sagen wollte; es war ihr immer merkwürdig erschienen, daß er sich seiner Unbeliebtheit so wenig bewußt war;

aber sie hatte Angst, er könnte seine Unbefangenheit verlieren, wenn sie mit ihm darüber sprach. Er bemerkte die Kälte der Männer im Klub einfach nicht. Sie fühlten sich in seiner Gegenwart befangen und daher unbehaglich. Sein Erscheinen löste daher immer eine Art von Peinlichkeit aus, aber er, in glücklicher Ahnungslosigkeit, war unverbindlich freundlich mit jedem einzelnen. Tatsächlich verhielt es sich so, daß er die Menschen im Grunde gar nicht bemerkte. Er und Anne und ein kleiner Kreis von Freunden, den sie in London hatten, bildeten eine Klasse für sich, aber es kam ihm nie klar zum Bewußtsein, daß auch die Leute der Kolonie, die Regierungsbeamten und die Pflanzer mit ihren Frauen menschliche Wesen waren. Er behandelte sie wie Mitspieler in einem Spiel. Er lachte mit ihnen, neckte sie und war liebenswürdig tolerant ihnen gegenüber; lachend sagte sich Anne, daß er ihr eigentlich vorkam wie ein Volksschullehrer, der mit seinen kleinen Jungen einen Ausflug unternimmt und sich bemüht, ihnen einen recht schönen Tag zu bereiten.

Sie fürchtete, es würde keinen Sinn haben, Alban von dem Gespräch zu erzählen.

Er war unfähig, sich zu verstellen, was, wie sie sich fröhlich eingestand, ihr selbst so leicht fiel. Was sollte man mit diesen Leuten anfangen? Die Männer waren als junge Burschen von zweitrangigen Schulen

in die Kolonien herausgekommen, und das Leben
hatte sie nichts gelehrt. Mit Fünfzig hatten sie den
Horizont von Grünschnäbeln. Die meisten von ihnen
tranken viel zuviel. Sie lasen nichts, was des Lesens
wert war. Ihr Ehrgeiz war, so zu sein wie alle andern.
Das größte Lob, das sie einem Menschen spendeten,
war, er sei »ein verdammt guter Kerl«. Wenn man
sich für geistige Dinge interessierte, war man ein Bil-
dungsprotz. Sie waren zerfressen von Neid und ver-
zehrten sich in kleinlichen Eifersüchteleien. Und die
Frauen, die armen Dinger, waren voll von kleinen
Rivalitäten. Sie bildeten einen Kreis, der provinzleri-
scher war als die Gesellschaft der kleinsten Stadt in
England. Sie waren prüde und gehässig. Was hatte es
zu sagen, wenn sie Alban nicht mochten? Sie würden
sich mit ihm abfinden müssen, weil seine Fähigkeiten
so groß waren. Er war klug und energisch. Sie konnten ihm nicht vorwerfen, daß er seine Arbeit nicht
gut verrichtete. Er hatte an jedem Posten, den er bisher bekleidet hatte, Erfolg gehabt. Dank seines Ein-
fühlungsvermögens und seiner Phantasie drang er in
die Mentalität der Eingeborenen ein und vermochte
sie zu Leistungen anzuspornen, wie sie kein anderer
in seiner Stellung erzielt hatte. Er hatte Sprachen-
talent und sprach alle lokalen Dialekte. Er beherrschte
nicht nur die gewöhnliche Umgangssprache, wie sie
von den meisten Regierungsbeamten gesprochen

wurde, sondern er hatte sich überdies gewisse Feinheiten angeeignet, so daß er sich gelegentlich einer zeremoniellen Ausdrucksweise bedienen konnte, die den Häuptlingen schmeichelte und ihnen Eindruck machte. Er hatte Organisationstalent. Er scheute nicht vor Verantwortung zurück. Mit der Zeit mußte er es zum Residenten bringen. Alban hatte einen gewissen Rückhalt in England; sein Vater war Brigadegeneral gewesen und im Kriege gefallen, und obgleich er kein Vermögen geerbt hatte, besaß er einflußreiche Freunde. Er sprach von ihnen mit scherzhafter Ironie.

»Der große Vorteil der Demokratie«, pflegte er zu sagen, »besteht darin, daß Verdienst, gestützt auf gute Beziehungen, auf die gebührende Anerkennung rechnen darf.«

Alban war so offensichtlich der befähigteste Mann unter seinen Kollegen, daß es durchaus möglich schien, daß er eines Tages zum Gouverneur ernannt wurde. Dann, überlegte Anne, würde die überlegene Haltung, die man ihm jetzt zum Vorwurf machte, am Platz sein. Man würde ihn als Vorgesetzten anerkennen, und er würde es verstehen, sich Achtung und Gehorsam zu verschaffen. Die Position, die sie voraussah, blendete sie nicht. Sie faßte sie auf als etwas, worauf sie ein Anrecht hatten. Es würde schön sein für Alban, Gouverneur zu sein, und für sie, die Frau des Gouverneurs. Und was für ein Betätigungsfeld!

Diese Regierungsbeamten und Pflanzer waren ja Schafe; wenn das Haus des Gouverneurs ein Sitz der Kultur war, würden sie sich bald anpassen. Wenn die Gunst des Gouverneurs am ehesten durch Intelligenz zu erlangen war, würde es Mode werden, intelligent zu sein. Sie und Alban würden die einheimischen Künste pflegen und mit Sorgfalt die Denkmäler entschwundener Epochen sammeln. Das Land würde eine Entwicklung nehmen, die es sich nie erträumt hatte. Sie würden es erschließen, aber nach Richtlinien der Ordnung und Schönheit. Sie würden ihren Untergebenen eine Leidenschaft für dieses schöne Stück Erde und ein liebevolles Interesse für seine romantischen Völkerstämme einflößen. Sie würden ihnen begreiflich machen, was Musik ist. Sie würden die Literatur pflegen. Sie würden Schönheit schaffen. Es sollte das goldene Zeitalter werden.

Plötzlich hörte sie Albans Schritte. Anne erwachte aus ihren Träumen. All dies lag noch weit in der Zukunft. Alban war vorläufig noch Distriktsoffizier und das, worauf es ankam, war das Leben, das sie gegenwärtig führten. Sie hörte Alban ins Badezimmer gehen und sich mit Wasser übergießen. Bald darauf erschien er. Er hatte sich umgezogen und trug Hemd und Shorts. Sein blondes Haar war noch feucht.

»Das Essen fertig?« fragte er.

»Ja.«

Er setzte sich ans Klavier und spielte das Stück, das er am Morgen gespielt hatte. Die silbernen Töne fielen in Kaskaden kühl durch die schwüle Luft. Man vermeinte, einen streng angelegten Garten mit hohen Bäumen und eleganten Springbrunnen zu sehen, und sanfte Wege von pseudoklassischen Statuen eingefaßt. Alban spielte mit zartester Empfindung. Der Lunch wurde gemeldet. Er erhob sich vom Klavier. Sie gingen Hand in Hand miteinander ins Eßzimmer. Ein Punkah fächelte träge die Luft. Anne warf einen Blick auf den Tisch. Mit seinem lebhaft farbigen Tischtuch und seinen amüsanten Tellern sah er sehr lustig aus.

»Gibt es etwas Neues im Büro?« fragte sie.

»Nein, nicht viel. Eine Büffelaffäre. Oh, Prynne hat hergeschickt und mich gebeten, nach seiner Pflanzung zu kommen. Ein paar Kulis haben Bäume beschädigt, und er möchte, daß ich mir die Sache ansehe.«

Prynne war der Leiter der Gummiplantage am Fluß oben, und hin und wieder verbrachten sie einen Abend mit ihm. Manchmal, wenn er eine Abwechslung brauchte, kam er zum Dinner herunter und übernachtete bei ihnen. Sie hatten ihn beide gern. Er war ein Mann von Fünfunddreißig mit einem roten, zerfurchten Gesicht und sehr schwarzem Haar. Er war völlig ungebildet, aber heiter und natürlich, und da er der einzige Engländer im Umkreis von zwei Tagesreisen war, konnten sie gar nicht anders als freundlich zu ihm sein. Er war anfangs etwas schüchtern ihnen gegenüber gewesen. Neuigkeiten verbreiten sich rasch im Orient, und lang ehe sie eingetroffen waren, hatte er bereits gehört, sie wären Intellektuelle. Er war sich nicht im klaren, wie er sich zu ihnen stellen sollte. Wahrscheinlich wußte er nicht, daß er Charme hatte, was viele weit wertvollere Eigenschaften aufwiegt, und Alban, mit seiner fast weiblichen Empfindsamkeit war außerordentlich empfänglich dafür. Prynne fand also Alban bedeutend menschlicher, als er erwartet hatte, und Anne war natürlich wunderbar. Alban spielte ihm Ragtimes vor, was er nicht einmal dem Gouverneur zuliebe getan hätte, und er spielte Domino mit ihm. Als Alban seine erste Distriktsreise mit Anne unternahm und ihm mitteilte, daß er gerne ein paar Nächte auf seiner Pflanzung zubringen wollte, hatte Prynne sich verpflichtet gefühlt, ihn aufmerksam zu machen, daß er mit einer eingeborenen Frau lebte und zwei Kinder mit ihr hatte. Er würde sein Möglichstes tun, sie vor Anne verborgen zu halten, aber er konnte sie nicht wegschicken, denn er wußte nicht wohin. Alban lachte.

»Anne ist nicht so. Lassen Sie es sich ja nicht einfallen, sie zu verstecken. Anne liebt Kinder.«

Anne schloß schnell Freundschaft mit der scheuen,

hübschen, kleinen Frau und spielte bald fröhlich mit den Kindern. Sie und das Mädchen hatten lange, vertrauliche Gespräche miteinander, und die Kinder faßten eine große Zuneigung zu ihr. Sie brachte ihnen reizende Spielsachen aus Port Wallace mit. Prynne, der ihre lächelnde Toleranz mit der mißbilligenden Säuerlichkeit der andern Frauen der Kolonie verglich, war völlig überwältigt. Er konnte sich gar nicht genug tun, seiner Freude und seiner Dankbarkeit Ausdruck zu geben.

»Wenn alle Intellektuelle so sind wie Sie«, sagte er, »dann will ich nur mehr mit Intellektuellen verkehren.«

Es tat ihm weh, zu denken, daß sie in einem Jahr den Distrikt für immer verlassen würden. Denn wenn der nächste Distriktsoffizier eine Frau hatte, mußte er sich auf ihre mißbilligende Ablehnung gefaßt machen. Sie würde es schrecklich finden, daß er, anstatt allein zu leben, eine Eingeborene bei sich hatte, und was noch schlimmer war, an ihr hing.

Aber es hatte in letzter Zeit allerhand Mißhelligkeiten gegeben auf der Plantage. Die Kulis waren Chinesen und von kommunistischen Ideen angesteckt. Sie waren ungefügig. Alban hatte sich gezwungen gesehen, einige von ihnen zu Gefängnisstrafen zu verurteilen.

»Prynne sagt mir, daß er sie alle, sobald ihr Quartal

um ist, nach China zurückschicken und sich statt ihrer Javaner nehmen will«, erzählte Alban. »Ich bin überzeugt, er hat recht. Javaner sind viel leichter zu behandeln.«

»Du glaubst doch nicht, daß es ernsthafte Unruhen geben wird?«

»Ach nein. Prynne versteht sein Handwerk und ist ein energischer Mensch. Er wird schon fertig werden mit diesen Burschen. Überdies hat er mich und unsere Polizisten hinter sich; da werden sie es bestimmt nicht wagen, ernsthaft aufzumucken.« Er lächelte. »Die eiserne Hand im samtenen Handschuh.«

Die Worte waren kaum ausgesprochen, als ein plötzliches Geschrei sich erhob. Es gab einen Tumult, und man hörte das Getrappel von Schritten. Laute Stimmen und Schreie.

»Tuan, Tuan.«

»Was, zum Teufel, ist los?«

Alban sprang von seinem Stuhl auf und ging schnell auf die Veranda. Anne folgte ihm. Am Fuße der Treppe stand eine Gruppe von Eingeborenen, auch der Sergeant war da, drei oder vier Polizisten, Bootsleute und ein paar Männer aus dem Sträflingslager.

»Was gibt's?« rief Alban.

Zwei oder drei antworteten gleichzeitig. Der Sergeant schob die andern beiseite, und Alban sah auf

dem Boden einen Mann liegen in Hemd und Khakihosen. Er rannte die Treppen hinunter und erkannte
in ihm den Hilfsaufseher von Prynnes Plantage. Er
war ein Mischling. Seine Hosen waren voll Blut, und
die eine Seite seines Gesichtes und seines Kopfes war
von geronnenem Blut überzogen. Er war bewußtlos.

»Bringt ihn herauf«, rief Anne.

Alban gab einen Befehl. Der Mann wurde aufgehoben und auf die Veranda getragen. Man legte ihn
auf den Boden, und Anne schob ihm ein Kissen unter
den Kopf. Sie ließ Wasser und ihr Medikamenten-
kästchen bringen.

»Ist er tot?« fragte Alban.

»Nein.«

»Versuche ihm etwas Brandy einzuflößen.«

Die Bootsleute brachten grausige Nachricht. Die
chinesischen Kulis hatten sich plötzlich erhoben und
Prynnes Büro angegriffen. Prynne war getötet worden, und der Hilfsaufseher, Oakley mit Namen, hatte
sich nur mit äußerster Not retten können. Er war erschienen, als die Aufrührer im Begriffe waren, das
Büro zu plündern, hatte gesehen, wie man Prynnes
Leichnam zum Fenster hinauswarf, und hatte die
Flucht ergriffen. Einige von den Chinesen erblickten
ihn und jagten hinter ihm her. Er rannte zum Fluß
hinunter und wurde verwundet, als er in das Motorboot sprang. Dem Bootsführer gelang es, abzustoßen,

ehe noch die Chinesen an Bord kommen konnten, und man war so rasch wie möglich flußabwärts gefahren. Unterwegs hatte man Flammen aus den Verwaltungsgebäuden emporschlagen gesehen. Es gab keinen Zweifel, daß die Kulis alles niedergebrannt hatten, was niederzubrennen war.

Oakley stöhnte auf und öffnete die Augen. Er war ein kleiner, dunkelhäutiger Mann mit glatten Zügen und dickem, grobem Haar. Seine großen Augen waren von Entsetzen erfüllt.

»Fürchten Sie sich nicht«, sagte Anne. »Sie sind in Sicherheit.«

Er seufzte auf und lächelte. Anne wusch ihm das Gesicht und benetzte es mit antiseptischen Mitteln. Die Wunde auf seinem Kopf war nicht ernst.

»Können Sie schon sprechen?« fragte Alban.

»Warte ein bißchen«, sagte sie. »Wir müssen uns zuerst sein Bein ansehen.«

Alban befahl dem Sergeanten, die Leute von der Veranda zu entfernen. Anne schlitzte das eine Hosenbein auf. Der Stoff klebte an der Wunde.

»Ich habe geblutet wie ein Schwein«, sagte Oakley.

Es war bloß eine Fleischwunde. Alban hatte geschickte Finger, und obgleich das Blut von neuem zu fließen begann, stillte er es bald. Er legte einen Verband an. Der Sergeant und ein Polizist hoben Oakley auf einen Liegestuhl. Alban flößte ihm etwas Brandy ein, und bald fühlte er sich kräftig genug, zu sprechen. Er wußte nicht mehr, als die Bootsleute bereits berichtet hatten. Prynne war tot, und die Plantage stand in Flammen.

»Und das Mädchen und die Kinder?« fragte Anne.

»Ich weiß nicht.«

»Ach, Alban!«

»Ich muß die Polizei hinschicken. Sind Sie sicher, daß Prynne tot ist?«

»Ja, Sir. Ich habe ihn gesehen.«

»Haben die Aufrührer Feuerwaffen?«

»Ich weiß nicht, Sir.«

»Was heißt das: Sie wissen nicht?« rief Alban gereizt. »Prynne hatte doch ein Gewehr, nicht?«

»Ja, Sir.«

»Es müssen mehrere Gewehre dagewesen sein. Sie hatten doch auch eines, nein? Und der Hauptaufseher ebenfalls?«

Der Mann schwieg. Alban blickte ihn streng an.

»Wieviele von diesen verdammten Chinesen sind da?«

»Hundertfünfzig.«

Anne wunderte sich, daß er so viele Fragen stellte. Es erschien ihr als Zeitverlust. Jetzt kam es darauf an, Kulis für den Transport flußaufwärts zu sammeln, die Boote flott zu machen und Munition für die Polizei auszugeben.

»Wieviele Polizisten haben Sie, Sir?« fragte Oakley.

»Acht und den Sergeanten.«

»Könnte ich mitkommen? Dann wären wir zehn. Es wird bestimmt gehen, jetzt, wo ich verbunden bin.«

»Ich fahre nicht hin«, sagte Alban.

»Alban, du mußt«, rief Anne. Sie traute ihren Ohren kaum.

»Es kommt gar nicht in Frage. Es wäre der hellste Wahnsinn. Mit Oakley können wir nicht rechnen. In ein paar Stunden wird er Fieber haben. Er stünde uns nur im Wege. So blieben uns im ganzen neun Gewehre. Die Chinesen sind hundertfünfzig und haben Waffen und Munition, soviel sie brauchen.«

»Wieso weißt du das?«

»Das sagt mir der Verstand, sonst hätten sie diesen Aufstand nicht gewagt. Es wäre idiotisch, hinzufahren.«

Anne starrte ihn offenen Mundes an. Die Augen Oakleys blickten verständnislos.

»Was wirst du denn tun?«

»Nun, glücklicherweise haben wir das Boot. Ich werde es nach Port Wallace schicken mit der Bitte um Verstärkung.«

»Aber die kann erst frühestens in zwei Tagen hier sein.«

»Nun, und was liegt daran? Prynne ist tot und die

Plantage niedergebrannt. Was könnte es nützen, wenn wir jetzt hinauffahren? Ich werde einen Eingeborenen hinschicken, damit er genau auskundschaftet, was die Aufrührer tun.« Er lächelte Anne auf seine bezaubernde Weise zu. »Glaube mir, Kleines, den Schurken bleibt nichts erspart, wenn sie ein, zwei Tage auf ihr Strafgericht warten müssen.«

Oakley öffnete den Mund, um zu sprechen, aber vielleicht versagte ihm der Mut. Er war ein Mischling, ein kleiner Hilfsaufseher, und Alban, der Distriktsoffizier, repräsentierte die Regierung. Aber die Augen des Mannes suchten die Annes, und sie hatte den Eindruck, als läse sie in ihnen einen ernsten und persönlichen Appell.

»Aber in zwei Tagen können sie die entsetzlichsten Greuel anrichten«, rief sie. »Es ist nicht auszudenken, was sie alles tun können.«

»Was sie auch anrichten, sie werden es bezahlen, das versichere ich dir.«

»Oh, Alban, du kannst nicht stillsitzen und nichts tun. Ich flehe dich an, sofort selbst hinzufahren.«

»Sei nicht so dumm. Ich kann nicht mit acht Mann und einem Sergeanten einen Aufstand unterdrücken. Ich habe nicht das Recht, ein solches Wagnis auf mich zu nehmen. Wir müßten in Booten hinfahren. Und du glaubst doch nicht, daß wir unbemerkt hingelangen könnten? Der Busch längs der Ufer ist ein sicherer Hinterhalt, und sie könnten uns einfach abknallen, während wir dahinfahren. Wir hätten nicht die geringste Chance.«

»Ich fürchte, sie werden es bloß für Schwäche halten, wenn zwei Tage einfach gar nichts unternommen wird, Sir«, sagte Oakley.

»Wenn ich Ihre Meinung hören will, werde ich Sie fragen«, erwiderte Alban eisig. »Was haben denn Sie getan in der Gefahr? Einfach ausgerissen sind Sie, das ist alles. Ich kann mir nicht vorstellen, daß Ihre Hilfe im Notfall sehr wertvoll wäre.«

Der Mischling errötete. Er sagte nichts mehr. Mit verstörten Augen blickte er vor sich hin.

»Ich gehe ins Büro hinunter«, sagte Alban. »Ich will schnell einen Bericht schreiben und ihn dann sofort mit dem Boot wegschicken.«

Er gab dem Sergeanten, der die ganze Zeit über steif oben an der Treppe gestanden hatte, einen Befehl. Der Sergeant salutierte und eilte fort. Alban begab sich in einen kleinen Vorraum, den sie hatten, um sich einen Tropenhelm zu holen. Anne folgte ihm rasch.

»Alban, um Gottes willen, höre mir eine Minute zu«, flüsterte sie.

»Ich will nicht unhöflich zu dir sein, Liebling, aber ich habe Eile. Du tätest besser, dich um deine eigenen Angelegenheiten zu kümmern.«

»Du kannst nicht einfach nichts tun, Alban. Du mußt gehen. Auf jede Gefahr hin.«

»Mach dich nicht lächerlich«, sagte er scharf.

Er war noch nie böse zu ihr gewesen. Sie erfaßte seine Hand, um ihn zurückzuhalten.

»Ich habe dir schon gesagt, daß nichts damit geholfen ist, wenn ich hinfahre.«

»Das weißt du nicht. Es ist doch noch die Frau da und Prynnes Kinder. Wir müssen etwas tun, um sie zu retten. Laß mich mitkommen. Sie werden sie umbringen.«

»Das haben sie voraussichtlich schon getan.«

»Ach, wie kannst du so roh sein! Wenn es nur die geringste Möglichkeit gibt, sie zu retten, ist es deine Pflicht, alles zu versuchen.«

»Es ist meine Pflicht, wie ein vernünftiger Mensch zu handeln. Ich denke nicht daran, mein Leben und das Leben meiner Polizisten wegen einer Eingeborenen und ihrer halbblütigen Bälger aufs Spiel zu setzen. Für was für einen Idioten hältst du mich?«

»Sie werden sagen, daß du Angst gehabt hast.«

»Wer?«

»Alle in der Kolonie.«

Er lächelte verächtlich.

»Wenn du wüßtest, welch restlose Verachtung ich für die Meinung jedes einzelnen in der Kolonie habe.«

Sie warf ihm einen langen, forschenden Blick zu.

Seit acht Jahren war sie mit ihm verheiratet und kannte jeden Ausdruck seines Gesichtes, jeden Gedanken seines Hirns. Sie starrte in seine blauen Augen, als wären es offene Fenster. Plötzlich wurde sie totenblaß. Sie ließ seine Hand fallen und wandte sich ab. Wortlos ging sie auf die Veranda zurück. Ihr häßliches, kleines Affengesicht war eine Maske des Entsetzens.

Alban ging in sein Büro, schrieb einen kurzen Bericht nieder, und ein paar Minuten später stampfte das Motorboot den Fluß hinunter.

Die nächsten beiden Tage waren endlos. Entflohene Eingeborenen brachten Nachrichten von den Geschehnissen auf der Plantage. Aber es war unmöglich, sich nach ihren aufgeregten und schreckerfüllten Berichten ein genaues Bild von der Wirklichkeit zu machen. Es hatte viel Blutvergießen gegeben. Der erste Aufseher war getötet worden. Sie erzählten wilde Geschichten von Grausamkeiten und Gewalttätigkeiten. Anne konnte nichts von Prynnes Frau und den beiden Kindern erfahren. Sie schauderte bei dem Gedanken an ihr Schicksal. Alban sammelte so viele Eingeborene wie er konnte. Sie waren mit Speeren und Schwertern bewaffnet. Er requirierte Boote. Die Situation war ernst, aber er bewahrte seine Fassung. Er hatte die Empfindung, sein Möglichstes getan zu haben, wonach ihm nichts mehr übrig blieb, als sein normales Leben weiterzuführen. Er verrichtete seine Büroarbeit. Er spielte viel Klavier. Er ritt am frühen Morgen mit Anne. Er schien vergessen zu haben, daß es zwischen ihnen die erste ernste Meinungsverschiedenheit ihrer Ehe gegeben hatte. Er schien es für ausgemacht zu halten, daß Anne sich der Weisheit seines Entschlusses gebeugt hatte. Er zeigte sich ihr gegenüber so amüsant, so herzlich und heiter wie immer. Wenn er von den Aufrührern sprach, so geschah es mit grimmiger Ironie: kam erst die Zeit der Abrechnung, dann würden die meisten von ihnen wünschen, sie wären nie geboren.

»Was wird ihnen denn geschehen?« fragte Anne.

»Ach, sie werden baumeln.« Er zuckte voll Abscheu die Schulter. »Ich hasse es, bei Hinrichtungen zugegen sein zu müssen. Es macht mich ganz elend.«

Er war sehr teilnahmsvoll zu Oakley, den Anne ins Bett gelegt hatte und pflegte. Vielleicht tat es ihm leid, daß er in der Aufregung des Augenblickes so beleidigend zu ihm gesprochen hatte, und nun konnte er sich gar nicht genug tun, nett zu ihm zu sein.

Dann, am Nachmittag des dritten Tages, als sie nach dem Lunch ihren Kaffee tranken, erlauschte Albans scharfes Ohr das Geräusch eines herannahenden Motorbootes. Im gleichen Augenblick kam ein Polizist gelaufen und meldete, daß das Regierungsboot in Sicht wäre.

»Endlich«, rief Alban.

Er stürzte aus dem Hause. Anne zog eine von den Jalousien hoch und schaute auf den Fluß hinaus. Das Geräusch war nun schon ganz laut, und im nächsten Augenblick sah sie das Motorboot um die Biegung kommen. Sie sah Alban auf der Landungsbrücke. Er sprang in eine Prau, und als das Boot die Anker auswarf, ging er an Bord. Sie teilte Oakley mit, daß Verstärkung eingetroffen sei.

»Wird der Herr Distriktsoffizier mitgehen, wenn sie angreifen?« fragte er.

»Selbstverständlich«, antwortete Anne kühl.

»Ich war mir nicht ganz klar.«

Anne fühlte einen merkwürdigen Schmerz im Herzen. Die beiden letzten Tage hatte sie ihre ganze Selbstbeherrschung aufwenden müssen, um nicht zu weinen. Sie antwortete nicht. Sie ging aus dem Zimmer.

Eine Viertelstunde später kam Alban zurück, in Gesellschaft des Polizeihauptmanns, der mit zwanzig Sikhs geschickt worden war, um gegen die Aufständischen vorzugehen. Captain Stratton war ein kleiner Mann mit einem roten Gesicht, rotem Schnurrbart und O-Beinen, sehr jovial und schneidig, mit dem sie in Port Wallace oft zusammengekommen war.

»Nun, Mrs. Torel, da haben wir ja eine schöne Bescherung«, rief er, während er ihr die Hand schüttelte, mit lauter, fröhlicher Stimme. »Aber wir wollen es ihnen schon heimzahlen, diesen Burschen, ich und meine Armee. Können es kaum erwarten. Gibt's übrigens etwas zu trinken in diesem gottverlassenen Nest?«

»Boy«, rief sie lächelnd.

»Etwas Langes und Kühles und schwach Alkoholisches, und dann bin ich bereit, den Feldzugsplan zu besprechen.«

Seine Munterkeit war sehr tröstlich. Sie blies die düstere Bangigkeit fort, die seit dem Unglück über dem verlorenen Frieden des Bungalows gelastet hatte. Der Boy kam mit dem Tablett herein, und Stratton mischte sich einen Stengah. Alban machte ihn mit den Tatsachen bekannt. Er erzählte sie klar, kurz und präzis.

»Ich bewundere Sie«, sagte Stratton. »In Ihrem Falle wäre ich nicht imstande gewesen, der Versuchung zu widerstehen. Ich hätte meine acht Mann genommen und wäre losgezogen.«

»Ich hielt es für ein nicht zu verantwortendes Risiko.«

»Safety first, alter Junge, was?« sagte Stratton aufgeräumt. »Ich bin ja froh, daß Sie gewartet haben. Es bietet sich nicht oft Gelegenheit zu einem kleinen Abenteuer. Es wäre gemein von Ihnen gewesen, das Ganze für sich zu behalten.«

Captain Stratton war dafür, einfach den Fluß hinaufzufahren und sofort anzugreifen, aber Alban machte ihn auf die Unratsamkeit eines solchen Vorgehens aufmerksam. Das Geräusch des herannahenden Motorbootes würde die Aufrührer warnen. Das hohe Gras an den Flußufern bot ihnen Deckung, und sie hatten genügend Gewehre, um eine Landung schwierig zu machen. Es schien zwecklos, die Angreifer dem Feuer dieser Burschen auszusetzen. Man durfte nicht vergessen, daß man hundertfünfzig zum Äußersten entschlossene Männer vor sich hatte, und man könnte leicht in eine Falle geraten. Alban setzte seinen eigenen Plan auseinander. Stratton hörte ihm zu. Hin und wieder nickte er. Der Plan war zweifellos gut. Er würde ihnen die Möglichkeit geben, den Aufrührern in den Rücken zu fallen, sie zu überrumpeln und die Strafexpedition durchzuführen, ohne auch nur einen einzigen Mann zu opfern. Es wäre Narrheit, ihn nicht anzunehmen.

»Aber warum haben Sie das nicht selbst gemacht?« fragte Stratton.

»Mit acht Mann und einem Sergeanten?«

Stratton antwortete nicht.

»Immerhin, es ist keine schlechte Idee, und wir wollen dabei bleiben. Es läßt uns eine Menge Zeit, und wenn Sie gestatten, Mrs. Torel, werde ich zuvor ein Bad nehmen.«

Sie machten sich bei Sonnenuntergang auf, Captain Stratton und seine zwanzig Sikhs, Alban mit seinen Polizisten und den Eingeborenen, die er zusammengetrommelt hatte. Die Nacht war dunkel und ohne Mond. Hinter sich schleiften sie die Kanus einher, die Alban gesammelt hatte, und in die später die Mannschaft verladen werden sollte. Es war wichtig, daß kein Laut ihr Herannahen verriet. Nachdem sie ungefähr drei Stunden mit dem Motorboot gefahren waren, stiegen sie in die Kanus und paddelten leise flußaufwärts. Sie erreichten die Grenzen der ausgedehnten Plantage und gingen an Land. Führer wiesen ihnen einen Pfad, der so schmal war, daß einer hinter dem andern marschieren mußte. Der Weg war lange nicht benützt worden, und das Gehen war beschwerlich. Zweimal mußten sie einen Wasserlauf durchwaten. Der Pfad führte sie auf Umwegen bis hinter die Quartiere der Aufständischen, aber sie wollten sie erst knapp vor Morgengrauen erreichen, und Stratton gab den Befehl, haltzumachen. Es war eine lange, kalte Wartezeit; endlich schien die Nacht etwas weniger finster; man sah die Baumstämme zwar noch nicht, erriet sie aber vage in der Dunkelheit. Stratton hatte an einen Baum gelehnt dagesessen. Er gab dem Sergeanten einen geflüsterten Befehl, und einige Minuten später befand sich die Kolonne wieder auf dem Marsch. Plötzlich war sie auf der Straße. Sie bildete

Viererreihen. Die Dämmerung brach an und in dem gespenstischen Licht wurden die Gegenstände ringsherum undeutlich sichtbar. Die Kolonne blieb auf einen leisen Befehl hin stehen. Man erblickte die Quartiere der Kulis. Stille herrschte dort. Die Kolonne schlich abermals weiter und machte abermals halt. Stratton lächelte Alban mit leuchtenden Augen zu.

»Wir haben die Gauner im Schlafe überrumpelt.«

Er reihte seine Leute in einer Linie auf. Sie luden ihre Gewehre. Er trat vor und hob die Hand. Die Karabiner waren auf die Quartiere der Kulis gerichtet.

»Feuer!«

Man hörte ein Rasseln und gleich darauf das Krachen der Salve. Dann, plötzlich, entstand ein furchtbares Getöse, und die Chinesen strömten hervor, schreiend und Arme schwenkend, aber allen voran lief, zu Albans äußerster Verblüffung, laut brüllend und die Fäuste gegen sie schüttelnd, ein weißer Mann.

»Wer, zum Teufel, ist das?« rief Stratton.

Ein sehr großer, sehr dicker Mann in Khakihosen und Unterhemd kam auf sie zugerannt, so schnell ihn seine fetten Beine trugen, schüttelte im Rennen beide Fäuste und schrie:

»Smerige flikkers! Verlockte plörten!«

»Mein Gott, das ist ja Van Hasseldt«, sagte Alban.

Das war der holländische Leiter des Holzcamps, das an einem wichtigen Nebenfluß des Stromes, etwa zwanzig Meilen entfernt lag.

»Was, zum Donnerwetter, fällt euch ein? Seid ihr verrückt?« keuchte er, als er näher kam.

»Wie kommen Sie daher«, fragte Stratton zurück.

Er sah, daß die Chinesen nach allen Himmelsrichtungen auseinanderstoben, und gab seinen Leuten den Befehl, sie zu umzingeln. Dann wandte er sich wieder Van Hasseldt zu.

»Was hat das zu bedeuten?«

»Zu bedeuten? Zu bedeuten?« brüllte der Holländer wütend. »Das möchte *ich* wissen. Sie und Ihre verfluchten Polizisten. Was hat das zu bedeuten, daß Sie in aller Herrgottsfrühe hier erscheinen und einfach losfeuern? Schießübungen wohl? Um ein Haar hätten Sie mich unmgebracht. Idioten!«

»Nehmen Sie eine Zigarette«, sagte Stratton.

»Wie sind Sie hergekommen, Van Hasseldt?« fragte Alban sehr ratlos. »Dies ist die Abteilung, die von Port Wallace hergeschickt wurde, um den Aufstand niederzuschlagen.«

»Wie ich hergekommen bin? Zu Fuß. Wie soll ich sonst hergekommen sein? Und der Aufstand ist längst erledigt. *Ich* habe ihn niedergeschlagen. Wenn Sie deshalb gekommen sind, können Sie Ihre verdammten Polizisten wieder nach Hause schicken.

Zwei Zoll von meinem Kopf entfernt hat eine Kugel eingeschlagen.«

»Ich verstehe nicht«, sagte Alban.

»Da gibt's nichts zu verstehen«, blubberte Van Hasseldt noch immer keuchend vor Wut. »Ein paar Kulis kamen zu mir und meldeten, daß die Chinesen Prynne umgebracht und alles hier niedergebrannt hätten, und da nahm ich meinen Assistenten, meinen Aufseher und einen holländischen Freund, der gerade bei mir wohnte, und ging mit ihnen herüber, um zu sehen, was los sei.«

Captain Stratton riß die Augen auf.

»Was, einfach herüberspaziert wie zu einem Picknick?« fragte er.

»Glauben Sie, daß ich mich von ein paar Chinesen einschüchtern lasse? Dazu habe ich viel zu lange in diesem Land gelebt. Ich fand sie alle halb von Sinnen vor Angst. Einer von ihnen hatte die Frechheit, auf mich zu schießen. Dem habe ich eine Ladung Schrot in den Kopf gejagt, und die übrigen haben sich ergeben. Die Anführer habe ich fesseln lassen. Heute wollte ich Ihnen ein Boot hinunterschicken und Ihnen sagen lassen, Sie sollen sie sich holen.«

Stratton starrte ihn eine Minute an und brach dann in ein schallendes Gelächter aus. Er lachte, bis ihm die Tränen über die Wangen liefen. Der Holländer schaute zornig zurück und fing dann ebenfalls zu lachen an. Er lachte das dröhnende, aus dem Bauch kommende Lachen des sehr dicken Menschen, und seine Fettmassen wogten und bebten. Alban betrachtete die beiden mürrisch, er war sehr böse.

»Was ist mit Prynnes Mädchen und den Kindern geschehen?« fragte er.

»Ach, sie sind ganz gut weggekommen.«

Es zeigte sich, wie klug es von ihm gewesen war, sich nicht von Annes Hysterie beeinflussen zu lassen. Natürlich war den Kindern nichts geschehen. Er hatte es nicht anders erwartet.

Van Hasseldt und seine kleine Truppe traten den Rückweg nach dem Holzwerk an, und gleich darauf schiffte Stratton seine zwanzig Sikhs ein und fuhr mit ihnen nach Port Wallace, während es Alban, seinem Sergeanten und seinen Polizisten überlassen blieb, die Angelegenheit weiterzuführen. Alban gab Stratton einen kurzen Bericht für den Gouverneur mit. Er fand eine Menge zu tun. Es sah aus, als würde er lange hierbleiben müssen; aber da alle Häuser auf der Plantage niedergebrannt waren und er in den Quartieren der Kulis Unterkunft nehmen mußte, hielt er es für geraten, Anne nicht nachkommen zu lassen. Er sandte ihr eine kurze Nachricht in diesem Sinne. Er freute sich, sie über das Schicksal von Prynnes Frau beruhigen zu können. Er machte sich sofort an die Arbeit, um Licht in die Angelegenheit zu bringen. Er verhörte eine Unmenge Zeugen. Aber eine Woche später erhielt er den Befehl, sich sofort nach Port Wallace zu begeben. Das Motorboot, das die Botschaft gebracht hatte, sollte ihn mitnehmen, und unterwegs blieb ihm bloß eine knappe Stunde Zeit, sich von Anne zu verabschieden. Alban war sehr verärgert.

»Der Gouverneur könnte wirklich warten, bis ich die Sache in Ordnung gebracht habe, anstatt mich mitten drin herauszureißen. Es kommt mir äußerst ungelegen.«

»Auf so etwas pflegt die Regierung keine Rücksicht zu nehmen, ihren Untergebenen gegenüber«, lächelte Anne.

»Amtsschimmel, nichts weiter. Ich würde dich gerne mitnehmen, Liebling, aber ich will keine Minute länger dort bleiben, als unbedingt nötig. Ich möchte so rasch wie möglich das Material für die Gerichtssitzung zusammenbringen. Ich finde, hierzulande sollte rasch gerichtet werden.«

Als das Boot Port Wallace erreichte, sagte ihm jemand von der Hafenpolizei, daß der Hafenmeister einen Brief für ihn habe. Er war vom Sekretär des Gouverneurs und enthielt die Mitteilung, daß seine Exzellenz ihn baldmöglichst nach seiner Ankunft zu sprechen wünsche. Es war zehn Uhr vormittags. Alban ging in den Klub, nahm ein Bad, rasierte sich, und dann, in sauberen weißen Hosen, mit frischgebürstetem Haar, rief er eine Rikscha und gab dem Boy den Auftrag, ihn nach dem Gouvernementsgebäude zu bringen. Er wurde sofort in das Zimmer des Sekretärs geführt. Der Sekretär schüttelte ihm die Hand.

»Ich werde Seiner Exzellenz melden, daß Sie hier sind«, sagte er. »Wollen Sie nicht Platz nehmen?«

Der Sekretär verließ das Zimmer und kam bald darauf wieder.

»Seine Exzellenz wird Sie sofort empfangen. Gestatten Sie, daß ich mit meinen Briefen fortfahre?«

Alban lächelte. Der Sekretär war nicht gerade herzlich. Er wartete, rauchte eine Zigarette und unterhielt sich mit seinen eigenen Gedanken. Die Voruntersuchung ging gut vonstatten. Sie interessierte ihn. Dann kam eine Ordonnanz und meldete Alban, daß der Gouverneur ihn erwarte. Er stand auf und ließ sich in das Zimmer des Gouverneurs geleiten.

»Guten Morgen, Torel.«

»Guten Morgen, Sir.«

Der Gouverneur saß an einem großen Schreibtisch. Er nickte Alban zu und lud ihn mit einer Geste zum Sitzen ein. Der Gouverneur war ganz grau. Sein Haar war grau, sein Gesicht, seine Augen; er sah aus, als ob die tropische Sonne alle Farbe aus ihm herausgewaschen hätte; er war seit dreißig Jahren im Lande und war Stufe um Stufe durch alle Ränge bis zu seiner heutigen Stellung emporgestiegen; er sah müde und bedrückt aus. Selbst seine Stimme war grau. Alban mochte ihn gern, weil er still war; er hielt ihn nicht für klug; aber er wußte, daß er eine unvergleichliche Kenntnis des Landes besaß, und diese große Erfahrung bildete einen sehr guten Ersatz für Klugheit. Er blickte Alban eine volle Minute an, ohne zu sprechen, und Alban kam auf die sonderbare Idee, daß er befangen sei. Er hatte das Gefühl, er müßte ihm über die Situation hinweghelfen.

»Ich habe gestern mit Van Hasseldt gesprochen«, sagte der Gouverneur plötzlich.

»Ja, Sir?«

»Geben Sie mir bitte eine genaue Darstellung der Ereignisse auf der Alud Plantage und erzählen Sie mir, was für Schritte Sie unternommen haben, sich mit ihnen auseinanderzusetzen.«

Alban war ein methodischer Kopf. Er besaß eine große Sicherheit. Er übersah seine Tatsachen und war imstande, sie mit Präzision darzulegen. Er wählte seine Worte mit Sorgfalt und sprach sie fließend.

»Sie hatten einen Sergeanten und acht Polizisten. Warum haben Sie sich nicht sofort an den Tatort begeben?«

»Ich hielt es für ein nicht zu rechtfertigendes Wagnis.«

Ein dünnes Lächeln erschien auf dem grauen Gesicht des Gouverneurs.

»Wenn die Beamten dieses Gouvernements gezögert hätten, nicht zu rechtfertigende Wagnisse auf sich zu nehmen, wäre es nie eine Provinz des Britischen Weltreiches geworden.«

Alban schwieg. Es war schwer, mit einem Mann zu sprechen, der so offenkundigen Unsinn redete.

»Ich bin begierig, die Gründe für Ihr Verhalten zu erfahren.«

Alban setzte sie kühl auseinander. Er war vollkommen von der Richtigkeit seines Handelns überzeugt. Er wiederholte, aber ausführlicher, was er schon einmal zu Anne gesagt hatte. Der Gouverneur hörte aufmerksam zu.

»Van Hasseldt mit seinem Verwalter, einem Freund und einem eingeborenen Aufseher scheint sehr gut mit der Situation fertig geworden zu sein«, sagte der Gouverneur.

»Er hatte Glück. Das schließt nicht aus, daß er ein Narr ist. Was er tat, war der hellste Wahnsinn.«

»Indem Sie einem holländischen Pflanzer überließen, was Sie selber hätten tun sollen, haben Sie die Regierung der Lächerlichkeit preisgegeben. Sind Sie sich dessen bewußt?«

»Nein, Sir.«

»Sie haben sich zur Zielscheibe des Spottes für die ganze Kolonie gemacht.«

Alban lächelte.

»Mein Rücken ist breit genug, um den Spott von Menschen zu ertragen, deren Meinung mir vollkommen gleichgültig ist.«

»Die Verwendbarkeit eines Regierungsbeamten hängt zum großen Teil von seinem Ansehen ab, und ich fürchte, daß das Ansehen leidet, wenn ihm das Stigma der Feigheit anhaftet.«

Alban errötete leicht.

»Ich verstehe nicht genau, was Sie meinen, Sir.«

»Ich habe die Sache sehr genau untersucht. Ich habe mit Captain Stratton gesprochen, mit Oakley, dem Assistenten des armen Prynne, und ich habe mit Van Hasseldt gesprochen. Ich habe mir Ihre Verteidigung angehört.«

»Ich wußte nicht, daß ich mich verteidigte, Sir.«

»Seien Sie so freundlich, mich nicht zu unterbrechen. Ich finde, daß Sie einen schweren Irrtum begangen haben. Es hat sich erwiesen, daß das Risiko sehr gering war, aber wie groß es auch gewesen wäre, Sie hätten es auf alle Fälle auf sich nehmen müssen. In solchen Angelegenheiten sind Raschheit und Festigkeit unerläßlich. Es steht mir nicht an, zu entscheiden, was für ein Motiv Sie veranlaßt hat, eine Polizeitruppe kommen zu lassen und bis zu deren Eintreffen nichts zu unternehmen. Doch muß ich zu meinem Bedauern feststellen, daß mein Glaube an Ihre Verwendbarkeit im Dienste erschüttert ist.«

Alban blickte ihn erstaunt an.

»Ja, wären Sie etwa hingefahren, unter den gleichen Umständen?« fragte er.

»Jawohl.«

Alban zuckte die Achseln.

»Glauben Sie mir nicht?« fuhr ihn der Gouverneur an.

»Selbstverständlich glaube ich Ihnen, Sir. Aber ich darf mir vielleicht die Bemerkung erlauben, daß, falls Sie getötet worden wären, die Kolonie einen nicht wiedergutzumachenden Verlust erlitten hätte.«

Der Gouverneur trommelte mit den Fingern auf die Tischplatte. Er schaute zum Fenster hinaus und dann wieder auf Alban. Als er sprach, war es nicht ohne eine gewisse Güte.

»Ich glaube, Sie sind Ihrem Temperament nach ungeeignet für dieses etwas rauhe Leben, Torel. Wenn Sie auf meinen Rat hören, gehen Sie lieber nach Hause zurück. Ich bin überzeugt, daß Sie bei Ihren Fähigkeiten bald eine Beschäftigung finden werden, die Ihnen besser liegt.«

»Ich bedaure, aber ich verstehe nicht, was Sie meinen, Sir.«

»Ach, Torel, Sie sind doch nicht dumm. Ich versuche, es Ihnen leicht zu machen. Um Ihrer Frau und auch um Ihrer selbst willen möchte ich es Ihnen ersparen, die Kolonie mit dem Makel zu verlassen, wegen Feigheit aus dem Dienst entlassen worden zu sein. Ich biete Ihnen die Gelegenheit, selbst um Ihren Abschied einzukommen.«

»Ich danke Ihnen vielmals, Sir. Aber ich kann mich nicht bereit finden, diese Gelegenheit zu ergreifen. Wenn ich um meinen Abschied einkomme, gebe ich zu, daß ich einen Fehler begangen habe und daß die Anklage, die Sie gegen mich erheben, gerechtfertigt ist. Ich gebe das nicht zu.«

»Sie können tun, was Ihnen beliebt. Ich habe die Angelegenheit sehr genau geprüft und hege keinerlei Zweifel mehr. Ich sehe mich gezwungen, Sie aus dem Dienst zu entlassen. Die nötigen Papiere werden Sie binnen kurzem erreichen. Inzwischen bitte ich Sie, an Ihren Posten zurückzukehren und dem Beamten, der zu Ihrem Nachfolger bestimmt ist, nach seiner Ankunft das Amt zu übergeben.«

»Sehr wohl, Sir«, entgegnete Alban, ein belustigtes Zwinkern in den Augen. »Wann wünschen Sie, daß ich an meinen Posten zurückkehre?«

»Sofort.«

»Haben Sie etwas dagegen einzuwenden, wenn ich vor meinem Aufbruch in den Klub gehe und frühstücke?«

Der Gouverneur blickte ihn erstaunt an. In seine Gereiztheit mischte sich unfreiwillige Bewunderung.

»Nicht das geringste. Es tut mir leid, Torel, daß

dieses unglückselige Ereignis die Regierung eines Dieners beraubt hat, dessen Eifer so offensichtlich war und dessen Takt, Intelligenz und Fleiß ihn als Anwärter für ein sehr hohes Amt bestimmt zu haben schienen.«

»Exzellenz lesen wohl nicht Schiller, nehme ich an. Vermutlich ist Ihnen die berühmte Zeile unbekannt: Mit der Dummheit kämpfen Götter selbst vergebens.«

»Was heißt das?«

Alban übersetzte.

»Guten Morgen.«

Erhobenen Hauptes, ein Lächeln auf den Lippen, verließ Alban das Amt des Gouverneurs. Der Gouverneur war bloß ein Mensch und hatte die Neugierde, seinen Sekretär später zu fragen, ob Torel wirklich in den Klub gegangen war.

»Jawohl, Sir. Er frühstückte dort.«

»Dazu gehört Courage.«

Alban betrat unbefangen den Klub und gesellte sich zu der Gruppe von Männern, die an der Bar standen. Er sprach mit ihnen in dem flotten, kordialen Ton, den er ihnen gegenüber immer anschlug. Er sollte eine ungezwungene Atmosphäre schaffen. Sie hatten, seit Stratton aus Port Wallace zurückgekehrt war, unaufhörlich über ihn gesprochen, sich über ihn lustig gemacht und über ihn gelacht, und alle, die ihm seine Überlegenheit übelgenommen hatten –

und sie waren in der Majorität – triumphierten, weil sein Stolz zu Fall gekommen war. Aber nun waren sie so verblüfft, ihn plötzlich in ihrer Mitte zu sehen, so verwirrt, ihn so sicher wie immer zu finden, daß sie die Verlegenen waren.

Einer von ihnen fragte ihn, obgleich er es ganz genau wußte, was er in Port Wallace zu tun hätte.

»Ach, ich bin wegen des Aufstandes auf der Alud Plantage hier. Seine Exzellenz wollte mich sprechen. Er sieht die Sache anders als ich. Der alte Esel hat mich entlassen. Ich kehre nach England zurück, sobald er mir einen Nachfolger schickt.«

Es trat eine verlegene Pause ein. Einer, der etwas freundlicher gesinnt war als die andern, sagte:

»Das tut mir aber furchtbar leid.«

Alban zuckte die Achsel.

»Mein guter Junge, was will man mit einem solchen Schafskopf anfangen? Das einzige ist, ihn laufen lassen.«

Als der Sekretär seinem Chef so viel von dem Vorgefallenen mitteilte, als er für angemessen hielt, lächelte der Gouverneur.

»Es ist eine sonderbare Sache um den Mut. Ich hätte mich eher erschossen, als in einem solchen Augenblick in den Klub zu gehen und mich all den Leuten zu zeigen.«

Vierzehn Tage später, nachdem sie dem neueingetroffenen Distriktsoffizier die Wohnungsausstattung, auf die Anne soviel Mühe verwandt hatte, verkauft und den Rest ihrer Habe in Kisten und Koffern verstaut hatten, trafen sie in Port Wallace ein, um den Dampfer abzuwarten, der sie nach Singapore bringen sollte. Die Frau des Missionars lud sie ein, bei ihr zu wohnen, aber Anne lehnte ab; sie ließ sich nicht davon abbringen, ins Hotel zu gehen. Eine Stunde nach ihrer Ankunft bekam sie einen sehr freundlichen Brief von der Frau des Gouverneurs, die sie zum Tee einlud. Sie ging hin. Sie fand Mrs. Hannay allein, aber nach einer kleinen Weile erschien auch der Gouverneur. Er sprach ihr sein Bedauern aus über ihr Fortgehen und versicherte ihr, wie sehr er die Ursache beklage.

»Sie sind sehr gütig«, erwiderte Anne, heiter lächelnd, »aber Sie dürfen nicht glauben, daß ich es mir allzusehr zu Herzen nehme. Ich bin vollkommen auf Albans Seite. Ich finde sein Verhalten durchaus richtig und – wenn ich mir gestatten darf, es zu sagen – die Behandlung, die Sie ihm zuteil werden ließen, höchst ungerecht.«

»Glauben Sie mir, es war mir furchtbar, diesen Schritt zu tun.«

»Sprechen wir lieber nicht davon«, sagte Anne.

»Was haben Sie für Pläne für die Zukunft?« fragte Mrs. Hannay.

Anne fing an, lebhaft zu plaudern. Man hätte meinen können, daß keinerlei Sorge sie bedrückte. Sie schien sich sehr auf England zu freuen. Sie war fröhlich und amüsant und scherzte unbekümmert. Als sie sich von dem Gouverneur und seiner Frau verabschiedete, dankte sie ihnen für ihre Güte. Der Gouverneur begleitete sie zur Tür.

Am übernächsten Tag, nach dem Dinner, begaben sie sich an Bord des bequemen, saubern, kleinen Schiffes. Der Missionar und seine Frau gaben ihnen das Geleit. Als sie in ihre Kajüte kamen, fanden sie ein Paket auf Annes Bett. Es war an Alban adressiert. Er öffnete es und sah, daß es eine riesenhafte Puderquaste enthielt.

»Sieh doch, wer kann uns das bloß geschickt haben?« rief er lachend. »Es muß für dich sein, Liebling.«

Anne warf ihm einen raschen Blick zu. Sie wurde blaß. Diese gemeinen Menschen! Wie konnten sie nur so grausam sein? Sie zwang sich, zu lächeln.

»Sie ist ungeheuer, nicht? Noch nie im Leben habe ich eine so große Puderquaste gesehen.«

Aber als er die Kajüte verließ und sie das freie Meer erreicht hatten, warf sie sie leidenschaftlich über Bord.

Und nun, da sie wieder in London waren und Sondurah neuntausend Meilen hinter ihnen lag, ballte sie die Fäuste, als sie daran dachte. Beinahe erschien es ihr als das Schlimmste von allem. Es war so unverhüllt ungut, Alban dieses absurde Ding zu schicken; Puderquasten-Percy; es zeigte eine so kleinliche Bösartigkeit. War das der Begriff von Humor, den diese Leute hatten? Nichts hatte sie tiefer verletzt, und selbst jetzt noch mußte sie an sich halten, um nicht in Tränen auszubrechen. Plötzlich fuhr sie in die Höhe, denn die Tür ging auf, und Alban kam herein. Sie saß immer noch in dem Stuhl, in dem er sie verlassen hatte.

»Hallo, warum hast du dich nicht umgezogen?« Er blickte sich im Zimmer um. »Du hast ja nicht ausgepackt.«

»Nein.«

»Warum nicht, um Gottes willen?«

»Ich werde nicht auspacken. Ich bleibe nicht hier. Ich gehe von dir fort.«

»Was redest du da?«

»Ich habe bis jetzt durchgehalten. Ich hatte mir vorgenommen, es zu tun, sobald wir zu Hause wären. Ich habe die Zähne zusammengebissen, ich habe mehr ertragen, als ich je für möglich gehalten hätte, aber nun ist es aus. Wir sind zurück, in London, und ich kann gehen.«

Er starrte sie in heller Bestürzung an.

»Bist du wahnsinnig, Anne?«

»Ach, mein Gott, was habe ich gelitten! Die Reise nach Singapore, wo alle es wußten, selbst die chinesischen Stewards. Und in Singapore, wie uns die Leute im Hotel anstarrten; und das Mitleid, das ich hinnehmen mußte, die taktlosen Bemerkungen, die man zu hören bekam, und die Verlegenheit, wenn den Betreffenden klarwurde, was sie angerichtet hatten! Mein Gott, ich hätte sie ermorden können. Und dann: die endlose Heimreise. Es war auch nicht ein Passagier auf dem Schiff, der es nicht wußte. Die Verachtung, die sie für dich hatten, und die betonte Freundlichkeit, die sie mir gegenüber an den Tag legten. Und du, so selbstgefällig, so zufrieden mit dir selbst; nichts hast du bemerkt, nichts hast du gefühlt. Du mußt die Haut eines Rhinozeros haben. Wie elend war ich, wenn ich dich so gesprächig, so liebenswürdig sah. Parias sind wir, nichts anderes. Du hast sie ja geradezu herausgefordert, dich zu schneiden. Wie kann man nur so schamlos sein.«

Sie flammte vor Leidenschaft. Nun, da sie die Maske von Gleichgültigkeit und Stolz, die sie sich aufgezwungen hatte, nicht länger zu tragen brauchte, warf sie alle Zurückhaltung und Selbstbeherrschung über Bord. Die Worte stürzten in einem reißenden Strom über ihre bebenden Lippen.

»Aber, meine Liebe, wie kannst du nur so unvernünftig sein?« sagte er gutmütig lächelnd. »Du mußt sehr nervös und überreizt sein, um auf solche Gedanken zu kommen. Warum hast du mir nichts gesagt? Du bist wie ein Bauer, der nach London kommt und sich einbildet, daß jeder ihn anstarrt. Niemand hat sich über uns den Kopf zerbrochen, und wenn es doch geschehen ist, was liegt daran? Du solltest wirklich gescheiter sein, als dich um das Gerede der Leute zu kümmern. Was meinst du, haben sie denn gesagt?«

»Sie haben gesagt, daß du entlassen worden bist.«

»Nun, das ist ja wahr«, lachte er.

»Sie haben gesagt, du seist ein Feigling.«

»Was liegt daran?«

»Es ist eben auch wahr.«

Er blickte sie einen Augenblick nachdenklich an. Seine Lippen wurden schmal.

»Und wie kommst du zu dieser Ansicht?« fragte er scharf.

»Ich habe es in deinen Augen gelesen, an dem Tag, an dem die Nachricht kam, als du ablehntest, auf die Plantage zu gehen, und ich dir ins Vorzimmer nachlief. Ich flehte dich an, zu gehen, ich fühlte, daß du die Gefahr, wie groß sie auch sei, auf dich nehmen mußtest – und plötzlich erkannte ich die Angst in deinen Augen. Ich wurde beinahe ohnmächtig vor Entsetzen.«

»Ich wäre ein Narr gewesen, für nichts und wieder nichts mein Leben zu riskieren. Warum hätte ich es tun sollen? Nichts, was mich anging, stand auf dem Spiel. Mut ist die seichte Tugend der Dummen. Ich messe ihr keine besondere Wichtigkeit bei.«

»Was meinst du damit, daß nichts, was dich anging, auf dem Spiel stand? Wenn das wahr ist, dann ist dein ganzes Leben eine Lüge. Du hast alles preisgegeben, was du hochhieltest, alles, was wir beide hochhalten. Du hast uns verraten. Wir haben uns erhaben gefühlt, wir haben uns für besser gehalten als die übrigen, weil wir Kunst und Literatur und Musik liebten, wir gaben uns nicht damit zufrieden, ein Leben unwürdiger Eifersüchteleien und vulgärer Kleinlichkeiten zu führen, wir liebten die Dinge des Geistes, und wir liebten die Schönheit. Sie war uns Speise und Trank. Man lachte uns aus und verspottete uns. Das war unvermeidlich. Die Unwissenden und Gewöhnlichen hassen und verachten diejenigen, die sich mit Dingen beschäftigen, die sie selbst nicht verstehen. Wir kümmerten uns nicht darum. Wir nannten sie Philister. Wir verachteten sie, und wir hatten ein Recht, sie zu verachten. Unsere Rechtfertigung war, daß wir besser, edler, weiser und tapferer waren als sie. Und du warst nicht besser, nicht edler, nicht tapferer. Als die Stunde der Prüfung kam, schlichst du dich hinweg wie ein geprügelter Hund mit eingezogenem Schweif. Du, vor allen andern, hattest nicht das Recht, feige zu sein. Jetzt verachten sie uns, und sie haben ein Recht, uns zu verachten. Uns und alles, wofür wir einstanden. Jetzt können sie sagen, daß Kunst und Schönheit Quatsch sind; wenn es hart auf hart kommt, versagen Leute wie wir. Sie haben ja bloß auf eine Gelegenheit gelauert, uns in der Luft zu zerreißen; du hast sie ihnen gegeben. Sie können sagen, daß sie nichts anderes von uns erwartet haben. Es ist ein Triumph für sie. Ich war so empört, daß sie dich den Puderquasten-Percy nannten. Wußtest du das überhaupt?«

»Natürlich wußte ich es. Ich fand es sehr abgeschmackt, und es ließ mich vollkommen gleichgültig.«

»Es ist komisch, daß ihr Instinkt so richtig war.«

»Hast du diesen Groll gegen mich die ganzen Wochen mit dir herumgetragen? Das hätte ich dir nie zugetraut.«

»Ich konnte dich nicht im Stich lassen, solange alle gegen dich waren. Dazu war ich zu stolz. Ich hatte mir zugeschworen, bei dir auszuharren, bis wir nach England kämen. Es war eine Tortur.«

»Liebst du mich denn nicht mehr?«

»Lieben? Dein bloßer Anblick ist mir verhaßt.«

»Anne!«

»Gott weiß, daß ich dich geliebt habe. Acht Jahre lang habe ich den Boden angebetet, auf dem du gingst. Du warst mir alles. Ich habe an dich geglaubt, wie manche Menschen an Gott glauben. Als ich an jenem Tag die Angst in deinen Augen sah und du mir sagtest, du würdest dein Leben nicht aufs Spiel setzen für eine ausgehaltene Frau und ihre halbblütigen Bälger, war ich vernichtet. Mir war, als hätte mir jemand das Herz aus dem Leibe gerissen und es zertreten. In diesem Augenblick hast du meine Liebe getötet, Alban. Du hast sie für ewig getötet. Seither mußte ich, wenn du mich küßtest, die Fäuste ballen, um mein Gesicht nicht abzuwenden. Der bloße Gedanke an mehr verursacht mir Übelkeit. Ich verabscheue deine Selbstgefälligkeit und deine erschreckende Unempfindlichkeit. Vielleicht hätte ich dir verzeihen können, wenn es bloß die Schwäche eines Augenblicks gewesen wäre und du dich nachher geschämt hättest. Ich wäre unglücklich gewesen, aber ich glaube, meine Liebe war so groß, daß ich nur Mitleid für dich gefühlt hätte. Aber du bist der Scham unfähig. Und jetzt glaube ich dir nichts mehr. Du bist nichts weiter als ein dummer, anmaßender, vulgärer Poseur. Ich möchte lieber die Frau eines zweitrangigen, kleinen Pflanzers sein, wenn er bloß die gewöhnlichen, menschlichen Tugenden des Mannes hätte, anstatt mit einem Blender, wie du es bist, verheiratet zu sein.«

Er antwortete nicht. Langsam ging eine Veränderung in seinem Gesicht vor. Seine schönen, regelmäßigen Züge verzerrten sich erschreckend, und mit einem Male brach er in lautes Schluchzen aus. Sie stieß einen leisen Schrei aus.

»Nicht, Alban, nicht.«

»Oh, Liebling, wie kannst du so grausam zu mir sein? Ich bete dich an. Ich würde alles hingeben, dir zuliebe. Ich kann ohne dich nicht leben.«

Sie streckte die Arme aus, als wollte sie einen Schlag abwehren.

Er sank vor ihr nieder und versuchte, ihre Knie zu umfassen. Mit einem Stöhnen sprang sie auf, und er vergrub sein Gesicht in dem leeren Stuhl. Er weinte qualvoll, sein Schluchzen zerriß ihr die Brust. Es war furchtbar anzuhören. Tränen entströmten Annes Augen, und die Hände über die Ohren pressend, um sich gegen dieses furchtbare, hysterische Schluchzen abzusperren, stürzte sie blind taumelnd zur Tür und rannte hinaus.

Hinweis

Herausgeberin und Verlag danken folgenden Autoren, Verlagen und Agenturen für die Erteilung der Rechte: S. Fischer Verlag, Frankfurt, für *Amy Foster* von Joseph Conrad; Hundt Verlag, Hattingen, für *Das Geschenk der Weisen* von O. Henry; Nymphenburger Verlagshandlung, München, für *Ein Abschied* von Elizabeth Bowen; Verlag der Arche, Zürich, für *Seligkeit* von Katherine Mansfield (erschienen im Verlag der Arche, Peter Schifferli, Zürich 1952); Mohrbooks Literary Agency, Zürich, für *England, mein England* von D. H. Lawrence (aus dem gleichnamigen Band im Diogenes Verlag) und *Die Tür des Schicksals* von W. Somerset Maugham (aus dem Band *Fußspuren im Dschungel* im Diogenes Verlag); Verlag Schoeller & Co., Locarno, für *Die Scheidungskandidatin* von Mary McCarthy (aus: *Sie und die Anderen*); Messrs. Curtis Brown Ltd., London, und Hans Hermann Hagedorn, Hamburg, für *Frische Luft* von Angus Wilson. Die deutschsprachigen Rechte an den Erzählungen von D. H. Lawrence und W. Somerset Maugham und alle Rechte an den übrigen Erzählungen liegen beim Diogenes Verlag.

Mary Hottingers Anthologien
im Diogenes Verlag

Mord
Kriminalgeschichten von Edgar Allan Poe bis Raymond Chandler. Mit Vignetten von Paul Flora. detebe 20030

Mehr Morde
Kriminalgeschichten von Cyril Hare bis Henry Slesar. Mit Vignetten von Paul Flora. detebe 20031

Noch mehr Morde
Kriminalgeschichten von Dorothy Sayers bis Peter Cheyney. Mit Vignetten von Paul Flora. detebe 20032

Wahre Morde
Die berühmt-berüchtigtsten Kriminalfälle aus England. detebe 20587

Gespenster
Geschichten aus England von Daniel Defoe bis Edward Bulwer-Lytton. detebe 20497

Mehr Gespenster
Geschichten aus England, Schottland und Irland von Rudyard Kipling bis H. G. Wells. detebe 21027

Noch mehr Gespenster
Geschichten aus aller Welt, von Balzac bis Čechov. In memoriam Mary Hottinger, herausgegeben von Dolly Dolittle. detebe 21310

Ehegeschichten
von Joseph Conrad bis Mary McCarthy, für den Literaturfreund ausgewählt von Mary Hottinger. detebe 21529

Familiengeschichten
von W. Somerset Maugham bis F. Scott Fitzgerald, für den Literaturfreund ausgewählt von Mary Hottinger. detebe 21530

Kindergeschichten
von Charles Dickens bis Doris Lessing, für den Literaturfreund ausgewählt von Mary Hottinger. detebe 21531

Ganz gemeine Geschichten
von Rudyard Kipling bis D.H. Lawrence, für den Literaturfreund ausgewählt von Mary Hottinger. detebe 21532

Liebesgeschichten und -gedichte im Diogenes Verlag

detebe-Anthologien

Hugh Walpole, Angus Wilson, Katherine Mansfield, Charles Lee, Eudora Welty, Eliza Leslie. Für den Literaturfreund ausgewählt von Mary Hottinger. detebe 21530

Kindergeschichten
von Charles Lamb, Charles Dickens, Conrad Aiken, William C. Williams, Mark Twain, Katherine Mansfield, Kenneth Grahame, Rudyard Kipling, Walter de la Mare, Doris Lessing, I.A.R. Wylie, Sean O'Faolain, Aldous Huxley, Jan Struther, Kenneth Grahame, für den Literaturfreund ausgewählt von Mary Hottinger. detebe 21531

Ganz gemeine Geschichten
von Rudyard Kipling, Herman Melville, W. Somerset Maugham, Hugh Walpole, James Thurber, Bret Harte, Alan Sillitoe, D.H. Lawrence, John Cheever, Clemence Dane, für den Literaturfreund ausgewählt von Mary Hottinger. detebe 21532

Der goldene Gelbe 86
Sonderausgabe. Enthält folgende Romane: Raymond Chandler, Der große Schlaf / Patricia Highsmith, Zwei Fremde im Zug / Eric Ambler, Die Maske des Dimitrios
detebe 21412

Der goldene Gelbe 87
Sonderausgabe. Enthält folgende Romane: Dashiell Hammett, Der dünne Mann/Margaret Millar, Liebe Mutter, es geht mir gut/Ross Macdonald, Unter Wasser stirbt man nicht
detebe 21524

Gespenster
Die besten Gespenstergeschichten aus England von Daniel Defoe, Edward Bulwer-Lytton, Wilkie Collins, W.W. Jacobs, E.F. Benson, Richard Middleton, W.F. Harvey, Enid Bagnold, A.J. Alan, Mary Hottinger, Elizabeth Bowen, Algernon Blackwood, Daphne du Maurier und M.R. James. Herausgegeben von Mary Hottinger
detebe 20497

Mehr Gespenster
Die besten Gespenstergeschichten aus England, Schottland und Irland von George Mackay Brown, H.G. Wells, Rudyard Kipling, William F. Harvey, Sheridan Le Fanu, Ambrose Bierce, Saki, Andrew Lang, Forbes Bramble, James Allan Ford, Angus Wolfe Murray, Iain Crichton Smith, Fred Urquhart, John McGahern, Brian Moore, Terence deVere White. Herausgegeben von Mary Hottinger. detebe 21027

Noch mehr Gespenster
Die besten Gespenstergeschichten aus aller Welt von Heinrich Heine, Washington Irving, Alexander Puschkin, Heinrich von Kleist, Honoré de Balzac, Edgar Allan Poe, Nikolai Gogol, Pu Ssung-Ling, Yakumo Koizumi, Gottfried Keller, Iwan Turgenjew, Ambrose Bierce, O. Henry, Guy de Maupassant, Amadou Hampate Ba, Anton Čechov, Tania Blixen und Walter De la Mare. Herausgegeben von Dolly Dolittle. detebe 21310

Die schönsten Hundegeschichten
von Anton Čechov, B.W. Chandler, Friedrich Dürrenmatt, Marie von Ebner-Eschenbach, Hans Fallada, John Galsworthy, Théophile Gautier, Jaroslav Hašek, Johann Peter Hebel, O. Henry, Wolfgang Hildesheimer, Richard Katz, Rudyard Kipling, Andreas Kissling, Jack London, Thomas Mann, Guy de Maupassant, C.F. Ramuz, Mary Roberts Rinehart, Joseph Roth, James Thurber, B. Traven, Kurt Tucholsky, Iwan Turgenjew, Mark Twain, Robert Walser, P.G. Wodehouse, Stefan Zweig. Mit Zeichnungen von Aubrey Beardsley, Pierre Bonnard, Bob van den Born, Bosc, Chaval, Max Ernst, Paul Flora, Gavarni, u.a. detebe 21353

Die schönsten Katzengeschichten
von Alfred Andersch, Charles Baudelaire, Hilaire Belloc, Karel Čapek, Colette, Albert Ehrenstein, Johann Wolfgang Goethe, Maxim Gorki, Brüder Grimm, Ernest Hemingway, Patricia Highsmith, Johannes V. Jensen, James Joyce, Gottfried Keller, Rudyard Kipling, La Fontaine, Guy de Maupassant, Edgar Allan Poe, Alfred Polgar, Herbert Rosendorfer, Saki, Gustav Schwab, M. Mackenzie Scott, Bram Stoker, Kurt Tucholsky, Mark Twain, Roy Vickers, Robert Walser, P.G. Wodehouse, Emile Zola. Mit Illustrationen von Aubrey Beardsley, Pierre Bonnard, Gustave Doré, Hans Fischer, Paul Flora, Edward Gorey, Grandville, Olaf Gulbransson, Ernst Ludwig Kirchner, Paul Klee, Alfred Kubin, u.a. detebe 21352

Die schönsten Pferdegeschichten
von Marcel Aymé, Isaak Babel, Ambrose Bierce, Gottfried August Bürger, Conan Doyle, Lord Dunsany, Brüder Grimm, Häuptling Büffelkind Lange Lanze, Rudyard Kipling, Klabund, D.H. Lawrence, Guy de Maupassant, Liam O'Flaherty, Edgar Allan Poe, Saki, William Saroyan, John Steinbeck, Robert Louis Stevenson, Leo Tolstoi, Iwan Turgenjew, Mark Twain, Robert Walser, Ernst

Jüdische Liebesgeschichten

von Heinrich Heine, Karl Emil Franzos, Jizchak Lejb Perez, Scholem Alejchem, Alfred Polgar, Isaak Babel, Joseph Roth, Gertrud Kolmar, Anna Seghers, Isaac Bashevis Singer, Jehoschua Bar-Josef, Bernard Malamud, Zwi Eisenmann, Anne Frank, Philip Roth. Herausgegeben von Manfred und Julia Papst. detebe 21240

Liebesgeschichten aus Lateinamerika

von Machado de Assis, Carlos Reyles, Enrique López Albújar, Alcides Arguedas, Jorge Luis Borges, Miguel Angel Asturias, Oscar Cerruto, Juan Carlos Onetti, José María Arguedas, Yolanda Oreamuno, Murilo Rubião, Juan Rulfo, Marta Jara, Ramón H. Jurado, Sebastián Salazar Bondy, Dalton Trevisan, Angel Rama, Gabriel García Márquez. Herausgegeben von William Matheson detebe 21252

Liebesgeschichten aus Österreich

von Adalbert Stifter, Marie von Ebner-Eschenbach, Arthur Schnitzler, Hugo von Hofmannsthal, Stefan Zweig, Hermann Broch, Albert Paris Gütersloh, Franz Werfel, Joseph Roth, Heimito von Doderer u.v.a. Herausgegeben von Maria und Herbert Eisenreich. detebe 21123

Liebesgeschichten aus Rußland

von Alexander Puschkin, Nikolai Gogol, Michail Lermontow, Iwan Turgenjew, Fjodor Dostojewskij, Nikolai Lesskow, Anton Tschechow, Iwan Bunin, Konstantin Paustowskij u.v.a. Herausgegeben und übersetzt von Johannes von Guenther. detebe 21013

Liebesgeschichten aus der Schweiz

von Jeremias Gotthelf, Rodolphe Töpffer, Gottfried Keller, C. F. Meyer, Heinrich Zschokke, C. F. Ramuz, Maurice Sandoz, Robert Walser, Friedrich Dürrenmatt, Max Frisch, Rainer Brambach, Urs Widmer u.v.a. Herausgegeben von Christian Strich und Tobias Inderbitzin. detebe 21124

Liebesgeschichten aus Spanien

von Miguel de Cervantes Saavedra, Pedro A. de Alarcón, Clarín, Miguel de Unamuno, Ramón Pérez de Ayala, Juan Antonio de Zunzunegui, Francisco Ayala, Medardo Fraile, Ana Maria Matute. Herausgegeben von Christine Haffmans. detebe 21203

Lobet den Herrn!

Gebete großer Dichter und Denker von Augustinus, Hartmann von Aue, Walther von der Vogelweide, Franz von Assisi, Thomas von Aquino, Francesco Petrarca, Thomas a Kempis, Erasmus von Rotterdam, Michelangelo, Thomas Morus, Martin Luther, Huldreich Zwingli, Johannes vom Kreuz, Friedrich von Spee, Blaise Pascal, Friedrich Hölderlin, Novalis, Heinrich von Kleist, Joseph von Eichendorff, Jeremias Gotthelf u.a. Herausgegeben von Christian Strich. detebe 21498

Ein Panorama europäischen Geistes

Texte aus drei Jahrtausenden, ausgewählt und vorgestellt von Ludwig Marcuse. Mit einem Vorwort von Gerhard Szczesny.
I. Von Diogenes bis Plotin
II. Von Augustinus bis Hegel
III. Von Karl Marx bis Thomas Mann
detebe 21168

Science-Fiction-Geschichten des Golden Age

von Poul Anderson, Isaac Asimov, James Blish, Ray Bradbury, Arthur C. Clarke, Robert A. Heinlein, J. T. McIntosh, Walter M. Miller, Alan E. Nourse, Clifford D. Simak. Herausgegeben von Peter Naujack. detebe 21048

Klassische Science-Fiction-Geschichten

von Ambrose Bierce, Arthur Conan Doyle, Francis Scott Fitzgerald, E. M. Forster, Egon Friedell, Nathaniel Hawthorne, E. T. A. Hoffmann, Washington Irving, Kurd Laßwitz, Lukian, André Maurois, Edgar Allan Poe, Maurice Renard, J. H. Rosny Aîné, Paul Scheerbart, Hermann Harry Schmitz, Jules Verne, Voltaire, H. G. Wells. Herausgegeben von William Matheson. detebe 21049

Spionagegeschichten

-fälle und -affären von und mit Johann Wolfgang von Goethe, Honoré de Balzac, William Le Queux, Heinrich von Kleist, Joseph Fouché, Joseph Conrad, Mata Hari, Oberst Redl, Lord Baden-Powell, Stefan Zweig, Karl Kraus, L.C. Myzisch, Peter Fleming, Egon Erwin Kisch, Thomas Mann, T.E. Lawrence, W. Somerset Maugham, Graham Greene, Walter Schellenberg, Admiral Canaris, Margret Boveri, Peter Cheyney u.v.a. Herausgegeben von Graham Greene, Hugh Greene und Martin Beheim-Schwarzbach. Deutsch von Martin Beheim-Schwarzbach. Mit fünfzig Zeichnungen von Paul Flora. detebe 20699

Mehr Spionagegeschichten
von John Buchan, W. Somerset Maugham, Compton Mackenzie, Eric Ambler, Ian Fleming, Michael Gilbert. Herausgegeben von Eric Ambler. Deutsch von Peter de Mendelssohn. detebe 21420

Weltuntergangsgeschichten
von Alfred Andersch, Ray Bradbury, Fredric Brown, Friedrich Dürrenmatt, David Ely, Edgar A. Poe, Jules Verne, Robert Walser, H.G. Wells. Mit Zeichnungen von Gustave Doré, Albrecht Dürer, Férat/Barbant, Paul Flora, Edward Gorey, Horst Hussel, Alfred Kubin, Roland Topor. Kompiliert vom Diogenes-Katastrophen-Kollektiv. detebe 20806